LE CORPS NOIR

Du même auteur

Sombre sentier
Seuil, 1995
et « Points », n° P266
prix Sang d'encre, Vienne, 1995
et prix du festival de Saint-Nazaire, 1996

À nos chevaux !
Rivages, 1997
et « Rivages-Noir », n° 330

Kop
Rivages, 1998
et « Rivages-Noir », n° 383

Nos fantastiques années fric
Rivages, 2001
et « Rivages-Noir », n° 483
prix du Roman noir du festival de Cognac, 2002
et prix Mystère de la critique, 2002

DOMINIQUE MANOTTI

LE CORPS NOIR

roman

ÉDITIONS DU SEUIL
*27, rue Jacob, Paris VIe*

Ce livre est édité par Hervé Hamon

isbn 2-02-063878-9

www.seuil.com

Note de l'éditeur sur le contexte historique

Au moment où commence ce roman, au printemps 44, la France, vaincue en juin 40, est occupée par l'armée allemande. Le chef de l'État français, le maréchal Pétain, a signé un armistice avec le IIIe Reich, et son gouvernement, dirigé par Pierre Laval, collabore avec les forces d'occupation. Les services de police français sont étroitement surveillés par les Allemands, dont ils doivent appliquer les directives, mais ils ont gardé leur autonomie, et c'est sous la responsabilité du gouvernement français qu'ils maintiennent l'ordre, exécutent les ordres de la puissance occupante, appliquent les lois françaises contre les communistes, les juifs et les francs-maçons, et pourchassent les terroristes.

La responsabilité de l'occupation de la France a été d'abord assumée par la Wehrmacht (armée de terre, uniforme « vert-de-gris ») et son service de sécurité, l'Abwehr. Mais, dès les premiers jours de l'été 40, la SS cherche à supplanter la Wehrmacht sur ce territoire.

A l'origine, dans les années 20, la SS (qu'on appelle « le corps noir » en raison de la couleur de son uniforme) est la milice privée du parti nazi. Chaque SS prête un serment personnel de fidélité à Hitler, jusqu'à la mort. A partir de la prise du pouvoir par Hitler, et surtout à partir de 1938, la SS absorbe et intègre tous les services de sécurité intérieure de l'État allemand, dont la fameuse Gestapo, mais aurait dû n'avoir aucune responsabilité dans la gestion des pays conquis, qui relève théoriquement de l'armée.

En fait, à partir d'avril 42, c'est la SS qui prend le contrôle de l'occupation en France, sous le commandement du général de police

Oberg. En février 44, l'Abwehr est dissoute, et ses services intégrés dans la SS.

La rivalité entre les « vert-de-gris » et les « noirs » est aussi une rivalité sociale. Les cadres de la Wehrmacht sont restés profondément marqués par l'ancienne aristocratie prussienne. La SS rassemble et fanatise les couches moyennes et populaires autour d'un idéal nazi, raciste et égalitaire.

En France, le SD, service de sécurité de la SS, recrute de nombreux auxiliaires français qui ont droit au « carton », carte d'identité professionnelle de la Gestapo, et, pour certains de leurs chefs, à des grades et des uniformes SS.

En 1944, il y a en France 1 800 Allemands membres de la Gestapo et 30 000 auxiliaires gestapistes français.

L'album de photos est là, sur la table, recouvert d'un cuir rouge sombre, moelleux au toucher, un peu éraflé, les charnières fatiguées, les coins usés. Sur la couverture, trois noms gravés en lettres dorées : François, Jeanne, Isabelle. Il faut l'ouvrir précautionneusement, tant il a été feuilleté. Pages de papier épais, rigide, gris foncé, qu'on tourne une à une et sur lesquelles ont été collées de petites photos rectangulaires, brillantes, à bords blancs crantés. Certaines ont jauni plus que d'autres, et parfois le brillant s'écaille. Une belle écriture ferme, à la plume, mentionne ici ou là un nom, un lieu, une date. Encre noire, passée, sur fond gris, peu lisible avec le temps.

Beaucoup de photos d'enfants à tous les âges, dans des berceaux, à la plage, malades, jouant aux cartes sous les arbres, dans des bateaux, en train de lire ou de dormir dans des fauteuils. Autour d'eux, la mère, les grands-parents, attentifs, émus, fiers, toujours complices. Parfois, très rarement, le père, silhouette mince, élégante et sportive. Chronique d'une famille heureuse.

Quatre photos, côte à côte, sur l'une des dernières pages.

Mars, paysage de haute montagne. Soleil éclatant sur un grand champ de neige en pente très douce, un chalet de bois sombre au loin, la mère, grande, svelte, les cheveux serrés dans un turban, grosses lunettes de soleil cerclées de blanc, blouson blanc court et étroit et large pantalon de laine noire, serré aux chevilles, traîne une luge sur laquelle est assise la petite dernière. Les deux aînés, François, seize ans, et Jeanne, onze ans, en chemisettes et pantalons bouffants, les yeux cachés par de drôles de lunettes noires en mica qui leur mangent le visage, bien plantés sur leurs skis, sourient à l'objectif. François, les cheveux châtains coupés en brosse, deux fossettes au coin des lèvres et une troisième au menton, rayonne de malice et de charme.

Mai, communion solennelle de Jeanne. Deux photos commémorent l'événement. Sur l'une, Jeanne en robe longue de dentelle blanche, coiffe et voile de tulle blanc, très concentrée, toute seule au milieu d'une pelouse dans laquelle ses chaussures de vernis blanc s'enfoncent profondément, fait mine de lire un gros missel, entre dévotion et fou rire. Sur l'autre, toute la famille, le père en costume gris, la mère en jupe courte et claire, sandales à hauts talons compensés, les parents, les amis, un curé en soutane, se sont groupés sur les marches d'un vaste perron de pierre blanche en demi-cercle, rampes en fer forgé. On devine une imposante maison de brique rouge derrière deux chèvrefeuilles. Leur odeur est là, entêtante. Sur la plus basse marche, la communiante, radieuse, tient en longe un grand poney bai brûlé, occupé à brouter la pelouse. Tout le monde sourit.

Dernière photo, en bas à droite, une petite fille, les cheveux blonds bouclés sur les épaules, robe à smocks et manches ballon dans un massif d'iris, agrippe les fleurs à pleines mains et les respire. La mère a écrit de sa grande écriture ferme : 6 juin, Isabelle, ma belle poupée, a deux ans.

Quatre photos, et une date, en haut de la page : Année 1944. On est en France.

1

6 juin 1944

4 266 navires accompagnés de 700 bâtiments de guerre s'approchent des côtes de Normandie. Trois divisions aéroportées quittent le sol anglais.

Minuit, début des parachutages de troupes sur le sol français, dans l'arrière-pays des plages choisies pour le débarquement.

3 h 14. Début des pilonnages systématiques des défenses côtières allemandes de la baie de Seine.

6 h 30. Par une mer agitée, début du débarquement des troupes anglaises et canadiennes sur les plages Gold, Juno et Sword, à l'embouchure de l'Orne. Un peu plus tard, les troupes américaines débarquent à Utah et Omaha, sur les côtes du Cotentin.

Paris, 4 heures du matin. Deux Citroën roulent au ralenti, l'une derrière l'autre, phares éteints, dans l'avenue Henri-Martin. La ville est obscure, déserte, silencieuse entre les rafales de vent dans les marronniers, une ville sous couvre-feu. Les deux voitures s'arrêtent en douceur devant le n° 50, un immeuble cossu, pierre de taille, hautes fenêtres et balcons en fer forgé. Quatre hommes en descendent, ferment les portières sans bruit, se regroupent, manteaux de cuir noir sanglés, feutres rabattus sur les yeux, pistolets-mitrailleurs en bandoulière sur l'épaule droite pour trois d'entre eux. Ils franchissent le trottoir d'un pas synchronisé, s'arrêtent devant une haute porte cochère en bois plein, ornée de sculptures de bronze. D'un jardinet voisin, clos de grilles, vient par bouffées l'odeur des roses et de la terre mouillée. Le chef, un dénommé Loiseau, long, maigre, le visage anguleux et marqué de rides, enfonce le bouton de sonnette sans le lâcher. Le carillon résonne dans le silence, puis des bruits confus et une voix féminine affolée, contre la porte :

– Qu'est-ce que c'est ?

– Police allemande. Ouvrez.

Un silence, à peine une ou deux secondes, le portail s'entrouvre, le chef s'engouffre, épaule en avant, bouscule une vieille femme en robe de chambre, petite, ronde, une longue tresse de cheveux blancs dans le dos, jusque dans la loge. Personne. Il arrache le fil du téléphone, ramène la vieille sous le porche, et lui colle sous le nez son *ausweiss* allemand.

– Benezet, c'est ici ?

Elle regarde, hébétée, le carton jaune. Une bourrade dans le dos.

– Oui. Au premier.

Loiseau se tourne vers ses hommes.

– Morandot, tu planques dans l'escalier de service, que personne ne vienne nous déranger. Simple précaution. Vous deux, vous m'accompagnez. Il attrape la vieille par le bras. Allez, mémère, tu montes avec nous.

Grand escalier monumental, rampe en bois sculpté, boiseries sombres, tapis rouge. Sur le palier du premier étage, une seule porte à double battant. Coups de sonnette appuyés, à intervalles réguliers. Puis une voix de femme chuchotée derrière la porte :

– Qui est là ?

– Gestapo...

Un cri, une explosion. A l'autre bout de l'appartement, une porte qui claque, une bousculade, des éclats de voix. Falicon, un petit bonhomme furtif, sur un signe de son chef, tire un coup de feu dans la serrure, les hommes enfoncent la porte, sautent dans l'entrée, le PM braqué sur une fille en chemise, très brune, ébouriffée, hébétée, les pieds nus dans les éclats d'un énorme vase de porcelaine. Morandot revient du fond de l'appartement en traînant le corps inanimé d'un homme jeune, en caleçon, et le lâche, face contre terre au centre de l'entrée.

– Où est Benezet ? hurle Loiseau en secouant la fille.

Elle désigne une porte. Il l'ouvre à la volée. Un vieil homme est en train d'enfiler une veste d'intérieur écossaise sur son pyjama bleu marine. Loiseau le pousse dans l'entrée et le jette dans un coin avec les deux femmes, la concierge marmonne des prières.

Les quatre gestapistes contemplent le corps inanimé. Loiseau se mordille la lèvre inférieure. Il se retourne vers le vieux :

– Qui c'est, celui-là ?

– Sais pas. (Un peu d'écume au coin des lèvres.) L'ai jamais vu.

Les deux femmes opinent.

– Un Anglais à mon avis, dit Morandot. Il gueulait en anglais, en tout cas. Il dormait dans une petite pièce au fond de l'appartement. C'est très grand par là, et complètement désert. Il a essayé de filer par l'escalier de service, je l'ai assommé avec mon PM.

Loiseau, nerveux, se bouffe la lèvre.

– Une espèce de clodo, pas prévu au programme, il va nous pourrir l'affaire, lâchons-le.

Falicon avance de deux pas, se place entre Loiseau et l'homme inanimé.

– Pas d'accord. Si c'est un Anglais, il vaut une bonne prime. Et la fille, là, elle pue la peur, c'est bon signe. Voyons ce qu'il y a dans le coffre avant de décider.

Loiseau a un rictus. Falicon, ce petit mac teigneux et vicieux. Plus malin que lui. Lui faire la peau un jour à cette ordure. En attendant… Il attrape le vieux par le bras, le pousse vers le salon, Falicon sur ses talons. Une grande pièce majestueuse, haute de plafond, trois portes-fenêtres sur l'avenue Henri-Martin, soigneusement closes de grands rideaux de velours brun. Il allume un lustre central en cristal dans lequel manque la moitié des ampoules. Un mobilier Louis XV, trop entassé, beaucoup de bibelots arts déco et, aux murs tapissés de soie beige, des toiles impressionnistes, soigneusement encadrées et présentées, Monet, Pissarro, Renoir, Sisley… Loiseau fait rapidement le compte. Quatorze, comme annoncé. Il traverse le salon, toujours en bousculant le vieux qui avance à pas glissés, s'arrête devant *Les Régates à Honfleur* de Boudin, fait pivoter le tableau. Coffre-fort scellé dans le mur. Il se retourne vers le vieux :

– Vous détenez de l'or illégalement. Comme vous pouvez voir, vous avez été dénoncé. Nous sommes venus opérer la saisie. Ouvrez votre coffre.

Le vieux tourne les boutons et ouvre le coffre en gémissant. Quelques paquets de lettres, de papiers entourés d'élastiques. Et quatre sacs de toile. Pas gros. Loiseau les prend, les soupèse. Disons cinq à six cents pièces. Falicon ricane :

– Pas grand-chose. Heureusement qu'il y a l'Angliche.

Retour dans l'entrée. L'homme à terre reprend conscience. Morandot lui a menotté les mains dans le dos. Loiseau se redresse de toute sa taille, en mordillant sa lèvre.

– On embarque tout le monde, même la concierge. Chez nous, rue de la Pompe.

Sur le trottoir, Morandot se retourne. Le grand immeuble bourgeois, façade aveugle, volets clos, semble totalement inhabité. Il caresse son arme, lève le bras droit, le PM bien calé sur l'avant-bras, et lâche une courte rafale en direction des étages supérieurs.

– Dormez bien, bande de veaux.

Une chambre de bonne mansardée au sixième étage, rue d'Assas, vraiment spartiate. Plancher de bois brut, murs peints en blanc, un lit étroit en fer, un évier, un réchaud à gaz, une petite table, un placard, deux fauteuils couverts de velours, quelques livres, rien que de la littérature autorisée, et une Bible. Seul luxe, une porte-fenêtre qui ouvre sur un minuscule balcon en fer forgé, le ciel, bleu lavé, strié de nuages blancs et gris en fuite, et les toits de Paris aux couleurs et aux formes changeantes avec la lumière. Domecq, fatigué par une nuit d'insomnie passée à écouter les bourrasques de vent dans le silence de la ville, a tiré son fauteuil devant la fenêtre ouverte, posé les pieds sur la rambarde du balcon et, les yeux fermés, savoure le soleil du matin. De temps à autre, il boit par toutes petites gorgées un excellent café brûlant, à l'arôme très fort sans amertume, attentif au goût qui l'envahit puis se dissipe lentement dans la bouche. Un paquet de café que le patron du Capucin lui a glissé hier dans la poche, comme chaque semaine, soucieux de rester en bons termes avec les inspecteurs de la Mondaine. Nouvelle gorgée. Il aura fallu la guerre et l'occupation pour que j'apprenne à aimer le bon café. Brutalement, des fenêtres s'ouvrent quelque part à la volée, claquent contre les murs, des voix d'hommes et de femmes anonymes hurlent : « Les Anglais ont débarqué… »

Domecq se redresse, renverse sa tasse, se brûle, se penche à la fenêtre. Personne. Six étages plus bas, la rue d'Assas est tranquille sous le soleil.

Rue de la Pompe, l'Anglais Mike Owen est enfermé dans une sorte de cagibi sans fenêtre, menotté et attaché au bas d'un radiateur. Assis sur le sol, le buste penché en avant, il écoute intensément chaque bruit. Allées et venues dans le couloir, des gens entrent dans l'appartement, une dizaine de voix différentes, dont une voix de femme. De l'autre côté de la cloison, il doit y avoir la fille, pas un bruit. Il tire sur ses menottes, la douleur remonte le long des bras, juste pour se souvenir qu'il est vivant.

Deslauriers a installé son bureau au bout d'un long couloir, dans une petite pièce, sans doute une ancienne chambre de jeune fille ; sur les murs un papier peint aligne les bouquets de roses sur fond blanc, un parquet à chevrons, très peu de meubles, deux armoires métalliques pour ranger des dossiers, des chaises dépareillées alignées contre un mur. Et, posé sur un tapis jaune et bleu, un bureau massif en bois sculpté sombre, quatre cariatides aux généreuses formes dénudées supportent un grand plateau garni d'un cuir fauve éraillé. Les persiennes de l'appartement, situé au premier étage sur la rue, sont fermées en permanence et, ce matin, la pièce baigne dans une pénombre ensoleillée.

Devant le bureau, les quatre hommes de l'équipe Loiseau sont alignés, raides, sans un mot. Le patron, grand, massif, visage large, cabossé, nez cassé, cicatrice tailladant le sourcil droit, les cheveux châtains soigneusement gominés, marche d'un mur à l'autre, la veste de son costume gris bien coupé ouverte, les mains dans les poches du pantalon, les yeux fixés sur ses chaussures fauves, cuir anglais, juste, de temps à autre, un coup d'œil vers ses hommes dont il ne voit que le dos. Falicon, le plus proche de la fenêtre, petit mac combinard qui se croit malin, et qui l'est peut-être, feint de regarder dans la rue. A côté de lui, Martin, gros rondouillard, brave prolo, peintre en bâtiment au chômage, arrivé rue de la Pompe pour nettoyer et repeindre les locaux, y est resté, homme à tout faire pourvu que ce soit bien payé, jamais une idée personnelle, fait le dos rond, attend la dérouillée. Morandot, râblé, noiraud, artisan boulanger ruiné, militant de la Cagoule, un groupe insurrectionnel d'extrême droite avant la guerre, puis rallié au parti collabo de Doriot après l'armistice, anticommuniste, antisémite virulent, le plus ancien dans l'équipe de la rue de la Pompe, se prend pour un idéologue, ses énormes mains croisées dans son dos, jambes écartées, dans l'attitude du soldat au repos. Et enfin Loiseau, le plus grand, près de la porte, crâne dégarni, au garde-à-vous, figé dans son rêve d'être chef à la place du chef. Deslauriers rumine. Une équipe de bras cassés. M'ont enfoncé dans un véritable merdier, dont ces imbéciles n'ont même pas idée. Et ne doivent pas avoir idée. D'abord, insubordination. Sanctionner. Après, on verra. S'arrête, se redresse.

– Qui vous a envoyés avenue Henri-Martin ?

Loiseau répond :

– On avait eu des tuyaux par le petit Poncin sur une grosse affaire de pièces d'or.

– Et vous avez pris l'initiative tout seuls ? Je n'en crois pas un mot. Qui vous a envoyé là-bas ?

Loiseau se tait.

– Qui ?

Toujours rien. Deslauriers dégage son revolver de l'étui de hanche, qu'il porte pratiquement dans le dos, l'appuie sur la nuque de Falicon, et tire. Les trois hommes sursautent et se figent, têtes droites, regards en coin. Le corps s'écroule, subitement rabougri dans des vêtements trop larges. Lente formation d'une tache de sang qui gagne le tapis. Deslauriers éjecte la cartouche, arme de nouveau.

– Je répète ma question. Qui ?

Martin ouvre la bouche.

– Pas toi, Martin. Je veux entendre Loiseau.

Loiseau est pris d'un tremblement.

– C'est une opération montée par Lafont. Il n'a plus beaucoup d'hommes rue Lauriston, ils sont presque tous partis faire la guerre contre les terroristes en province avec la Brigade nord-africaine. Alors, il a fait appel à nous.

Lafont, le chef de la Carlingue, le plus important des groupes d'auxiliaires français de la Gestapo. Un concurrent dangereux. Protéger mon territoire, rétablir mon autorité sur mes hommes, mais prudence. Lafont est puissant.

– Et tu as accepté sans m'en parler ?

– Lafont avait demandé de la discrétion. On devait embarquer l'or et le bonhomme, et avoir tout fini pour 8 heures du matin. Après, on revenait tranquillement ici.

Deslauriers désigne du bout de son canon les petits sacs de toile posés sur le bureau :

– Pour ça ?

Loiseau hausse les épaules.

– Il devait y avoir au moins cinq mille pièces.

Deslauriers passe derrière le bureau, s'assied dans un fauteuil à haut dossier, pose son arme devant lui, regarde les trois hommes, l'air morose, comme toujours.

– Je garde l'or. J'efface votre ardoise. Vous toucherez vos primes sur l'Anglais, si c'est un Anglais, vous toucherez même celle de Falicon. Le vieux est à moi, et rien qu'à moi. Pour vous, il n'existe plus. Il martèle la phrase : Il n'a jamais existé. Vous deux, vous dégagez votre collègue qui ne va pas tarder à sentir mauvais, et vous prenez la fille. Elle sait nécessairement des choses sur le passager clandestin de l'avenue Henri-Martin. Le seul qui intéresse notre service dans cette affaire, soyons clairs. A vous de jouer. Loiseau, tu restes ici, j'ai à te parler.

Les deux hommes sortent sans un mot en emportant le cadavre, regards fuyants. Loiseau, debout, immobile, attend.

– Maintenant que tes hommes sont partis, dis-moi ce que tu allais chercher chez Benezet. (Un temps d'arrêt. Il joue avec son revolver.) Ne me prends pas pour un imbécile.

– Des tableaux. Lafont avait eu une commande pour quatorze tableaux impressionnistes qui se trouvaient chez le vieux. On devait boucler le bonhomme et sa gouvernante pour détention illégale d'or, et Lafont passait prendre les toiles.

– La prime ?

– Un million.

– Et tu n'as rien dit à tes hommes. Un million pour toi, et quelques pièces pour eux. A fonctionner comme ça, un jour, tu vas te prendre une balle dans le dos. (Loiseau choisit le silence, les yeux braqués sur la tache de sang qui a gagné les franges du tapis.) Enfin, je t'ai débarrassé de Falicon, ça te donne toujours un sursis. Va voir où ils en sont, avec la fille.

Seul. Il boucle sa porte, ouvre ses volets, s'accoude à la fenêtre, et observe la rue. En se penchant, il aperçoit les marronniers de l'avenue Foch, jamais aussi beaux. Ce Benezet. Une vieille connaissance, un de mes meilleurs clients au Perroquet bleu, avant guerre. Joue le vieillard gâteux qui ne me reconnaît pas. Ami personnel de la moitié du patronat qui collabore, des trois quarts des hommes du gouvernement Laval, et sans doute de Bauer, même s'il ne m'en a jamais parlé. Et il ne hurle pas au scandale quand on l'arrête... Profil bas, quelque chose à cacher. Gestionnaire de quelques fortunes américaines en France... Et les Américains aujourd'hui... C'est Lafont qui envoie mes hommes chez lui. Pour me compromettre et récupérer mes affaires ? Possible. Dans la rue, deux jolies filles passent à vélo. Derrière la porte, bruits de pas, voix étouffées, les solliciteurs commencent à s'entasser dans le couloir. Ça va durer toute la journée. Pas le temps de creuser. Deslauriers referme les volets. L'Anglais, je raconte à Bauer que mes hommes l'ont arrêté par hasard. Un contrôle de routine, dans des appartements vides. Benezet en taule, sous un faux nom, le temps de voir venir.

Mike Owen sursaute. Une porte claque dans la pièce d'à côté. Une bousculade, des mots brefs, indistincts. Un grincement, un claquement sec. Owen tire sur ses menottes. Un fouet, ce sont des coups de fouet. Un autre coup. Un gémissement long, bas. Des voix d'hommes fortes, toujours indistinctes. Une rafale de coups de fouet, le gémissement continue sans répit. Un nouveau coup, un hurlement qui se lâche. Une bousculade, les hommes se battent ? Puis un homme frappe à coups rythmés, en scandant de halètements et de couinements aigus. Le gémissement enfle, explose, puis casse brutalement au plus haut. Un homme geint, sanglote. Bousculade, puis les hommes sortent dans le couloir, leurs voix s'entrecroisent. Penché en avant de tout son poids, pendu au bout de ses menottes, Owen sent une douleur aiguë monter jusqu'aux épaules, tire encore, lent vertige, et sombre, évanoui.

Deslauriers a ouvert l'une des armoires métalliques et, devant une grande glace en pied fixée à l'intérieur de la porte, il a lissé ses cheveux, remis son revolver en place, boutonné sa veste, vérifié la rectitude du costume, du nœud de cravate, froncé le sourcil en entendant le hurlement de mort. Encore une erreur de Loiseau. Qui m'arrange en l'occurrence, pas de traces autour de la disparition de Benezet. Il faudra faire les comptes. Un autre jour. Puis il a refermé l'armoire, et est passé dans le couloir faiblement éclairé où l'attendent, assis sur des bancs appuyés contre le mur, les solliciteurs du jour.

La première, Geneviève Fath, ravissante, dans une robe blanche à fleurs rouges, boléro rouge plus foncé à manches bouffantes, sur ses cheveux blonds relevés en chignon un petit chapeau blanc penché sur l'œil, voilette de tulle brodé, se lève, se recule précipitamment pour laisser passer Loiseau, torse nu piqueté de sang, la veste jetée sur les épaules, secoué de tremblements, les yeux perdus, soutenu par ses deux hommes. Le groupe s'engouffre dans la salle de bains. Geneviève Fath entre dans le bureau de Deslauriers qui lui baise la main avant de lui avancer une chaise. Elle s'assied de côté, croise ses jambes gainées de soie pour éviter la tache de sang qui imprègne le tapis, enlève ses gants blancs, et relève sa voilette d'un geste précis.

– René, j'ai besoin de toi…

– (Grand sourire.) Sinon, tu ne serais pas là. L'endroit n'est pas si gai.

–... Ce matin très tôt mon expéditionnaire m'a prévenue que toute ma livraison était bloquée...

– Tu sais qu'il s'est passé des choses, cette nuit...

Elle ignore totalement la remarque, et continue :

– Une cinquantaine de robes de toutes les grandes maisons parisiennes et leurs accessoires qui doivent être livrés à Monaco. Tu ne peux pas m'obtenir un permis de circulation ?

Deslauriers lui glisse un bloc et un stylo.

– Note les coordonnées de ton expéditionnaire. Je verrai ce que je peux faire. Sans rien te promettre. Beaucoup de lignes sont coupées, et les autres sont occupées par des transports militaires. Cinq pour cent du prix de la marchandise à la livraison.

Geneviève Fath se lève, longue, mince, perchée sur ses hauts talons, sourit, rabat sa voilette d'un geste expert, commence à enfiler ses gants.

– Affaire conclue. On te voit ce soir chez Dora Belle ?

– En principe, oui.

Sur un signe de Deslauriers, après avoir déplacé la chaise occupée quelques minutes plus tôt par Geneviève Fath pour s'éloigner discrètement de la flaque de sang, Letœuf s'assied, la casquette à la main, l'air obséquieux. Deslauriers reste debout, les mains dans les poches du pantalon. Ce Letœuf, c'est un petit mac, comme Falicon qui l'a introduit dans le circuit de la rue de la Pompe, méprisable, mais un bon indic, toujours au courant de tout, et régulier.

– J'ai une affaire un peu particulière.

– Je t'écoute.

– Le petit château des Gould, à Maisons-Laffitte...

Deslauriers soudain très attentif. Florence Gould tient le plus fameux salon littéraire de Paris. Elle couche avec tous ses hôtes, les écrivains français et les officiers de la Wehrmacht. Mais Gould, c'est aussi Franck Jay, son époux, un vieux milliardaire américain qui vit sur la Côte d'Azur. Et les Américains aujourd'hui…

– Continue, je t'écoute toujours.

– Il n'est habité que par les gardiens. Ils ont été autorisés à partir une semaine dans le Midi pour le mariage de leur fils, ils s'en vont demain, et se sont fait remplacer par leur nièce, une gentille fille qui travaille un peu pour moi et qui me donnera les clés avant de disparaître dans la nature. Dans la cave, il y a cent mille bouteilles, je les ai vues, elle m'a fait visiter. Et pas n'importe quoi, rien que des grands vins et des beaux champagnes. C'est une affaire que j'estime au moins à dix millions.

– Pourquoi tu viens me chercher ? Tu n'as pas besoin de moi pour vendre du champagne au noir.

– C'est une trop grosse affaire. J'ai pas les moyens et j'ai pas la clientèle. Je préfère une commission sur dix millions que de vendre moi-même quelques dizaines de bouteilles. Letœuf s'agite sur sa chaise. Deslauriers attend. En baissant le ton : Après ce coup-là, je veux rentrer chez moi, en Charente, monsieur Deslauriers.

Deslauriers tourne le dos à Letœuf, vient s'appuyer contre la fenêtre. En bas, la rue ensoleillée et parfaitement calme. Quelques piétons, des vélos, de temps à autre un groupe de soldats allemands, une voiture. Comme tout Paris, d'ailleurs. Le débarquement dont on parlait à la radio ce matin, ça semble sur une autre planète. Ça semble… Avenir incertain. Besoin d'argent liquide, et je n'en ai pas. Une grande cave, 100 000 bouteilles, dix millions, c'est un minimum. Plus près de vingt millions. Il se retourne vers Letœuf.

– Je prends. Mais ça ne sera pas dix millions. A peine la moitié. Les affaires vont être difficiles dans les jours qui viennent. Reviens demain, je te dirai comment nous ferons. Letœuf se lève. Au fait, tu sais où on peut trouver les filles de Falicon ?

Il a l'air surpris, hésite un peu, puis :

– Au Capucin. Rose et Angélique. Il lui est arrivé quelque chose, à Falicon ?

Deslauriers ne répond pas, et le pousse vers la porte.

Au suivant. Clerget, le grand industriel, roi de la chaussure. Marché noir et livraisons clandestines. La routine. L'ennui gagne.

Fin d'après-midi. Mike Owen, toujours en caleçon, coincé sur la banquette arrière d'une Citroën entre les deux hommes de Loiseau, est conduit vers une destination inconnue. Les poignets tailladés, et dans la tête la vision du corps de la fille entr'aperçu, pendu par les pieds, jambes écartées, une entaille sanglante de l'aine au milieu du ventre, comme ouverte à la hache. Peur asphyxiante. Mon Dieu, ayez pitié de moi. La voiture vire dans l'avenue Foch, s'arrête devant la façade massive de l'immeuble où sont logés les services de sécurité de la SS. Cet immeuble, je le connais. Au cœur du système, au cœur de la terreur. Les deux hommes le sortent de la voiture. Et totalement seul. La fille est morte. Elle n'a rien dit. Le corps torturé pendu au plafond... rien dit... le hurlement... rien dit. En passant devant la porte grande ouverte de la pièce où elle était pendue, les deux gestapistes français ont ricané : le vieux aussi est mort, mais il a tenu moins longtemps qu'elle. Donc, tous deux sont morts, personne n'a parlé, personne ne sait plus qui tu es. Cela t'ouvre des possibilités. A toi de jouer. Ta vie.

Au deuxième étage, Otto Bauer s'est posté devant la porte de son bureau, tout au bout du couloir, et attend le prisonnier que lui envoie Deslauriers. Grand, large d'épaules, hanches minces, ventre plat, visage ovale, régulier et fin, cheveux blonds plaqués en arrière, grand front, grands yeux marron, nez fin, bouche forte et tombante, il se tient très droit dans son uniforme de capitaine SS, sanglé jusqu'au menton, et bottes cirées impeccables. Une belle journée. Le débarquement, enfin. Avec une certaine surprise, c'est vrai. A force de l'attendre, à force d'en parler, jour après jour, depuis plus d'un an, on finissait pas ne plus y croire. Croisé sur le boulevard de l'Amiral-Bruix les blindés qui montaient au front. Les jeunes équipages rayonnaient de l'approche de la mort, d'une beauté souveraine. Resurgissent les souvenirs des combats de septembre 39. Dans l'avion, serrés les uns contre les autres, avant d'être parachutés derrière les lignes polonaises, nous échangions des demi-regards et des silences. Jamais aussi sereins, jamais aussi vivants. J'ai aimé cette guerre-là. Nostalgie. Certitude. La bataille décisive est engagée, l'odeur des combats se rapproche. Dans la SS, chez les auxiliaires, on sent la hargne des hommes monter d'un cran. Seul l'état-major de la Wehrmacht sonne un peu creux, divisé, réticent. Mais les soldats allemands se battront, comme ils savent le faire, bien, jusqu'à la mort. Et Paris, toujours calme, vaque à ses affaires, un beau jour de fin de printemps, sans alerte, sans attentat, en belle indifférente. Une bouffée de haine.

Le prisonnier arrive au bout du couloir, entre deux SS. Menotté dans le dos. Jeune, grand, bien bâti, cheveux châtains en broussaille, visage carré. Plutôt américain qu'anglais, je dirais. Sorti des grandes universités de la côte Est ? Regard droit, un pas énergique, et comme l'ombre d'un sourire. Une proie encore vivante. La respiration de Bauer s'accélère, saccadée, le nez se pince.

Ils sont face à face dans le bureau de Bauer. Regards. C'est Owen qui parle le premier, dans un français parfait.

– Vous êtes le capitaine Bauer, du service de sécurité de la SS, section des Renseignements économiques extérieurs.

Choc. Bauer s'applique à respirer lentement, à fond.

– Et vous ?

– Capitaine Owen, des services de renseignements de l'armée américaine. Je fais le même métier que vous, pratiquement dans le même secteur...

Jeune, beau, presque mon jumeau. Laisse-le causer, pour une raison encore indéterminée, il en a envie.

– ... et j'ai les mêmes clients. Je démarche ces patrons français qui émargent chez vous...

Un direct du droit part, pleine force, respiration bloquée au point d'impact avec le menton et la lèvre inférieure d'Owen qui bascule, assommé. Coups de pied en rafale dans le haut des fesses.

– Debout. Vite.

Il parvient à s'asseoir, puis à se relever, difficilement, lèvre éclatée, des filets de sang sur le torse nu. Survivre. Bauer est passé derrière lui, et lui enserre le cou de ses deux mains longues, osseuses.

– Nous faisons peut-être le même métier, mais nous ne sommes pas dans la même situation.

Owen se tient immobile, tendu. L'artère bat vite, fort, sous les doigts de Bauer, qui serre lentement, battements de plus en plus forts, de plus en plus espacés, puis un spasme, et la vie ne bat plus et le corps devient flasque, très lourd, Bauer maintient un instant sa prise, puis le lâche. Owen s'effondre en tas sur le plancher. Bauer le regarde se réanimer lentement. S'accroupit, attrape la tête par les cheveux, l'approche de son visage, effleure de ses lèvres la bouche ensanglantée, murmure :

– Je te donne une chance, une seule, de sauver ta vie. Je suis d'accord pour jouer avec toi au jeu des fausses confidences. Mais il y a un prix d'entrée à payer. Donne-moi le réseau qui t'a amené à Paris. Immédiatement.

2

6 juin 1944 au soir

A la tombée de la nuit, les combats cessent. Les Alliés tiennent les plages, et ont débarqué 155 000 hommes et leur matériel. Nulle part leur pénétration sur le sol français ne dépasse un kilomètre et demi. Aucune des positions fixées comme objectifs pour le premier jour du débarquement n'a été atteinte.

Dora Belle recevait, le premier mardi de chaque mois, dans les salons de son hôtel particulier de la place des États-Unis. Ses soirées étaient moins littéraires et raffinées que les salons fréquentés par la Wehrmacht comme celui de Florence Gould. Mais les somptueux buffets, en ces temps de quasi-famine, la grande beauté de l'hôtesse, une des principales vedettes de la Continental, la grande société de production de films français contrôlée par les Allemands, la disponibilité de nombreuses jeunes invitées et la présence de l'état-major de la SS à Paris (l'un de ses membres, le capitaine Bauer, était l'amant de Dora depuis bientôt quatre ans), attiraient une petite foule de patrons, de journalistes, de fonctionnaires, d'hommes de cinéma et d'apprentis vedettes, prêts à tout pour une information, un laissez-passer, un plat de viande ou un bout de rôle.

René Deslauriers arrive chez Dora Belle vers 9 heures, franchit le portail, une cour pavée, un escalier extérieur, puis pénètre dans le hall d'entrée, une pièce en rotonde toute en marbres de couleurs. Au centre, une table ronde en pierre blanche, sur un pied central sculpté de feuilles d'acanthe, porte jusqu'au plafond une pièce montée d'orchidées, dont quelques guirlandes tressées s'échappent et retombent vers le sol. Blanches et bleues, les couleurs de la robe de Dora Belle ce soir. Comme tous les mois, un cadeau de Lafont. Lafont, encore lui. Il avait offert une Bentley blanche à Dora Belle quand Bauer en avait fait sa maîtresse officielle, et l'inondait d'orchidées à chacune de ses fêtes, ce qui paraissait à Deslauriers un luxe tapageur et de mauvais goût. Un luxe de truand. Un personnage bien encombrant. Grimace inconsciente. Il remet son chapeau et ses gants à la charmante jeune femme qui s'occupe du vestiaire, et pénètre dans l'enfilade des trois salons, portes de communication grandes ouvertes, brillamment éclairés par des lustres de cristal, tandis que la rangée de fenêtres est soigneusement calfeutrée d'épais rideaux verts. Le long du mur opposé aux fenêtres, dans chaque salon, un buffet surchargé de victuailles, foie gras, viandes froides, fromages, gâteaux, fruits. Des bouteilles de champagne sont entassées dans des glacières, derrière les buffets, et des bouteilles de cognac sont rangées à même le plancher, sous les tables. Un bouquet d'orchidées, sur chaque table, rappelle celui de l'entrée.

Déjà beaucoup de monde. Des femmes en robes légères de couleurs vives, des hommes en costumes sombres dînent par petits groupes assis autour de guéridons, debout près des buffets, ou en grandes conversations dans les embrasures des fenêtres. Dans le troisième salon, au fond de l'enfilade, Otto Bauer est installé au piano, et joue du Schubert en dégoulinant de sentimentalisme. Autour de lui, entre le piano et les hautes fenêtres, quelques-uns des plus hauts gradés de la SS en France, Knochen, Nosek, Maulaz, une dizaine d'autres, dans leurs uniformes noirs, jeunes, grands, blonds, sportifs, beaux, très beaux, et parlant tous le français avec un délicieux accent rauque, la brigade de charme de la SS. Au milieu d'eux, plus âgé, plus massif, l'ambassadeur Abetz, le seul à être en civil ce soir. Discussion animée, en allemand, masquée par les flots de Schubert. Il faut vérifier la cohérence de l'argumentation sur le débarquement anglo-américain, et se répartir les groupes d'invités de Dora Belle à endoctriner. Peu de place pour l'improvisation. Deslauriers regarde sa montre. A cette heure, d'habitude, ils ont déjà fini leur mise au point. Aujourd'hui, la tâche doit être un peu plus ardue.

Dans le deuxième salon, Dora Belle, assise dans un grand fauteuil, trône au milieu d'une horde de jeunes hommes et de jeunes femmes, somptueuse, abondante, rose et blonde, d'un blond naturel, le comble de la sophistication, entretenu à la camomille, la masse des cheveux coiffée en un chignon lâche d'où s'échappe une couronne de bouclettes, dans une robe en dégradés de bleus largement décolletée, une orchidée épinglée au-dessus du sein droit, étalée sur la chair, une autre à la ceinture. Debout derrière son fauteuil, la longue silhouette de Domecq, le petit flic de la Mondaine, vêtu plutôt pauvrement d'un pantalon et d'une chemise de toile kaki et d'une veste beige. Beau gosse, avec, sous une masse de cheveux noirs raides et mal coiffés, un visage long, régulier, barré de sourcils noirs très droits au-dessus d'yeux bleu pâle, vifs, mobiles, toujours en mouvement d'un groupe à l'autre, il est étonnamment silencieux et discret dans ce milieu de beaux parleurs. On dit qu'il est un ami d'enfance de la belle Dora, devenu son chevalier servant et amoureux transi. Un vulgaire pique-assiette, estime Deslauriers.

Il vient saluer Dora Belle. Toujours amer quand il l'approche. Elle avait été sa maîtresse dans l'avant-guerre, et ensemble ils avaient géré le Perroquet bleu, l'un des plus célèbres cabarets de Pigalle, que fréquentaient alors Bauer et quelques autres clients allemands qui séjournaient en France pour y faire des « affaires » et qu'on allait retrouver, à peine un an plus tard, dans les différents services de la SS à Paris. C'est au Perroquet bleu, fermé pour cause de désastre militaire, que Bauer était venu le chercher dès le mois d'août 40. D'abord pour le consulter : il connaissait tellement de monde... Puis pour l'embaucher comme auxiliaire d'un service de renseignements économiques qu'il mettait clandestinement en place, pour doubler celui de la Wehrmacht. Et lui prendre Dora Belle. Pour être tout à fait honnête, c'était même lui, Deslauriers, qui la lui avait offerte. Pour une passade sans conséquence, pensait-il, un simple gage d'amitié. Une passade qui durait depuis quatre ans, et qui excluait tout partage. Bauer avait fait de Dora, grâce à son influence sur la Continental, une vedette de cinéma, pas assez jeune ni assez talentueuse pour concurrencer les stars maison, Darrieux ou Delair, mais second rôle très sollicité, une réussite professionnelle inespérée pour elle, qui la comblait de bonheur. Et Bauer utilisait astucieusement ses talents de maîtresse de maison, la renommée de son salon, entre carrefour des mondanités parisiennes et maison de plaisir, pour traiter ses relations dans le monde des affaires françaises.

Un tout jeune critique de théâtre, qui vient de publier sa première pige dans *Paris-Soir*, attaque, sûr de son effet :

– J'étais à la première d'*Andromaque*. Jean Marais...

Dora le regarde, la tête légèrement penchée en arrière, le regard coulant entre les paupières fixé sur sa bouche, comme si, fascinée, elle basculait déjà sous ses baisers. Bandant. Un truc de courtisane. Efficace. Le jeune homme se trouble. Deslauriers s'éloigne, et se heurte à Geneviève Fath, spectaculaire dans une longue robe verte près du corps qui tient par deux minuscules bretelles, les épaules couvertes d'un boléro de tulle, au bras d'un petit chauve que Deslauriers ne connaît pas, elle dépose un baiser sur la paume de sa main, et le souffle dans sa direction.

– Ça roule, René. Tu es le meilleur. Tu as vu la robe de Dora ? Elle est de Jacques. Une splendeur, non ?

Derrière elle, dans l'encoignure d'une fenêtre, Greven, le patron de la Continental, grand, massif, chauve, sourire aux lèvres, et Clouzot, son metteur en scène fétiche, plus petit, maigre, visage aigu, discutent des jeunes femmes qui passent et repassent devant eux.

– La petite en rouge, un cul confortable comme un fauteuil anglais.

– Je suis plus sensible à la bouche à pompier...

– Parfait. On se la prend tous les deux pour ce soir ?

– Affaire faite.

Assis sur le plancher, aux pieds de Dora, un rondouillard au visage de bébé, la bouche gourmande, répète, ravi de sa formule : « Entre le désastre et nous, il n'y a plus que l'épaisseur de la Wehrmacht. » On dirait qu'il suçote un sucre d'orge, tout excité à l'idée de la punition qui approche. Profusion de références littéraires. La chute de l'Empire romain, les derniers jours de Byzance, le charme extrême des villes qui vont mourir, fascinante apocalypse.

Dora l'écoute en souriant de telles fariboles. Bauer vient d'interrompre Schubert en plein mouvement, et les officiers noirs se dirigent vers les salons.

– Voilà le bataillon d'élite, dit le rondouillard. Regarde-les. Grands et droits, sans raideur, la démarche énergique et précise, la politesse raffinée sur la force brute, une immense culture et le regard bleu. Ils ont été fabriqués en série pour nous séduire. Et tu crois que nous aurions pu résister ?

Dora se lève.

– Roland, à nous le piano, j'ai envie de chanter.

A l'étage des chambres, au-dessus des salons, deux adolescents, à plat ventre en travers d'un lit, l'un à côté de l'autre, regardent une carte de l'Europe collée sur un carton rigide. Les lignes de front sont représentées par des épingles à tête rouge pour les fronts de l'Est, bleue pour les fronts de l'Ouest. Le garçon, d'un geste très solennel, colle une pastille de papier peint en bleu-blanc-rouge sur un point très précis de la côte de la Manche, marqué au préalable au crayon, à côté de Bayeux. Puis ils s'embrassent. La fille, Ambre, quinze ans, cheveux dorés mi-longs, relevés au-dessus des oreilles par deux barrettes d'écaille, se redresse, petite robe claire, simple, au genou. Elle est pieds nus. C'est la fille de Dora Belle. Elle glisse rapidement la carte et son support dans des crochets fixés sous le sommier du lit.

– J'ai piqué deux bouteilles de champagne en bas pour fêter l'événement. On monte sur le toit ?

Le garçon se redresse à son tour. Seize ans, à peine plus âgé, les cheveux châtains en brosse, le menton marqué d'une fossette, chemisette beige, pantalon de toile marron. C'est François, le fils de Bourseul, le gros industriel ami de Dora Belle, qui habite à deux pas de chez elle. Les deux adolescents passent dans la salle de bains d'Ambre, attenante à sa chambre, ouvrent la lucarne, escaladent le lavabo, et se retrouvent dans la nuit sur le toit de zinc gris, encore chaud de la journée de soleil. François, d'un geste expérimenté, fait sauter un bouchon, et remplit les deux verres à dents que lui tend Ambre. Ils s'asseyent, dos au toit, les jambes appuyées sur la gouttière, et brandissent leurs verres vers l'ouest. François semble se recueillir :

– Les Américains sont devant nous. Et tout d'un coup, emphatique, à demi dressé : Levez-vous vite, orages désirés qui devez nous emporter dans les espaces d'une autre vie...

Ambre rit.

– Tu n'as pas plus sobre ?

– Si. Dépêchez-vous, les gars, on vous attend et on vous aime.

Les verres s'entrechoquent, les gamins boivent. Une bouteille. Entament la seconde. Et, engourdis par la chaleur et le champagne, s'endorment côte à côte sur le toit, toujours tournés vers l'ouest.

Deslauriers rejoint le groupe de patrons agglutiné autour du buffet du premier salon. Les grands noms du champagne côtoient ceux du textile du Nord, de la banque parisienne, des grands magasins, et les responsables des organisations professionnelles patronales. L'ambiance est tendue. Tous ces patrons ont accueilli les Allemands à bras ouverts en 1940, ont longtemps trouvé admirable l'ordre nazi qui supprime la contestation dans les usines, mais aujourd'hui ils sont inquiets. Ils viennent aux nouvelles, flairer le vent. Et, si possible, se faire rassurer. Bauer et Nosek, l'un de ses adjoints, ont pris le groupe en tenailles. Nosek explique : le débarquement était non seulement attendu mais espéré. Celui qui vient de se produire en Normandie n'est d'ailleurs qu'une diversion. Les opérations sérieuses auront lieu dans le Nord de la France, et nous y sommes prêts. Bauer, l'esprit plein des jeunes tankistes montant au combat, rayonnants, prend le relais :

– Les forces américaines seront attirées dans un vaste piège, et nous allons les faire fondre comme le plomb dans le creuset. Un temps. Et, du fond de ses tripes : la Wehrmacht ne peut pas être vaincue.

Il y a un silence. Deslauriers ferme les yeux, revit cette journée de juin 40 où il a marché dans Paris désertée, abandonnée, les rideaux de fer baissés sur les innombrables boutiques, les kiosques à journaux bouclés, les volets clos aux fenêtres des étages. Pratiquement pas de voitures, toutes sur les routes de la débandade. Il entendait le bruit de ses pas sur les trottoirs. Les quelques passants croisés ici ou là évitaient son regard. Il s'était assis sur le parapet du Pont-Neuf, à regarder se rejoindre les deux bras de la Seine, sous un ciel immense, le Louvre sur la droite, ses toits découpés gris foncé au-dessus des arbres, et il avait contemplé le coucher du soleil derrière la verrière du Grand Palais, dans un festival de rouges et de gris. Dans toutes les fibres de son corps, une angoisse étouffante. Au souvenir de cette soirée, la sensation remonte, intacte, physiquement douloureuse. Puis il avait marché dans la nuit, vers le nord-est, la route des invasions, remonté la rue Lafayette. Sur le pont qui franchit les voies de chemin de fer de la gare de l'Est, totalement désertes, il avait vu arriver les premiers motocyclistes allemands, qui dévalaient la rue en pente toute droite jusqu'à l'Opéra, comme une lance fichée en plein cœur de Paris, suivis par les premiers chars dont il avait senti les vibrations dans tout le corps. Au matin, la ville était quadrillée, occupée. Pas un coup de feu. Une ville frappée de stupeur. Pas une défaite, un anéantissement qui dépassait l'entendement. Il lui avait fallu presque un mois entier, qu'il avait passé enfermé dans son cabaret vide, pour reprendre vie, et voir dans le Paris allemand une terre d'aventures où tout était devenu possible. Alors, aujourd'hui, la Wehrmacht ne peut pas être vaincue, contre toute logique Bauer peut bien avoir raison.

Bauer continue, sur le ton de la confidence :

– Dans quelques jours, peut-être dans quelques heures, nous aurons l'arme absolue qui nous permettra de détruire les troupes alliées directement sur le sol anglais. Et, à l'Est, d'anéantir les concentrations de bolcheviks au moment même où elles se formeront. Un soupir. La bataille finale d'où sortira l'Europe de demain est enfin engagée, et nous allons la gagner, bien sûr. (Sourire.) Champagne, messieurs.

Pendant que Nosek entreprend de donner des détails techniques sur l'arme absolue à quelques invités, Bauer prend à part Duval, patron d'une usine de 800 ouvriers dans la métallurgie à Aubervilliers, et à voix haute :

– Bonne nouvelle, cher ami. Nous avons exécuté la semaine dernière dans un groupe d'otages les cinq ouvriers communistes de votre usine dont vous nous aviez donné les noms. Vous voilà tranquille. (Un temps.) Le compte rendu de l'exécution sera affiché dans Aubervilliers dans le courant de la semaine. Et votre rôle dans l'affaire sera mis en valeur, bien entendu. (Sourire.) Nous ne sommes pas des ingrats.

Duval, pris de malaise, va s'asseoir dans le salon voisin.

Dora s'appuie au grand piano, s'éclaircit la voix. Elle a une beauté très singulière. Le visage est irrégulier. Front large, des yeux immenses, très écartés, d'un bleu éclatant, sans nuances, dont elle atténue la dureté en jouant des paupières et des cils, des pommettes saillantes, un nez un peu fort, légèrement retroussé, au-dessus d'une bouche qui mange tout le bas du visage plutôt étroit. Elle sait donner le sentiment à chaque homme qu'elle ne s'adresse qu'à lui. En ce moment, légèrement penchée vers le jeune pianiste qui l'accompagne, elle chante sur le ton de la confidence, d'une voix juste mais sans volume, « Douce France, cher pays de mon enfance »...

Domecq passe à côté de Deslauriers, deux coupes de champagne dans une main, et une assiettée de foie gras dans l'autre. Deslauriers lui prend le bras.

– Vous, l'ami de toujours, vous l'avez connu, le cher pays de son enfance ?

Domecq sourit.

– Nous vivions à La Plaine-Saint-Denis, et malgré le nom bucolique il n'y avait ni clocher ni herbe verte, arbres, petits oiseaux. Mais il y avait beaucoup de misère.

– Dites-lui d'arrêter ces simagrées.

– Bauer aime ça.

– Raison de plus. Tiens, qui vient là... (Sourire carnassier.) Le préfet de police Bussière lui-même. Il accourt aux nouvelles. Vous le connaissez ?

– Non, pas personnellement. Je ne suis qu'un tout petit inspecteur.

– Je vais me faire un petit plaisir. Il le traîne par le coude et coupe la route de Bussière. Monsieur le préfet, permettez-moi de vous présenter l'inspecteur Domecq.

Domecq jongle avec l'assiette et les coupes, pour dégager une main. Bussière, visiblement contrarié de rencontrer un petit flic de ses services dans un tel lieu, prend un air pincé, incline légèrement la tête sur le côté et fonce, sans s'arrêter, vers un groupe agglutiné autour de Knochen, le n° 2 de la SS en France. Deslauriers jubile.

– Ce connard est d'une impolitesse... Filez, mon cher. La charmante Dora va mourir de soif.

Suzy Solidor, longue silhouette coiffée à la garçonne dans un fourreau de soie violette, a pris le relais de Dora, et chante, en allemand, *Lily Marlen*. Rauque, grave, ça c'est une voix qui déménage pense Deslauriers, pris aux tripes, comme chaque fois qu'il l'entend. Souvenir de ses tours de chant au Perroquet bleu, les grands bourgeois adoraient ses javas. Bauer s'est arrêté de parler et écoute, les yeux fermés. Mais au lit, la Solidor, comme toutes les lesbiennes, ce n'est pas une affaire, elle ne tient pas la comparaison avec Dora.

Brinon, le représentant du gouvernement français, entre en coup de vent. Un regard circulaire et il fonce, sans saluer personne, vers l'embrasure de fenêtre où Abetz, Knochen et Bussière, l'air concentré, parlent de maintien de l'ordre.

Deslauriers repère Anselme, négociant en alcools, un vieux complice, assis seul dans un coin, en train de siroter du cognac. Il traîne un fauteuil à côté de lui et s'assied. L'autre le salue en levant son verre.

– Très bien ce cognac. Je ne sais pas d'où Dora le tient. Ce n'est pas moi qui le lui ai vendu.

– Solitaire ?

– Les petits marquis hystériques de Dora m'horripilent et le discours officiel de ton patron m'assomme. Je n'y crois plus. Et toi ?

– Paul, j'ai une belle affaire à te proposer, dans les vingt millions à deux, plus ou moins les frais.

– J'ai mis la clef sous la porte aujourd'hui même, René. Renvoyé tous mes gars, fermé mes entrepôts, et dans deux jours je pars pour Monaco. Maintenant, mon problème, je devrais dire notre problème, parce que tu as aussi pas mal d'intérêts dans l'affaire, c'est de laver l'argent. Le rendre inodore, incolore et sans saveur. Pour ça, il me faut un peu de temps. Et j'espère que la Wehrmacht m'en donnera suffisamment. Mais là-dessus je leur fais assez confiance. Des bons petits gars, ces soldats allemands.

Deslauriers tire un petit cigare, l'allume, première bouffée profonde, expire, ça calme, puis se penche vers Anselme.

– Deux jours, tu as dit. Il ne m'en faut pas plus.

Une table de poker s'est formée dans un coin, avec Greven et Clouzot, donc on doit jouer très gros. Knochen s'est assis entre Jean Luchaire, le petit journaliste, qui ne tiendra pas longtemps dans une telle partie, pense Bauer, et Bussière. Intéressant de le regarder faire, celui-là, le jeu, c'est l'homme. Bauer s'approche et se tient debout derrière lui. Bourseul vient le rejoindre, silhouette très droite, mince, élégante dans son costume sombre, cheveux gominés, petite moustache soignée, sourire aux lèvres. Il est devenu en quatre ans d'occupation la plus grosse fortune textile du Nord. Audelà des affaires faites en commun, marchés militaires allemands, rachats d'entreprises juives, les deux hommes sont amis, ont passé bien des soirées ensemble dans les bordels de luxe parisiens, et Bourseul renseigne fidèlement Bauer sur l'état réel des entreprises françaises. Bauer l'entraîne à l'écart.

– J'ai mis la main sur un officier de renseignements américain. (Un temps d'arrêt. Aucune réaction de Bourseul.) Il me dit que quelques-uns de tes amis ont déjà pris contact avec l'état-major américain.

– On dit bien des choses, ces temps-ci.

Bauer entend : Tu ne maîtrises plus la situation. Bauer entend : Je ne te dois rien. Et tremble de rage.

– Rappelle à tes amis deux vérités incontournables, Maurice. J'ai toujours le pouvoir de vie et de mort, de mort surtout, dans cette ville. Et si les Américains gagnent, ils ne contrôleront rien. Si nous partons, les communistes prennent le pouvoir.

Bourseul note les coins de la bouche crispés, le regard presque halluciné. Ferme les yeux un instant.

– Voyons-nous demain, tu veux ? Je fatigue, ce soir. La journée a été chargée pour tout le monde.

Quelques couples dansent au rythme du piano dans le salon du fond. On approche de l'heure du couvre-feu. Les salons se vident petit à petit quand Galley, le délégué général du cinéma, débarque, excité et volubile. Il se précipite vers Dora, on fait cercle autour d'eux :

– Je reviens de Vichy… (Murmures…) Nous devions projeter *Carmen* au Maréchal. Nous sommes partis ce matin très tôt en voiture. A 10 heures, on s'arrête dans un bistro de campagne, et là, on apprend le débarquement des Anglo-Américains. Moi, je voulais rentrer à Paris, on va trouver tout le monde en ébullition à Vichy, ils auront autre chose en tête qu'une projection de cinéma, pas la peine de faire tout ce voyage pour rien. Christian-Jaque insiste, on arrive à Vichy, et là, calme absolu. Les gens ont l'air de considérer que le débarquement c'est probablement une fausse nouvelle, ou bien une nouvelle sans importance. Ou en tout cas moins importante que l'avant-première de *Carmen*. La projection a eu lieu, en présence du Maréchal…

– Il a aimé ?

– Il a dormi tout le temps, et il a beaucoup aimé. (Rires.) J'ai voulu vous donner la primeur de la nouvelle.

Le cercle se disloque. Greven et Clouzot, accompagnés d'une dizaine de filles, descendent vers l'orangerie, aménagée au rez-de-jardin, sous les salons. Des lits ont été préparés au milieu des arbustes et des fleurs, isolés ou non par des paravents, pour accueillir ceux qui n'ont pas envie de rentrer chez eux au couvre-feu. Ces fins de nuits, animées par les starlettes en puissance, sont habituellement très prisées. Ce soir, la fréquentation est en baisse. Tout le monde rentre chez soi écouter la radio anglaise, dit à mi-voix Jocelyne Gaël, une actrice très engagée dans les amours gestapistes, sourire en coin. Deslauriers pose la main sur l'épaule de Geneviève Fath qui s'apprête à partir avec son mari.

– Laisse-le rentrer seul. Trouve-moi une autre fille et venez me rejoindre en bas toutes les deux.

Galley prend Dora à part.

– J'ai besoin de vous, Dora. J'ai beaucoup de mal à faire sortir ce film à Paris. Il est financé par les Italiens, qui ne sont plus en odeur de sainteté auprès de la censure allemande. Si vous pouviez me promettre votre présence à la première (coup d'œil vers Bauer), vous comprenez, ça m'aiderait à obtenir mon autorisation...

– Bien sûr. Vous pouvez absolument compter sur moi.

3

9 juin 1944

Les Alliés ont établi deux ports artificiels, un oléoduc sous la Manche, pris la ville de Bayeux, et conquis une bande de terre de 10 à 15 kilomètres de profondeur sur 50 kilomètres de long. La résistance des troupes allemandes est partout très forte, particulièrement autour de la ville de Caen. Les objectifs fixés pour le premier jour du débarquement ne sont toujours pas atteints.

Sur 1 050 sabotages programmés pour le jour J (lignes téléphoniques, de chemin de fer, ponts, etc.), la Résistance intérieure française en a réalisé 950. Sabotages et bombardements provoquent de très sérieuses difficultés dans l'acheminement des renforts allemands. La 11e division blindée, qui a été ramenée des fronts de l'Est jusqu'à Strasbourg en huit jours, mettra vingt-trois jours pour atteindre le front de Normandie. La division Das Reich met dix-sept jours pour remonter de la région de Toulouse jusqu'au front de Normandie.

Loiseau, en chemisette et pantalon de toile, est assis sur la pente herbeuse, entre deux buissons. Il se mordille la lèvre, au sang. La nuit est légère. A ses pieds, deux vallées convergent, étroites entre les plateaux. Une route longe chaque rivière et, à leur croisée, un village. A peine une cinquantaine de maisons paysannes, pierres blanches et toits de tuile pentus, rangées côte à côte le long de la route, avec leurs jardins derrière. Loiseau distingue nettement, dans le jardin le plus proche, les perches des haricots, un carré de tomates, une dizaine d'arbres fruitiers. Lui monte à la bouche le goût des cerises sur l'arbre, à midi, en plein soleil. Commence à bander. Se frotte les yeux, les joues, comme pour se réveiller. Le fond des vallées est obscur et silencieux. Morandot et Martin entreront par le nord et le nord-ouest, les routes de Méru et Gisors. Et Genet par le sud, la route de Paris. Genet, le petit nouveau qui remplace Falicon, ce connard, corps en tas devant le bureau sculpté. Deslauriers... Gorge sèche. Quelques hululements sur le plateau, dans son dos. Se lève. Rajuste son pantalon, pour donner un peu d'espace à ses couilles comprimées, son membre en érection. Se dégourdit les jambes. Mains moites. Regarde sa montre. Minuit moins deux. Une torche s'allume au nord, une autre au sud. Maintenant.

Loiseau se lance dans la pente, bien appuyé sur ses talons, vers la place du village, ronde, à la croisée des routes, autour du monument aux morts, la mairie d'un côté, l'école de l'autre. Loiseau s'est réservé l'école.

Des hommes en armes vident les maisons de leurs habitants, en hâte, à coups de pied, à coups de crosse, à coups de feu, et les regroupent sur la place du village sous bonne garde. Peu de cris, pas de révolte, la terreur.

Loiseau est entré dans l'école par la salle de classe du rez-de-chaussée, bien rangée, tableau noir, grimpe à toutes jambes, souffle un peu court, au premier étage, son pistolet à la main, trouve un homme en pyjama debout en haut de l'escalier, l'abat, entre dans la chambre, une silhouette de femme est assise sur le lit, les yeux dilatés, la bouche ouverte, sans un son, sans un geste, se jette sur elle, l'assomme d'un coup de crosse, la coince sous l'oreiller d'un bras, se débraguette en hâte de l'autre main, et jouit dans l'instant même où il la pénètre. Un bébé pleure dans la pièce d'à côté, des cris insupportables. Loiseau, hagard, se rajuste, prend le bébé par une jambe et le jette par la fenêtre, les cris cessent. Il se sent plus lucide. Descend à la cave, allume la lumière. Des jerricans d'essence sont rangés là, côte à côte, comme l'avait annoncé Morandot. Il disperse les bidons, les renverse, déroule une mèche jusqu'au rez-de-chaussée, y met le feu, puis rejoint, sur la place, les villageois prisonniers et leurs gardiens.

Morandot dirige le groupe de déménageurs qui descend la route de Méru, suivi de deux camions bâchés. Il désigne d'abord la maison de Lanternier, l'adjoint au maire, presque illettré, et le propriétaire du plus gros troupeau du village, entraîne ses hommes directement vers la cave. Derrière une porte masquée par des cageots vides, les réserves de beurre dans des tonneaux, des bidons de lait, des fromages sur des rayonnages. Tout est transféré en quelques minutes dans les camions. Dans les étages, des hommes emportent des draps, retournent quelques tiroirs, raflent quelques bonnes bouteilles. Impossible de s'éterniser. Morandot les entraîne déjà vers la maison de la vieille Blanchot, la plus petite du village, recouverte de vigne vierge. Il a repéré le poulailler, une trentaine de poules à décapiter, dans une demi-obscurité, au milieu des piaillements, et des plumes. Les hommes rient et se bousculent, les manches retroussées sur les bras, souvenirs d'enfance. Il y a aussi dans le buffet de la salle à manger une cinquantaine de bouteilles d'alcools de fruits qui vaudront une fortune à Paris. Puis la maison Vauvert, celle des Petitot. Les camions suivent toujours.

La colonne Morandot débouche sur la place où elle fait sa jonction avec celle de Martin qui a descendu la route de Gisors. En les voyant arriver, remous dans la petite foule entassée en vêtements de nuit sur la place. On les connaît, ces deux-là. L'un avec ses petits yeux noirs enfoncés et brillants, ses gros bras musclés, ses fortes mains de prolo, et l'autre, un peu enveloppé, début de calvitie, moustache roussâtre, bon gars, un peu benêt, tous deux ouvriers dans une usine de métallurgie à Aubervilliers soi-disant, arrivés à vélo pour chercher des petites combines pour alimenter la cantine de leur usine, deux jours de conciliabules, de petits coups bus chez l'un, chez l'autre. Et maintenant Gestapo, dit un villageois, qui a reconnu les *ausweiss* sur les pare-brise des camions. Maquis déguisés, affirme la vieille Blanchot. Silence, hurle un homme en armes en tirant une rafale en l'air.

Le troisième groupe arrive à son tour. Loiseau, debout sur les marches de la mairie, supervise. L'opération est terminée. Les camions se rangent en colonnes, direction Paris. L'incendie explose dans l'école, les flammes ronflent jusqu'au toit. Les hommes commencent à monter dans les camions, en se bousculant. Les trois chefs de groupe couvrent leurs hommes, les pistolets-mitrailleurs braqués vers la foule, qui gronde et frémit. Morandot ouvre le feu le premier, Martin, appuyé contre la roue d'un camion, la main crispée sur la crosse de son arme, contemple la scène, mais ne tire pas. N'a jamais tué. Le PM glacé dans sa paume moite. Il regarde, fasciné. Les balles pénètrent dans la foule et la font gicler, violence de l'impact. Des gens courent vers les maisons, des corps s'écroulent au ralenti, en mouvements décomposés. Hurlements, grondements de l'incendie, rythmés par le bruit mécanique des rafales. Puis sa main glisse vers la détente, la presse. De tout son corps redressé, les pieds bien écartés, il maîtrise les sursauts de l'arme, un vague sourire aux lèvres, soulagé, délivré. Un deuxième incendie se déclare dans le haut du village. Morandot et Martin cessent de tirer et sautent dans les camions qui s'ébranlent.

En sortant du village, un homme qui a commencé à boire une bouteille de la vieille Blanchot mitraille le panneau indicateur : Mortemart.

Loiseau s'est lavé, changé et soigneusement coiffé quand il se présente chez Deslauriers. Il a l'air presque détendu, et c'est rare.

– Nous n'avions pas le nom du village, mais à partir des indications que nous a fournies le capitaine Bauer, nous avons identifié et démantelé le réseau qui recevait les parachutages d'hommes et de matériels en provenance d'Angleterre.

Silence. Fin du rapport ? Deslauriers, appuyé à la fenêtre, sourit.

– Je peux en savoir un peu plus ?

– La zone ciblée par le capitaine Bauer était le sud du Vexin français. (Deslauriers acquiesce.) Nous avons parcouru les plateaux, et assez vite localisé un terrain de parachutage aménagé. A partir de là, nous avons infiltré des agents dans les trois villages les plus proches, sous couverture de marché noir. Et des indiscrétions nous ont donné les chefs du réseau...

– Tout cela en deux jours ?

– Imperturbable... C'était le couple d'instituteurs du village de Mortemart. (Un temps d'arrêt. Deslauriers tique, Loiseau, ancien instituteur radié, n'en finit jamais de régler ses comptes avec la profession, mais ne dit rien.) Nous avons donc organisé une descente dans le village cette nuit. Chez les instituteurs, nous avons trouvé les feux de balise, des cigarettes anglaises, et un poste émetteur-récepteur de radio. Nous avons abattu le couple devant tout le village, et leur maison a été incendiée. Les informations du capitaine Bauer ont été corroborées, et c'est une victoire contre les terroristes que nous sommes fiers d'avoir remportée.

Deslauriers est toujours appuyé à la fenêtre, à demi tourné.

– Tu as appris ton rapport par cœur ?

Loiseau, étrangement tranquille et sûr de lui, caressant du bout des doigts le buste d'une des cariatides du bureau, ne répond pas.

Deslauriers regarde dans la rue. Soleil, calme. Une phrase revient en boucle : Je n'en crois pas un mot, et je m'en fous. Je n'en crois pas un mot, et je m'en fous. Bauer sera enchanté. Il va pouvoir continuer à jouer avec son Américain, et c'est tout ce qu'il demande.

Puis : ce printemps est le plus beau que j'ai vu à Paris… Halte. Se retourne.

– Très bien. Je transmettrai ton rapport, un peu étoffé par mes soins, au capitaine Bauer, qui va être très satisfait. Établis-moi la liste des hommes qui ont participé à l'expédition, je les ferai payer.

Vers midi, Domecq passe au Capucin, rue Blanche. Le bar est encore fermé et, au sous-sol, on s'active à faire le ménage. Le patron est derrière le bar, en train de compter ses bouteilles, et de vérifier sa caisse.

– Bonjour, inspecteur. Qu'est-ce que je te sers ?

– Café, merci.

– Avec un doigt de cognac, alors…

– Va pour le cognac.

– Je t'accompagne, mais sans café.

Le patron laisse s'installer le silence, en buvant à petites gorgées et en filant des coups d'œil à Domecq, qui reste le nez dans sa tasse. Puis :

– Angélique n'est plus là. (Domecq ne réagit pas.) Deslauriers est venu récupérer les deux filles de Falicon, Angélique et Rose, dimanche dernier. Pas un mot d'explication, pas de dédommagement. Et moi, je suis dans la merde vis-à-vis des clients. Se penche vers Domecq, à demi sarcastique : Faudra repasser pour tirer ton coup, inspecteur.

Il fait très beau, déjà un peu chaud. La table a été dressée dans la salle à manger d'été, au rez-de-jardin, largement ouverte sur la terrasse et le jardin. Une table ronde, nappe blanche, trois couverts, vaisselle en porcelaine rouge et blanche, verres en cristal, couverts en argent. Au centre, un bouquet d'orchidées rouges et blanches. Sur la desserte, un repas froid pour trois personnes a été préparé, protégé par de grosses cloches de verre. Dora Belle s'occupe dans le jardin, à l'ombre d'un tilleul. Les mains gantées de caoutchouc, armée d'un gros sécateur, elle coupe une rose fanée ici ou là, ramasse quelques feuilles sèches. Elle est habillée tout en blanc, d'un chemisier qui dénude largement les épaules, et d'un pantalon large en toile, en sandales plates, un grand chapeau de paille sur les cheveux.

On sonne au rez-de-chaussée. Dora enlève son chapeau, ses gants de jardinage, dépose le tout dans la pièce attenante, l'orangerie, débarrassée de tous les lits qui l'encombraient pendant la fête du 6 juin, et monte accueillir son invité, Pierre Laval. Dora le connaît depuis longtemps. Il fréquentait assidûment le Perroquet bleu, avant guerre, et elle ne l'aimait pas. Il s'est toujours targué d'élégance, et Dora l'a toujours trouvé vulgaire dans ses costumes aux épaules rembourrées, chemises blanches, cravates blanches, silhouette tassée et sourire rusé, mais, professionnelle, elle s'avance vers lui, rayonnante. Il lui baise la main.

– Monsieur le président, c'est un honneur de vous recevoir chez moi...

– Chère madame, c'est moi qui suis honoré de venir saluer la grande actrice que vous êtes. (Elle le débarrasse de son chapeau, sa canne, ses gants.) Vous savez tout l'intérêt que je porte à notre cinéma. (Elle le dirige vers l'escalier.) Et, par conséquent, à vous, dont je suis un fervent admirateur. (Elle l'introduit dans la salle à manger.) Quand aurons-nous le plaisir de vous revoir sur nos écrans ?

– Je ne tourne pas en ce moment. C'est une période un peu creuse... Champagne, monsieur le président ?

– Volontiers.

Dora sert deux coupes. Ils font quelques pas dans le jardin, Dora parle de ses fleurs. Nouveau coup de sonnette. Deslauriers, toujours l'air de s'ennuyer. Laval et lui se serrent la main avec distance. Dora les laisse, côte à côte, debout sur la terrasse, tournés vers le jardin, et s'affaire dans la salle à manger, vérifie le couvert, met de l'eau dans les vases, redresse une fleur. De temps à autre elle jette un coup d'œil vers les deux silhouettes, Deslauriers grand, large, droit, et Laval plus petit, un peu voûté, la tête en avant.

– Monsieur Benezet a été arrêté voici deux ou trois jours. (Deslauriers ne bronche pas.) Un de mes excellents amis. (Toujours pas de réaction.) Je viens vous demander de faire votre possible pour qu'il soit relâché.

– Pourquoi vous adresser à moi ? Nous ne sommes pas des intimes...

– Personne dans les services de police français ne sait où il est détenu. (Un temps.) J'en ai parlé à Henri Lafont...

Flash : Laval et Lafont, le chef du gouvernement et le gestapiste qui bouffent ensemble, se tutoient, se tapent sur le ventre, copains coquins, complices. Coup fourré ?

– Lafont qui est votre ami.

– Exact. Et c'est lui qui m'a conseillé de venir vous voir. D'après lui, vous êtes le seul à savoir où se trouve Benezet. Je suis prêt à négocier.

Constat : le grand Lafont qui a cru régner sur Paris est en train de perdre pied. Sage précaution d'avoir enfermé Benezet sous un faux nom. Maintenant, avec le rapport Loiseau, la voie est libre du côté de Bauer. Tu vas payer, pauvre type.

– Cinq millions.

Laval a un haut-le-corps.

– C'est une somme... énorme. Il me semblait qu'entre Français...

Deslauriers maintenant s'amuse.

– Soyons sérieux, monsieur le président. Votre ami cachait dans son appartement un officier américain. C'est très compromettant par les temps qui courent. Je n'en ai rien dit au capitaine Bauer, ce qui lui a vraisemblablement sauvé la vie. Vous tenez à lui. Et j'arrive assez bien à imaginer pourquoi. Les Américains, ces temps-ci, sont une valeur en hausse. (Une pause.) Mais pas aux yeux du capitaine Bauer, évidemment. (Nouvelle pause.) Bref, cinq millions, et je vous le rends en toute discrétion. Sinon, je le donne à Bauer.

Laval fait quelques pas dans le jardin, jette sa coupe dans un massif de fleurs, revient vers Deslauriers et lâche, sans s'arrêter :

– Vous les aurez demain.

Puis il rentre dans la salle à manger :

– Impossible de rester, chère madame... Mes journées à Paris sont tellement chargées... Ne me tenez pas rigueur...

Dora, tout sourire, le raccompagne à la porte, au rez-de-chaussée. Elle redescend. Deslauriers est resté immobile sur la terrasse.

– Bon débarras.

– Je m'en vais aussi, Dora. En tête à tête, tu es une femme trop dangereuse pour moi.

Dora est restée dans la même tenue. Elle a simplement jeté sur ses épaules un paletot de coton à très larges mailles. Dans le boudoir du premier étage, une bonbonnière toute en rose et blanc, fauteuils Louis XV et piano droit, elle joue aux dames avec Domecq. Celui-ci, regard bleu limpide sous les épais sourcils noirs, fixe l'échiquier, puis le visage de Dora, comme pour y décrypter sa stratégie. En vain. La fenêtre est ouverte sur la rue, la fin de l'après-midi est étouffante, et la porte du petit boudoir, qui donne sur l'escalier et le couloir, n'est pas fermée non plus, pour faire courant d'air.

A côté de l'échiquier, une bouteille de champagne et deux coupes à demi pleines, un plateau de petits fours, fruits déguisés luisants de sucre, macarons, tartelettes, dans lesquels Domecq pioche allégrement.

– C'est le pâtissier du Ritz qui me les fait porter. Pour soigner Bauer, sans doute, comme si j'avais la moindre influence sur lui. Elle rit, et ponctue sa phrase d'une combinaison foudroyante qui nettoie tous les pions qui restent à Domecq. Trois parties à zéro, tes performances ne s'améliorent pas.

Domecq se lève, chemise et pantalon de toile kaki passablement fripés, se déplie, s'étire. Elle le regarde, étonnée.

– Comment fais-tu pour rester si mince en avalant tout ce que tu avales ?

Domecq rit franchement.

– C'est simple, je crève de faim comme tout le monde dans cette ville quand je ne viens pas m'empiffrer chez toi.

– Laval est venu déjeuner à la maison aujourd'hui. (Domecq s'immobilise devant elle. Elle prend un pruneau farci à la pâte d'amandes, le croque lentement, se lèche le bout des doigts. Déguste ce moment où elle le tient dans sa main. Et lui la laisse aller à son rythme, jouir de l'instant, sa façon à lui de la respecter.) Il va verser cinq millions à René pour récupérer un certain Benezet, un copain à lui qui a été arrêté parce qu'il hébergeait un officier américain. (Hésitation, puis tartelette aux fraises.) Benezet, ça me dit vaguement quelque chose. Il a dû fréquenter le Perroquet bleu, avant la guerre.

Des cris dans la rue, une bousculade, Domecq va à la fenêtre. Sur le trottoir, un groupe de quatre hommes frappe, porte, traîne un homme menotté au visage en sang qui se débat. Un dernier coup de crosse de revolver l'assomme, et le groupe s'engouffre dans l'entrée du 3 bis, place des États-Unis, quelques maisons plus loin. Domecq se retourne vers Dora :

– Ça ne te dérange pas d'habiter à deux pas des prisons de Lafont et de voir régulièrement passer sous tes fenêtres des morts en sursis ?

Dora se lève, ferme la fenêtre. Les larges mailles de coton jouent sur ses épaules, ses bras, ombrent la peau, nacre rose, nacre grise.

– Par moments, je ne te comprends pas. (Les yeux bleu émail grands ouverts mangent le visage, effacent les rondeurs, durcissent les traits.) Tu ne trouves pas ta remarque déplacée dans cette maison ? Et inutilement agressive à mon endroit ?

La porte d'entrée claque, cavalcade dans l'escalier, Ambre, en uniforme d'élève du couvent des Oiseaux, jupe plissée bleu marine, chemisier bleu clair, chaussettes blanches, s'immobilise sur le seuil du salon. Belle. En un sens, le portrait de sa mère. Même chevelure dorée, mêmes yeux immenses, bleu minéral, mêmes pommettes saillantes, même visage triangulaire. Le père inconnu n'a pas laissé beaucoup de traces. Mais les traits sont plus fins, plus réguliers, droit le nez, discrète la bouche, et l'ensemble, bien plus froid. Il est là, le charme absolu de Dora, dans la somme de ses petites dissymétries imparfaites et de ses rondeurs émouvantes.

– Tiens, le nouvel amant de ma mère. Au moins, il est français celui-là. Flic, mais français.

Puis elle disparaît dans le couloir et on entend claquer la porte de sa chambre. Dora encaisse, debout, immobile. Puis :

– Ne la juge pas mal. Ce n'est pas facile d'être la fille d'une ancienne pute.

C'est encore moins facile quand l'ancienne pute s'est acheté une conduite en devenant la maîtresse officielle d'un chef SS à Paris. Mais ça, je ne peux pas lui dire.

Domecq se sent désespérément seul.

Longue marche dans Paris, pour dissiper le malaise que lui laissent son après-midi avec Dora et la brève rencontre avec sa fille. Et puis, il a du temps à perdre. Descend vers la place de l'Alma, suit les quais, tranquillement. L'atmosphère de la ville change, imperceptiblement. Toujours le beau temps et l'insouciance apparente de tous ces gens qui vont et viennent, comme affairés.

Mais, sur l'esplanade des Invalides, les hommes et les camions de la Wehrmacht qui stationnent reviennent peut-être du front de Normandie, ils semblent usés. La guerre s'approche. Premières fissures physiques chez les vainqueurs. Plus loin, près de la place de la Concorde, toujours autant de barrages, de soldats en armes, de drapeaux nazis. Mais moins, beaucoup moins de touristes en uniforme.

Il est près de 18 heures quand il entre dans la salle des inspecteurs de la Mondaine. Une pièce assez profonde, pas très haute de plafond, dont les fenêtres donnent sur une cour intérieure, et fournissent une lumière anémique. Les peintures sont sales et grises, les bureaux se sont entassés un peu au hasard dans la pièce, et il faut slalomer pour atteindre, tout au fond, les deux portes aux vitres dépolies des bureaux du patron et de son adjoint. Il y a toujours de la lumière derrière ces vitres, mais peu de mouvement et on ne sait jamais si le patron est là ou non. Il est bien rare qu'il passe dans la salle de ses inspecteurs. Sur chaque bureau, peu encombré, des lampes dépareillées et, derrière, des fauteuils fatigués. Aujourd'hui, il n'y a pas foule. Quelques inspecteurs travaillent, ici ou là, à un rapport, lisent le journal, discutent. Les bordels, les cabarets, le jeu, la drogue, la prostitution, tout est aux mains des gestapistes français, supervisés par Lafont, et la vie de la Brigade mondaine se déroule dans une ambiance très particulière, une sorte de conservatoire des gestes et des coutumes du temps où la Brigade avait une fonction réelle.

Domecq s'installe à son bureau, à peu près au centre de la pièce, et s'attelle à un rapport sur la soirée de la veille, au Bagatelle. Le bruit avait couru, depuis quelques jours déjà, d'un arrivage de cocaïne dans la soirée. Aussi, le cabaret était bondé dès 9 heures du soir. Le Tout-Paris habituel... Lève le nez. Plus que deux inspecteurs dans la salle. Les autres ont dû aller boire un verre, pour s'entraîner, avant de faire le tour des boîtes de nuit ou des bordels qu'ils sont censés surveiller. Mais ces deux-là ont l'air de s'incruster. Il faut continuer à s'occuper. Replonge dans son rapport, énumère : Sacha Guitry, Cocteau, Jean Marais, Serge Lifar, Drieu... Puis continue : à 10 heures du soir, entrée de Villaplana et de Clavié, deux hommes de Lafont. Marthe Richard, également présente dans la petite foule, reconnaît en Villaplana l'ancien goal de l'équipe de France de football, et l'embrasse. Les clients l'ovationnent, c'est une véritable bousculade pour obtenir un petit sachet de cocaïne en même temps qu'un autographe de Villaplana, qui signe à même les sachets, pendant que Clavié encaisse les billets. Domecq s'arrête. Regard circulaire. Enfin seul. Il est 19 h 30. Il est dans les temps. Il rédige une phrase de conclusion : Quelle suite dois-je donner à cette affaire, compte tenu du fait que le Bagatelle est sous la protection de Lafont ? Laisse le rapport en évidence sur son bureau, et se précipite vers les toilettes.

Box du fond. Ne pas fermer le loquet. Il grimpe sur le siège des W.-C., attrape le bord de la lucarne, rétablissement, deux pas sur la gouttière, au-dessus d'une cour intérieure, puis, par la lucarne suivante, se laisse glisser dans un local technique où s'entassent seaux et balais qu'utilisent les dames de ménage, le matin, avant l'arrivée des policiers. Il récupère un carton sur la plus haute des étagères, en sort un volumineux poste de radio, déroule l'antenne dans la gouttière, utilise des cartons et des chiffons pour amortir les bruits, et s'assied sur un escabeau. Il fait des gestes très lents, très retenus, pour ne pas crever la bulle de silence et de sérénité qui l'entoure au centre de la Grande Maison, le lieu le plus sûr de Paris. C'est un moment de bonheur. Puis il attend, 8 h 07, l'heure de son rendez-vous avec Londres. Le contact est établi. La Gestapo arrête à son domicile Benezet (inconnu pour moi) et un officier américain qu'il hébergeait. Laval verse 5 millions à Deslauriers contre la libération de Benezet. Instructions ? Attend perché sur son escabeau, en rêvant à Londres, et à ces voix anonymes hurlant en écho dans la rue d'Assas : les Anglais ont débarqué... La réponse tombe : Bien reçu. Affaire prioritaire. Nous voulons tout savoir sur l'officier américain, Benezet, et les contacts avec Laval.

Moment un peu tendu, au retour : en équilibre sur la gouttière, s'assurer que les toilettes sont vides. Puis, seul dans la salle des inspecteurs, il relit très vite son rapport, et le dépose sur la pile destinée au patron. Flash : Dora, dans son salon, sa fille, dur d'être la fille d'une ancienne pute. Vaguement envie de vomir. Ou sont-ce les petits fours qui ne passent pas ? Il rentre directement chez lui.

Rien à manger. Il faudra tenir avec les petits gâteaux de Dora jusqu'à demain matin. Domecq se fait un café, avec une cafetière napolitaine offerte comme les paquets de café par le patron du Capucin, puis vient s'asseoir, les pieds sur la rambarde du balcon, face à Paris, gris sur gris dans la pénombre. Dix mois qu'il bosse à la Brigade mondaine. Le commissaire Nohant l'y avait fait entrer comme inspecteur stagiaire en août dernier, à la demande des services de renseignements gaullistes, sous une fausse identité, avec un faux curriculum vitae. Nohant, une silhouette épaisse, paysanne, le chapeau feutre sur la tête, un bon flic, et un résistant de la première heure. Arrêté par Lafont et ses copains de la rue Lauriston, avec trois autres commissaires, pendant une réunion clandestine dans une salle du sous-sol du café Zimmer en novembre 43. Dénoncés par qui ? Des brigadiers qui n'aimaient pas les commissaires ? Des brigadiers communistes qui n'aimaient pas les commissaires non communistes ? Des garçons de café à la recherche d'une prime ? Un flic zélé qui n'aimait pas les résistants ? Livrés aux Allemands, torturés, déportés. Probablement morts à l'heure actuelle.

Et lui s'était retrouvé tout seul à la Mondaine. Qu'il y reste, avait décidé Londres, c'était un poste d'observation privilégié des milieux de la collaboration. Il n'avait jamais été flic et n'avait jamais souhaité l'être ? Sans importance. Avant la guerre, il était égyptologue, donc habitué au travail solitaire et à l'observation méticuleuse. Pendant ses dix années de résidence au Caire, il avait fréquenté la cour égyptienne et les réceptions des ambassades, excellente approche de la vie mondaine, mais très loin des milieux parisiens, ce qui limitait le risque d'être reconnu. Il avait dû se faire à une solitude totale, sans autre lien avec la Résistance que ces contacts radio tous les soirs entre 20 heures et 20 h 10 avec Londres. Sans jamais passer à l'action, ce qui était encore plus frustrant quand les combats se rapprochaient. Et il avait hérité des indics de Nohant.

Parmi eux, deux perles. Chaves, un homme de main de Lafont. Domecq avait beaucoup réfléchi. La rafle du café Zimmer, ça pouvait être lui, aussi. Donc il n'avait pas donné suite, mais il avait conservé soigneusement quelques fiches de la main de Nohant.

Et Dora Belle, la maîtresse officielle d'un des plus importants officiers SS en France. Dora Belle, une des stars de la Continental. Dora Belle, une histoire sordide, née dans la rue d'une zone de taudis de la banlieue parisienne, de parents inconnus, prostituée à douze ans, mère à quatorze, et meurtrière à seize. Nohant la récupère, classe le dossier de meurtre, et la drive en douceur. Il lui apprend à lire et à écrire, à s'habiller, à tapiner haut de gamme. Il éloigne les macs et surveille l'éducation de sa fille. Dora paie sa dette en jouant l'indic consciencieusement. Quand Deslauriers l'installe à ses côtés au Perroquet bleu, elle continue. Elle est alors la meilleure indic mondaine de tout Paris. Après 1940, le paysage change. Dora, fascinée par la beauté virile, le charme des officiers SS vainqueurs et par la sécurité matérielle et morale que lui procure l'ordre nazi, n'a aucune sympathie pour les voyous terroristes de la Résistance, et Nohant, prudemment, prend ses distances. Quand Domecq récupère son dossier, il décide de reprendre contact. Il se présente comme le fils spirituel de Nohant, parti mourir d'une maladie hélas incurable en Charente-Maritime. Joue la séduction d'autant plus facilement qu'il est séduit, évoque en passant quelques désagréments possibles si Deslauriers apprenait ses relations avec Nohant, ce serait dommage, à un moment où la vie est si agréable, et lui suggère de continuer à informer la police française sur les faits et gestes de Deslauriers et ses amis. Elle accepte, parce qu'une fois qu'on est pris dans l'engrenage il n'est pas possible d'arrêter, et parce que c'est un jeu qui procure quelques plaisirs. Tous deux mettent au point une histoire d'amis d'enfance qui se retrouvent, retrouvailles mises en scène avec beaucoup de sentiment. Et le salon de Dora est devenu un des lieux principaux d'activité de Domecq. Bilan : extrêmement positif. Une foule d'informations sur la collaboration entre les patrons français et les services d'occupation allemands, sur l'état réel de l'économie française, sur le petit monde des collabos politiques et culturels... Et ce soir, la nausée. Dora, la belle Dora, la charmante Dora est enfermée dans un monde irréel, qui court au désastre. Consciente ? Inconsciente ? Peu importe. Non seulement je ne fais rien pour l'arrêter, mais, bien plus, je l'encourage à continuer, je la pousse dans la pente. Un comportement de mac. Un mac intello mais un mac quand même. Pas si différent de Nohant ou de Deslauriers. Arrête de gamberger. C'est la guerre. Finit sa tasse de café. Froid. Se lève. Avec la pointe d'un couteau, soulève une latte du plancher, sort quelques feuilles de papier, soigneusement pliées. Les notes de Nohant sur Dora Belle. Pas voulu les laisser au bureau, une indiscrétion toujours possible, trop dangereux. Prend un paquet d'allumettes, et brûle les feuilles, l'une après l'autre au-dessus de l'évier. Comme une mise en liberté. Purement symbolique. Et va se coucher.

La porte de sa cellule s'ouvre. Mike Owen contrôle un geste de recul. Combien d'heures ou de jours dans cette cellule de deux mètres sur deux, éclairée en permanence, les deux poignets attachés par une chaîne à un anneau dans le mur, tout juste capable de se tenir debout, ou allongé à même le sol ? Impossible de le dire. Le SS le détache, sans un mot, et le pousse devant lui dans le couloir. Bouge les mains, les bras, douloureux, vacille. Le SS ouvre une porte. Owen, immobile sur le seuil. Ne voit d'abord que la table, au centre de la pièce, somptueusement mise, nappe blanche, porcelaine, argenterie, verres multiples en cristal, quatre couverts. Le SS le pousse, ferme la porte derrière lui, les serrures claquent, une, deux, trois fois, comme dans la cellule. A la fenêtre, il y a des barreaux. Bauer surgit de nulle part, en uniforme, une fille sous chaque bras, une brune, une blonde, en guêpières rouges et bas résille noirs, les seins, le sexe, les fesses à l'air. Vertige. Bauer l'agrippe par le bras :

– Mon cher Mike, le nom du village auprès duquel tu as été parachuté, et dont tu ne te souvenais plus, c'est Mortemart. Le réseau qui t'a accueilli a été démantelé, les chefs exécutés et le village incendié. C'est plutôt une bonne nouvelle, non ? Il lui tend une coupe de champagne. Tu as payé ton droit de vivre, au moins provisoirement. Il lève son verre. A notre collaboration, pour reprendre un terme très français.

Avance, avance. Qu'est-ce que tu peux faire d'autre ? Mortemart, ce nom, tu ne le connais pas, tu ne l'as jamais prononcé. N'écoute pas ce qu'il dit. Répète : Fric, patrons, banques, c'est ton univers, ton seul univers. Il vide son verre d'un coup.

Plus tard il est nu, assis sur une chaise, une fille sur les genoux, qui lui fait manger du caviar à la petite cuiller, et boire de la vodka dans des verres à bordeaux. Se raccroche au carré de nuit, de l'autre côté de la fenêtre, à la douleur qu'il ressent en se cognant le genou contre le coin de la table. Et il boit. Très peu bu, très peu mangé depuis son arrestation, depuis quand ? Vertige. Tournedos Rossini. La fille s'installe sous la table et se met à lui faire une pipe. Il manque de s'étouffer, jouit sans plaisir, perd conscience, la tête sur la table.

Quelqu'un l'a réveillé avec une vaporisation dans le nez d'un liquide glacé. Brûlures, flamboyances aux couleurs de l'arc-en-ciel. Sensation d'être une montagne par une belle nuit d'hiver. Une fille danse le french cancan en chantonnant. Elle a un sexe énorme et violacé. Où est Bauer ?

La fille est assise sur le bord de la table. Il la prend, curieux, un peu distant, son sexe pénètre le sien sans aucune sensation. Mains froides. Bauer, derrière lui, collé à son corps, penché sur son épaule : Rien n'est plus beau que le cul d'un homme jeune et viril. Il agrippe ses hanches, et le pénètre en le mordant à l'épaule. Owen hurle, renverse la fille, la table, un compotier plein de soupe de fraises au vin de Bourgogne. Bauer tire deux coups de feu dans les lampes et les explose. Les filles se cachent derrière la table renversée, la brune, blessée par des éclats de verre, saigne abondamment à une cuisse. Quatre SS entrent, emportent Bauer, chassent les filles à coups de pied, et laissent Owen sur le tapis, au milieu des débris de vaisselle, souillé de vin et de sperme, entre serrures à double tour et barreaux aux fenêtres, en pleine dérive.

4

Dimanche 11 juin au matin

Sur le front de Normandie, la tête de pont est consolidée sur une longueur de quatre-vingts kilomètres et une profondeur d'une dizaine de kilomètres, sur la ligne Caen-Cherbourg.

La bataille continue autour de la ville de Caen.

Domecq grimpe quatre étages dans un immeuble bourgeois du boulevard Haussmann, tapis rouge dans l'escalier, sonne à une porte. Angélique vient lui ouvrir, en pyjama, cheveux blonds pas coiffés, le visage chiffonné et l'air renfrogné.

– Ah, c'est toi. Comment t'as fait pour me retrouver ? C'est le tôlier du Capucin qui t'a donné mon adresse ?

– Non. Ça n'a pas été facile…

– Entre, puisque tu es là, je vais t'offrir un verre, mais pas plus, Beau Mec.

L'entrée est sombre, en bois acajou. Une porte vitrée donne sur le salon, grande pièce lumineuse, meublée de fauteuils et d'un canapé simples et confortables, recouverts de tissu à grosses fleurs. Quelques plantes vertes, sur un pan de mur une bibliothèque bien garnie de livres et, devant la cheminée de marbre, une table basse qui contient des bouteilles et des verres. Un ensemble plutôt cossu et accueillant, impeccablement rangé, qui ne ressemble pas à Angélique.

Il s'assied près de la cheminée. Elle prend une bouteille de cognac.

– Tu ne peux pas plutôt me faire un café ?

Regard traînant, soupir, puis elle disparaît vers la cuisine, et revient quelques minutes après avec une tasse qu'elle pose devant lui. Domecq regarde le liquide marron clair, à peine tiède.

– Tu n'as pas l'air en forme, Ange, qu'est-ce qui t'arrive ?

Elle s'enfonce en boule dans un fauteuil, moue amère.

– Falicon est mort, apparemment. En tout cas c'est ce que dit Deslauriers, qui est venu nous récupérer au Capucin, Rose et moi, dimanche soir, pour nous loger ici.

– C'est joli.

– C'est à lui. Nous, on n'aime pas. On n'y a pas nos habitudes. Et il nous a mises au One Two Two.

Le bordel le plus luxueux et le plus renommé de Paris. Domecq, admiratif, siffle :

– Belle promotion.

– Tu parles... Vendredi soir, petite partouze chez les SS de l'avenue Foch. Un capitaine demande deux filles. On était les dernières arrivées au One, alors évidemment ça a été pour nous. Le capitaine faisait la fête avec un Américain. Il s'est lâché. Il a fini par tirer partout, et Rose s'est pris une balle dans la cuisse. (Domecq ouvre la bouche.) C'est pas fini. Hier, Deslauriers passe voir Rose, où en est la blessure. Après, il vient prendre un verre avec moi, assis dans le fauteuil où tu es, tranquille. Je lui dis que je ne veux plus faire des extra chez les militaires allemands, j'ai eu trop peur. Il se lève, pas un mot, il va dans la salle de bains, j'entends l'eau couler, il revient avec une serviette mouillée, m'arrache ma robe de chambre, et il me flanque la raclée de ma vie, toujours sans un mot. Devant l'air perplexe de Domecq : Ben oui, une serviette mouillée ça laisse pas de traces, tu sais pas ça dans la police ? Elle continue : J'étais là par terre, à côté de la cheminée. J'essayais de pas bouger et de pas crier. Il m'a dit, une fois qu'il a arrêté de taper : « Depuis quand une pute choisit ses clients ? » Il a remporté la serviette dans la salle de bains. Moi, j'étais toujours par terre, je me faisais oublier. En partant, il a ouvert la porte du salon, et il a dit : « Deux jours d'arrêt. On t'attend lundi midi au One. Occupe-toi de Rose. » Après, la porte a claqué. J'ai encore mal partout. Un temps. C'est pas impossible que je finisse par regretter Falicon.

– C'est qui, ce capitaine flingueur ?

– D'après les filles du One, qui le connaissent bien, c'est le capitaine Bauer, un client régulier. Pas particulièrement cinglé ou difficile.

– Et l'Américain, qu'est-ce qu'il faisait là ?

– J'en sais rien. C'était un prisonnier, tu sais. On était dans une cellule, avec des gardes à la porte et des barreaux à la fenêtre. Champagne, caviar, tout, mais une cellule quand même. Bauer l'appelait Mike, disait qu'il fêtait le début de leur association. Et il l'a enculé juste avant de se mettre à tirer partout.

Domecq repousse la tasse à laquelle il n'a pas touché, se lève, s'incline vers Angélique tassée dans son fauteuil, l'air misérable, prend sa main, baise le bout de ses doigts.

– Chère Ange, que puis-je faire pour toi ?

– Essaie au moins de savoir ce qui est arrivé à Falicon.

Mike Owen, courtoisement escorté par un garde SS, pénètre pour la première fois dans le bureau de Bauer, au cinquième étage, à hauteur de la cime des arbres de l'avenue Foch. Petite pièce, très lumineuse, ombres vertes dansant sur la bibliothèque, les livres sont serrés, parfois sur deux épaisseurs, soigneusement rangés par ordre alphabétique, auteurs français exclusivement, Brasillach, Céline, Chardonne, Cocteau... Bauer l'attend, debout derrière un secrétaire Louis XV très élégant. Il lui sourit, sourire étrange, lèvres fermées, horizontal.

– Je cherche à me tenir au courant de ce qu'ont écrit ces hommes que je croise dans les salons. Il paraît qu'en France ils font l'opinion... (Moue dubitative.) Une littérature de vaincus.

Bauer lui fait signe de s'asseoir sur le canapé de cuir adossé au mur, sous quatre dessins de Dürer, prend une bouteille de cognac, remplit à moitié deux verres ballon, lui en tend un, et s'assoit en face de lui dans une bergère. Owen pose le verre au sol et n'y touche plus. Bauer chauffe le sien dans ses deux mains réunies, fait tourner lentement le liquide, se penche sur le cognac pour le humer à petits coups.

– Pourquoi as-tu accepté de me répondre ?

– Parce que tout ce que je sais, tu le sais déjà. Pas la peine d'en faire un drame.

– Je ne suis pas sûr que les habitants de Mortemart partagent ce point de vue.

Mortemart. Souvenir aussi confus que le reste de la soirée. Mortemart, éviter absolument d'y penser si tu veux survivre. Hausse les épaules.

– On est en guerre.

– Il te reste maintenant à me donner le réseau qui t'a accueilli à Paris.

Owen, les coudes sur les cuisses, se penche vers l'avant, l'air sérieux.

– Ça ne fonctionne pas comme ça. Il n'y a pas de réseau à Paris. Je suis seul. Ma mission est de rencontrer un certain nombre d'hommes d'influence, et de leur expliquer que les Américains sont un meilleur rempart contre le communisme que les Allemands, et que nous sommes tout à fait capables de neutraliser la résistance gaulliste. Généralement, ils m'écoutent. Et je rendrai compte à mes chefs quand ils arriveront à Paris. (Un sourire.) Dans quelques jours. En attendant, je me logeais au hasard, dans les appartements vides des beaux quartiers, où ta police m'a trouvé.

– Je veux les noms de ces contacts.

– Mais je vais te les donner, sans problème. Dassonville, par exemple. Un de tes plus fidèles soutiens. Tu l'as chargé de te renseigner sur les milieux d'affaires français proches des Américains. Il le fait et il en profite au passage pour se placer près de nous. (Bauer boit sa première gorgée de cognac, les yeux fermés. Bourseul lui a déjà parlé de ça. Owen ne l'a pas quitté des yeux.) Et tu ne me diras pas que tu ne t'en doutais pas. Tu veux d'autres noms ? Bourseul et Patenôtre, tes amis personnels, deux des membres de la famille Gillet, Ardant, votre pilier dans la banque, Tiberghien qui préside le comité d'organisation du textile. Même le champagne vacille. Pourtant, ils pensent que nous serons de moins bons clients que vous. Mais nous apprendrons peut-être à boire français.

– (Il en sait beaucoup. Il risque de me trimballer. Besoin de réfléchir.) On va te ramener dans ta cellule, on te donnera du papier et un stylo, et tu me feras une liste des gens que tu as rencontrés à Paris, avec les dates et les lieux de vos rencontres.

– (Ne perds pas le contact. Vite.) A moi de te poser une question. Pourquoi ne m'as-tu pas déjà abattu ? J'ai une hypothèse. Tu es corrompu jusqu'à l'os, Bauer. (Visage figé, regard fixe, fonce.) Tu as accumulé une énorme fortune en France, avec tes hommes de main, avec ton copain Bourseul, et tu te demandes aujourd'hui comment lui faire passer la défaite, à ton fric. Tu penses que je suis peut-être une chance.

Bauer boit une gorgée de cognac, la garde en bouche, la laisse couler lentement dans sa gorge, les coins de la bouche tirés vers le bas, les yeux opaques.

– Tu ne comprends rien, l'Américain. Oui, j'ai accumulé beaucoup d'argent. C'était une façon de faire la guerre en pays vaincu, c'est tout. Je ne me pose pas la question de lui faire passer la défaite, à cet argent, parce que je m'interdis d'envisager la défaite. Il n'y a que la victoire ou la mort. Je te garde vivant, sous ma main, pour te regarder te débattre pour sauver ta vie. Un jour, je t'abattrai. Et, après une dernière gorgée de cognac : Je suis fier d'être si différent de toi.

Lundi 12 juin

Le général Montgomery déclare : « La bataille des plages est gagnée. » Mais les objectifs fixés pour le premier jour du débarquement ne sont toujours pas atteints. Les Alliés ont débarqué en une semaine 326 000 hommes et 54 000 véhicules, mais manquent d'espace pour se déployer.

Allongé sur le dos, les yeux au plafond, dans le vague, Domecq laisse lentement se dissiper le malaise du dernier rêve de la nuit. Dans une dune de sable brûlant, profond, presque blanc, il s'enfonce jusqu'à mi-corps et se désagrège. Les pieds d'abord, puis les jambes, et le sexe, sensation de brûlure intolérable au bas-ventre, réveil, en nage. Et maintenant, il attend que vienne le courage de s'arracher au lit trempé, pour une nouvelle journée de travail à la Brigade mondaine.

Il descend la rue d'Assas, longe le jardin puis le palais du Luxembourg. Troupes allemandes retranchées, bunkers et sacs de sable, les regards des soldats, longtemps indifférents et ennuyés, sont plus vigilants sous les casques.

Dans la salle des inspecteurs, la matinée se traîne. Quelques remarques prudentes, ici ou là, sur le front de Normandie. Les Anglo-Américains n'ont pas été rejetés à la mer… Mais ils ne progressent pas… Ou si peu… Et des silences qui s'étirent entre chaque phrase.

Ricout entre en coup de vent dans la salle, Domecq le voit se diriger tout droit vers son bureau. Tout jeune inspecteur, vingt-quatre ans à peine, entré dans la police deux ans plus tôt, par vocation et tradition familiale. Un père commissaire à la retraite et un frère aîné inspecteur à la 1re brigade spéciale des Renseignements généraux, où il est bien noté et casse du terroriste communiste avec ferveur. Avec ça, un bon jeune homme, gai, pas particulièrement tordu, pas particulièrement corrompu, avec lequel Domecq fait régulièrement équipe, sans s'en plaindre. Ricout prend une chaise, et s'assoit devant le bureau de Domecq.

– Je suis tombé hier soir au Schéhérazade sur un tuyau plutôt curieux.

– Dis toujours.

– D'abord, on m'a montré une bouteille de champagne Mumm Cordon Rouge, millésime 1933.

Domecq grimace.

– Je ne connais rien aux vins. Pas une affaire pour moi.

– Laisse-moi finir. Dans un coin de l'étiquette, il y avait, imprimée en médaillon, la photo d'une femme, plutôt jolie, souriante, et écrit à la main : En hommage à Florence, avec une signature qui pourrait être celle d'un membre de la famille Mumm.

– (Poli, pas intéressé.) Et cette Florence ?

– D'après ma source du Schéhérazade, qui la connaît très bien, c'est Florence Gould, sans hésitation possible.

Domecq ne réagit toujours pas. Ricout insiste.

– Florence Gould, la femme du milliardaire américain, qui tient un salon fréquenté par la moitié des écrivains français et les trois quarts des officiers de la Wehrmacht.

– Laisse-moi deviner. Elle vend ses bouteilles de collection pour acheter de quoi survivre, et tu proposes de faire une collecte pour lui venir en aide ?

Ricout continue, imperturbable.

– La bouteille est arrivée dans la nuit du 9 au 10. Mais pas toute seule. Avec huit cents autres, de vins divers tous de très grande qualité. Vente plus ou moins forcée. Il y en avait quand même pour plus de deux cent mille francs.

– Pas mal. Et alors ? En quoi cela nous concerne-t-il ?

– Comment ça ! Vol, peut-être racket, à coup sûr marché noir, sur notre territoire, et ça ne nous concernerait pas ?

Domecq grogne. A deux cents kilomètres d'ici, la guerre. Mais après tout, inspecteur de la Brigade mondaine, rester crédible. Coup d'œil à Ricout.

– Qu'est-ce que tu proposes ?

– On pourrait commencer par vérifier l'ampleur de l'opération, en posant quelques questions sur notre territoire. Si c'est un trafic de huit cents bouteilles, on laisse tomber. Si c'est plus vaste, on fonce.

Dans l'après-midi, Domecq et Ricout avaient déjà compté près de 20 000 bouteilles, écoulées en vingt-quatre heures, sur environ la moitié des boîtes de nuit de Pigalle. L'affaire devenait belle. Ils décidèrent donc qu'il était temps de rencontrer Mme Gould.

Les deux flics descendent à pied de Pigalle vers « les beaux quartiers », autour de l'Étoile. Florence Gould habite et tient salon avenue Malakoff, à deux pas des Champs-Élysées où défilent chaque jour les troupes allemandes, à deux pas de l'avenue Foch où siègent les services de sécurité de la SS, de la rue Lauriston et de la place des États-Unis, royaume de Lafont et de sa bande, la redoutable Carlingue, de l'avenue Kléber et du Majestic où sont installés les services administratifs de la Wehrmacht. Les beaux quartiers : grandes avenues rectilignes, immeubles massifs en pierre de taille, à moitié désertés, suant le luxe, et partout des drapeaux nazis, des gardes en armes, des uniformes vert-de-gris ou noirs qui circulent à pied ou en voiture. Ici, les Allemands n'occupent pas, ils sont chez eux.

Une jeune femme de chambre, robe noire, tablier blanc et petite coiffe de dentelle, vient leur ouvrir. Ricout montre sa carte :

– Police. (Un temps.) Police française. (Elle n'a pas l'air impressionnée, lit soigneusement la carte qu'il lui présente, puis le dévisage. Il est jeune, souriant, et s'efforce de paraître anodin.) Nous souhaiterions parler à madame Gould.

– Madame Gould n'est pas à Paris. Elle est sur la Côte d'Azur, chez son mari. Elle compte rentrer jeudi.

– Vous pourriez peut-être nous renseigner. Nouveau sourire encourageant. Madame Gould possède une cave renommée…

– (Hésitante.) Oui, je crois…

– C'est la cave qui nous intéresse. Nous voudrions juste y jeter un coup d'œil. Elle est dans cet immeuble ?

– Non. Ici, nous n'entreposons que quelques bouteilles pour la consommation courante.

– Où est-elle, alors ?

– A Maisons-Laffitte. Au château. Enfin, c'est pas vraiment un château... Mais les caves sont superbes. Vous pouvez y aller, la maison est gardée. Si le gardien vous trouve sympathique...

Les deux hommes marchent côte à côte, Domecq évite de regarder les drapeaux nazis qui prolifèrent.

– Trop tard pour aller aujourd'hui à Maisons-Laffitte. Je passe te prendre demain matin vers 10 heures ? (Ricout acquiesce.) Dis-moi Bernard, ton frère est toujours aux RG ? J'aimerais lui demander des tuyaux sur un de mes clients. Je pourrais passer le voir demain ?

– Pas de problème, je le préviens de ta visite.

Deslauriers retrouve toujours la salle des Deux Cocottes avec le même plaisir. Sensation de rentrer dans des habits confortables et familiers. Derrière des fenêtres masquées à mi-hauteur par des rideaux blancs, une grande salle toute simple, peu décorée, quelques boiseries aux murs, sol carrelé, des tables couvertes de nappes à petits carreaux rouges et blancs, serviettes assorties pliées en éventail dans les verres, des chaises paillées, des lampes de cuivre suspendues au plafond, allumées à toute heure. Au fond, près de la cuisine, un petit bar et la caisse, où trône la patronne, une solide quarantenaire aux cheveux teints en blond et frisottés, qui sert les apéros et les cafés, et, l'œil à tout, fait les additions. A côté du bar, deux portes battantes, vers la cuisine, le domaine de Gégène, le patron, haut lieu de la tradition culinaire bourgeoise interprétée par les Auvergnats de Paris. La cuisine de Gégène, rien que du bonheur.

– Bœuf-carottes en plat du jour, annonce la serveuse.

– Parfait. Tu m'en mets deux. Avec une bonne bouteille de bourgogne, au patron de choisir. En attendant, apporte-moi une assiette de saucisson.

Deslauriers s'installe à sa table habituelle, dans le coin près de la fenêtre. Jette un regard distrait sur la salle, à moitié pleine, il est encore tôt. Tout au fond, dans la pénombre, le visage crayeux de Dita Parlo. Petit pincement au cœur, toujours le souvenir de l'émouvante paysanne du film *La Grande Évasion*. Aujourd'hui mi-grue, mi-femme d'affaires. La guerre ne l'a pas arrangée. Bauer est assis à sa table, se penche vers elle, lui baise la main. Ricanement. Il la drague. Il serait bien le seul de l'état-major SS à ne pas lui être encore passé dessus. Le commissaire du XVIIIe arrondissement est assis seul à une grande table de huit. Il attend du monde. Deslauriers le salue de loin.

Lafont pousse la porte d'entrée, navigue entre les tables, serre des mains, lâche quelques phrases, puis se dirige vers Deslauriers en chaloupant. Silhouette familière. Depuis que Paris a été transformée en Far West par l'occupant, ils ont toujours été en concurrence, parfois en guerre, deux caïmans mâles dans le même marigot. Regard acéré. Deslauriers note le corps massif, épais, voûté, la boiterie légère. On dit que la BNA, la Brigade nord-africaine, la petite armée privée que Lafont, empêtré dans ses rêves, a levée contre le maquis, a été mise en déroute, et qu'il a été blessé dans le fiasco. Usé, humilié, il est à ma main. Lafont s'assied lourdement. La serveuse apporte les bœuf-carottes. Deslauriers remplit les verres de vin. Les deux hommes commencent à manger en silence, Lafont avec des gestes lents et imprécis.

Quand elle a vu entrer Lafont, Dita s'est penchée vers Bauer par-dessus son assiette, et lui raconte, animée, souriante :

– Tu sais, j'ai voulu tourner un film avec Henri, il y a quelques mois. Je le connais bien, on a fait quelques affaires ensemble. C'est un homme excitant, plus que les acteurs en tout cas. J'avais trouvé un producteur, un metteur en scène, je te passe les détails. On s'est retrouvés tous les deux sur un plateau pour un bout d'essai. Une scène d'amour. Moteur. Il se penche vers moi (elle mime la scène), m'enlace de ses bras vigoureux, et me dit quelque chose du genre (avec une voix de tête très haut perchée) : « Je vous aime depuis le premier jour où je vous ai vue », avec sa voix de chanteur eunuque. Le preneur de son ne le connaissait pas, il a été tellement surpris qu'il a commencé à rire, le fou rire a gagné tous les techniciens, et moi aussi, dans ses bras, je pleurais de rire, sans pouvoir m'arrêter.

– (Sourire.) Faire ça à Lafont… Ça s'est terminé dans un bain de sang ? Il a massacré le preneur de son, le metteur en scène…

– On a arrêté de tourner, et le projet est tombé à l'eau. Il m'a ramenée chez lui et m'a flanqué une raclée à la cravache. Depuis, il ne me salue plus. (Un coup d'œil en biais.) J'ai encore des cicatrices. Elle prend la main de Bauer, la glisse sous sa jupe. Tu les sens ?

Après avoir quasiment terminé le bœuf-carottes, Deslauriers en vient à l'objet de ce dîner.

– Tu as débauché des hommes à moi, Henri, pour les envoyer dans une histoire foireuse de récupération de pièces d'or et de tableaux chez une personne plus ou moins protégée, plus ou moins bien placée...

– (Geste vague de la main.) Pas au courant, René. Adresse-toi à Bonny. L'administrateur de la rue Lauriston, le responsable du personnel, c'est lui.

– Ne me fais pas rigoler. Pas au courant de ce qui se passe chez toi... Et pourquoi m'as-tu envoyé Laval précisément pour récupérer le type chez qui tu avais envoyé mes hommes ? A quoi tu joues ?

Lafont le dévisage un long moment, paupières gonflées sur des yeux injectés de sang.

– Les carottes sont cuites, René, à peu près comme celles de Gégène. Les Fritz sont finis, tu le comprends pas, un gars aussi intelligent que toi ? T'as toujours été plus intelligent que moi, René. Tu le vois pas qu'on a misé tous les deux sur le mauvais cheval, et perdu ? Et bientôt, va falloir passer à la caisse. Alors, tes histoires de tableaux, à l'heure qu'il est (rire sonore, et à voix très haute) je m'en fous complètement.

Lafont pose sa serviette sur la table, fait un petit geste d'amitié à la serveuse et se lève. Deslauriers le regarde quitter le restaurant en claudiquant, vacillant entre les tables, alourdi, ivre avant même de se mettre sérieusement à boire. Il s'est rêvé préfet de police, puis général d'armée, il n'est plus qu'un truand mégalo et fatigué, qui n'a plus envie de jouer. Décidément, rien à craindre de ce côté-là. Deslauriers bascule dans sa chaise, s'appuie contre le mur, balaie du regard toute la salle, comble maintenant. Chaleur, bonnes odeurs de casseroles mijotantes qui se déversent en nappe de la cuisine aux battements des portes, bruits de voix animées et confuses, entrecoupés de rires de femmes. A une table, deux officiers SS en uniforme noir sont en grande discussion avec deux civils rondouillards et mal rasés. Marché noir. L'un d'eux commande une bouteille de champagne : l'affaire est faite. A la tablée de huit, le commissaire du XVIIIe arrondissement écoute Clavié et Villaplana, deux hommes de Lafont, lui raconter leur épopée guerrière contre le maquis limousin. Peu touchés par le blues du patron, apparemment. Jocelyne Gaël a amené son amant Tony, un gestapiste lyonnais, un peu dépaysé dans ce lieu si parisien. Bauer se lève, signe discret de loin à Deslauriers, et sort, Dita Parlo à son bras. Tout est en ordre, la vie continue. Deslauriers lève la main.

– Maryvonne, une crème caramel.

5

Mardi 13 juin

L'arme absolue est entrée en action. Les dix premiers V1, surnommés les chiens d'enfer, des avions sans pilote de huit mètres de long, pesant deux tonnes, transportant 850 kilos d'explosifs, volant à 600 kilomètres à l'heure, et tirés depuis les côtes du nord de la France, se sont écrasés sur Londres.

Sur le front de Normandie, contre-attaque allemande autour de Caen.

A l'est, les troupes soviétiques passent à l'action et déclenchent une offensive sur le front nord, contre les troupes finlandaises, alliées des Allemands.

Ricout, qui habite un tout petit deux pièces très inconfortable à quelques dizaines de mètres de la place Clichy, a pratiquement pris pension au Wepler, la plus grande brasserie de la place. Les patrons le soignent, à toutes fins utiles. C'est là que Domecq le rejoint, au moment où il finit d'avaler une boisson chaude appelée café.

Plus d'une heure de route dans une voiture de service essoufflée pour parvenir à Maisons-Laffitte, après détours, contrôles, barrages. Ils croisent deux convois militaires en route vers la Normandie. Dans le parc de Maisons-Laffitte, atmosphère paisible, des gens bien habillés circulent à vélo, une amazone, toute de gris vêtue, rentre de promenade au pas, rênes longues, et les chevaux de course reviennent de leur entraînement en forêt en file indienne, trempés de sueur et la tête basse. Les deux flics arrêtent leur voiture pour les regarder passer.

La maison Gould est une grande bâtisse blanche carrée, assez majestueuse, à deux étages, surmontés d'une terrasse, un peu en retrait d'un des ronds-points du parc, au centre d'un jardin noyé de buissons fleuris. Tous les volets sont fermés, la maison semble déserte. Ricout sonne à la grille en fer forgé. Rien ne bouge.

– Le gardien semble s'être fait la malle.

– On fait le tour ?

Sur le côté gauche de la propriété, une large avenue avec contre-allée. A hauteur du flanc de la maison, la grille et le mur qui la soutient ont été abattus sur une largeur d'une dizaine de mètres, dans le jardin les massifs de fleurs, les pelouses soignées ont été défoncés par des pneus de camions, le mur de la maison lui-même est éventré au ras du sol. Les deux flics se regardent, puis entrent, et avancent jusqu'à la maison. Impressionnant. Il devait y avoir un soupirail qui a été largement agrandi, un plan incliné a été posé entre le niveau du jardin et le sol de la cave, et un treuil fixé dans le sol devant l'ouverture béante. Une cave voûtée occupe toute la surface de la maison. Elle est vide. Restent quelques casiers, et les structures métalliques qui servaient à ranger les bouteilles. A côté du soupirail éventré, un escalier doit donner accès à un deuxième niveau, probablement aussi vide que le premier. Pas tentés d'aller le vérifier.

– Joli flair, collègue. Il devait y avoir bien plus de vingt mille bouteilles là-dedans, surtout si le deuxième étage a aussi été déménagé.

– A ton avis, le gardien a fait le coup ?

– Pas tout seul en tout cas. Tu as vu les moyens ?

Ils reviennent vers la contre-allée. Les traces des camions à la sortie du jardin sont nettement visibles jusqu'au rond-point.

– On interroge les voisins ?

– Tu peux toujours essayer, dans l'équipe, le flic, c'est toi. Moi, je te suis, je prends des notes et je fais les rapports.

Les maisons sont très espacées les unes des autres, isolées au milieu de leurs jardins. Il y en a une juste en face de la maison Gould, de l'autre côté de l'avenue, une grande bâtisse de style pseudo-normand, à colombages de ciment. Les deux flics sonnent au portail. Aucune réponse. Le rez-de-chaussée est complètement cadenassé, mais on devine un mouvement furtif derrière une fenêtre du premier étage. Ricout entame un monologue à très haute voix.

– Police française. On veut pas déranger. Juste poser quelques questions. Ce serait mieux si on n'était pas obligés de crier. On n'a même pas besoin d'entrer, on pourrait rester dans le jardin. Si je hurle, ça ne sera pas discret.

Une fenêtre s'ouvre, une femme fait un geste : Attendez ! Quelques secondes, ouverture électrique du portail. Les deux flics viennent se planter devant la fenêtre où la femme a fait sa réapparition, sèche, grise, entre deux âges, et très réticente.

– Qu'est-ce que vous voulez ?

– Vous parler du déménagement de la cave Gould.

– Je n'ai rien vu. L'avenue est très large, avec beaucoup d'arbres. Et je ne m'occupe pas des voisins. Je suis seule ici, les patrons sont partis Dieu sait où...

– Bien sûr, mais vous avez bien dû entendre du bruit, la nuit, ici, c'est tranquille, et cette nuit-là il est bien passé une trentaine de camions au moins, pour le déménagement.

– Oui, bien sûr, je les ai entendus, ils ont tourné toute la nuit.

– C'était quand ? Vous vous souvenez ?

– A peu près une semaine. Elle regarde Ricout, la tête levée, un petit flic comme autrefois, avec son air de gendre idéal. Si sa fille n'avait pas mal tourné... C'était dans la nuit de mardi à mercredi dernier.

– Des Français ou des Allemands ? Vous les avez entendus parler peut-être ?

– Ça, c'est sûr. Ils gueulaient, ils n'essayaient même pas d'être discrets. Des Français.

– Et les camions, quel genre de camions ?

– Je vous dis que je n'ai rien vu.

– Pendant qu'ils abattaient le mur du jardin, celui de la maison, et qu'ils dévalisaient la cave, madame ?

– Antoinette.

– ... madame Antoinette, je veux bien. Il y a les arbres. Mais regardez, les camions prenaient la contre-allée et venaient tourner sur ce rond-point, juste sous vos fenêtres, et là, il n'y a pas d'arbres. Donc vous les avez vus.

– Je les ai vus, oui, à ce moment-là. Si c'est bien les mêmes. Des camions bâchés. (Hésitation. Le gendre idéal est toujours là, avec sa gueule d'ange souriant.) Il y avait un nom sur la bâche, une personne, une marque, ou une entreprise, je ne sais pas, masqué par de la peinture blanche.

– Ils allaient dans quelle direction, madame Antoinette ?

– Paris, naturellement.

Naturellement. La ville aux quarante mille voleurs...

– Combien de camions ?

– Ça, c'est impossible à dire. Ça a duré toute la nuit. Les mêmes pouvaient passer plusieurs fois.

– Et, madame Antoinette, vous n'avez jamais eu envie de prévenir la police ?

– Prévenir la police... Elle ferme un battant de la fenêtre. Qu'est-ce qu'elle peut faire au jour d'aujourd'hui, la police ? Me faites pas d'ennuis, vous deux, c'est tout ce que je demande. Elle va plus durer si longtemps cette guerre, et je veux en voir la fin.

Elle ferme le deuxième battant et tire un rideau à l'intérieur.

– Merci madame, hurle Domecq, comptez sur nous et bonne chance.

Les deux hommes sont assis côte à côte dans la voiture garée dans la contre-allée, le long du mur défoncé.

– Une bande qui opère pratiquement en public, de la main-d'œuvre, des camions, sûrement des permis de circuler, des contacts pour fourguer la marchandise volée, à la limite entre le marché noir et le racket, et des Français, je dirais une bande de gestapistes auxiliaires.

– D'accord. Et même une grosse équipe. Et à la clé beaucoup de fric. Au bas mot dix millions. Donc un groupe de gestapistes puissants. Plus puissants que nous. Tu veux continuer quand même ?

– Nous sommes en plein dans la définition de nos tâches, la lutte contre le marché noir est une priorité nationale, nous opérons en toute légalité, c'est une question que je ne me pose même pas.

– Bien. Alors j'ajoute : des tuyaux sur l'existence de cette cave, les casiers à bouteilles en énorme quantité pour le transport, le plan incliné, le treuil, les camions bâchés avec le nom d'une entreprise masqué, les gestapistes n'ont pas fait le coup seuls, ils étaient associés avec une boîte du secteur des vins et alcools. (Flash : Deslauriers dans le salon de Dora, assis à l'écart avec Anselme, négociant en vins et alcools, en grande conversation, à voix feutrée.) Et j'ai une hypothèse : Deslauriers et son groupe de la rue de la Pompe pour la Gestapo, associé à son ami Anselme, négociant en alcools, une des plus grosses fortunes du secteur. (Ricout le regarde, interloqué.) Moi aussi, j'ai mes indics.

– Pourquoi pas ? Essayons Anselme.

– Direction les entrepôts de Bercy.

A Bercy, les entrepôts Anselme sont bouclés. Depuis plus d'une semaine, disent les ouvriers et les chauffeurs rencontrés dans les allées voisines. Tuyau du bistrotier du coin : il y a une secrétaire, elle habite dans un pavillon, à quelques dizaines de mètres des entrepôts, au-dessus des bureaux d'Anselme SA.

La secrétaire d'Anselme SA est une grande belle femme, la quarantaine sculpturale et sévère, probablement la maîtresse du patron autant que la secrétaire de la société. Ses cheveux châtains sont tirés en chignon, elle porte une robe d'été bleu marine stricte et des espadrilles blanches. Les sourcils froncés, l'œil méfiant, elle les introduit dans son appartement, spacieux, bien aménagé, une entrée sombre, un salon dont les deux fenêtres donnent dans le feuillage des arbres qui entourent le pavillon, et laissent passer une belle lumière verte dans toute la pièce. La radio, un gros poste très moderne, diffuse une symphonie de Schubert, à côté du poste, un livre ouvert, Domecq glisse un œil, Drieu la Rochelle, cultivée la dame, mais pas subversive. Comme toujours, dans l'équipe, c'est Ricout qui mène la danse.

Les camions de l'entreprise ont-ils été utilisés récemment, et dans quelles circonstances ? Divers angles d'attaque, une seule réponse : L'entreprise est fermée depuis le samedi 3 juin. Personne n'est entré dans les entrepôts depuis cette date. Ricout peine à trouver l'ouverture. Domecq traîne dans le salon, regarde la très belle collection de photos des entrepôts accrochée sur les murs du salon dans des cadres noirs sobres. Glisse vers l'entrée, entend Ricout qui s'énerve.

– Il s'agit de marché noir, madame. C'est une affaire assez importante et vous refusez de collaborer avec la police, pour protéger un patron qui vous plaque en pleine guerre...

– Nous ne sommes pas en guerre, que je sache.

– ... et part avec le fric de l'entreprise à l'étranger.

Plus habile que ça d'habitude, Ricout. L'assurance hautaine de la dame doit le mettre hors de lui.

– Vous avez une commission rogatoire ? Non ? Eh bien vous n'entrerez pas dans les entrepôts, c'est tout.

Domecq glisse dans l'entrée, en continuant d'admirer la collection de photos accrochées aux murs, s'approche d'un meuble en acajou, haut et étroit, garni de tiroirs. Celui du haut est fermé à clé. Il introduit la lame d'un petit couteau de poche, le dialogue à côté s'envenime, donne un coup sec, tousse pour masquer le bruit du bois qui casse, un éclat d'acajou vole, pas de réactions dans le salon. Dans le tiroir, plusieurs trousseaux de clés, chacun avec une étiquette. Sur l'une : garage camions. L'empoche, ramasse l'éclat de bois, le remet en place. Coup d'œil rapide au contenu des autres tiroirs qui ne sont pas fermés à clé : des chemises entassées. L'une d'elles : liste du personnel en activité. Laisse la chemise, empoche les feuilles, puis revient au salon, où Ricout est pratiquement hors de lui. Domecq lui met la main sur l'épaule, se tourne vers la secrétaire, toute hérissée d'hostilité, lui sourit.

– Magnifiques, vos photos. A Ricout : Viens, nous partons, nous finirions par incommoder madame.

Dès qu'ils sortent du pavillon, Domecq l'entraîne vers les entrepôts, ouvre la porte du garage, une dizaine de camions bâchés sur lesquels le nom Anselme négociant en vins et alcools a été masqué à la peinture blanche. Ricout se retourne vers Domecq :

– Chapeau, collègue.

– J'ai aussi la liste des chauffeurs. Sur le tas, on en trouvera bien un ou deux qui accepteront de témoigner.

Ricout, plutôt que de se savoir en pleine illégalité, préfère ne poser aucune question sur l'origine des clés et des listes.

Rendez-vous avec le frère de Ricout, à la brigade spéciale n° 1 des Renseignements généraux. A la préfecture de police de Paris, galerie sud. Domecq traverse la grande cour, les yeux fixés sur les pavés inégaux. Deuxième étage. L'esprit vide, monte les marches une à une. Les Brigades spéciales, 3 500 arrestations de terroristes en quatre ans. Dans ces bureaux... Ne pense à rien... rien... rien... et tâche de respirer. Il pousse la porte du service, un long couloir dans lequel donnent de chaque côté des bureaux, et s'immobilise. Couleur gris verdâtre sale, on est bien dans des locaux de la police française. Mais c'est un autre monde qu'à la Brigade mondaine. Des hommes, quelques femmes, jeunes, bien habillés, passent d'un bureau à l'autre, s'interpellent, rient, les mains chargées de bouteilles de champagne, de pâtés en terrine, l'un arrive avec un cageot de cerises, un autre transporte une brassée de baguettes. Scène de fête, surjouée, au bord de l'hystérie. Une blonde monte sur une table, et décroche un rideau qui fera une nappe parfaite. Jupe courte, jolies jambes, un cul rond, tonique. Flash : Angélique, une des filles du Capucin, de dos, nue, lève les bras, monte sur la pointe des pieds, les fesses tout en muscles, pour attraper une bouteille au sommet d'une armoire. Domecq bande.

– Vous cherchez quelqu'un ?

– J'ai rendez-vous avec l'inspecteur Jacques Ricout.

– Un peu plus loin, le bureau des inspecteurs, salle 37, et s'il n'y est pas vous poussez la porte du fond, et vous allez voir au 36.

On se bouscule littéralement dans la salle 36. Deux grandes tables massives en bois ont été poussées de chaque côté de la pièce, contre les murs dans lesquels sont scellés plusieurs anneaux de fer. Pour enchaîner les prisonniers. La jolie blonde est en train de recouvrir de son rideau blanc le bois usé, creusé, et par endroits taché de sombre. Du sang séché. Les bouchons de champagne sautent, la mousse coule sur le sang séché et rosit légèrement, les tables se couvrent de victuailles, un homme, très dandy dans son costume rayé, écharpe de soie blanche autour du cou, à la Sacha Guitry, lève son verre :

– Aux futurs condamnés à mort.

– A nous, répond la foule en chœur.

– A notre belle mort, fait une voix grave dans un coin.

Et l'on trinque. Sans Domecq, qui n'a pas pris le gobelet que lui tendait un inconnu. De toute façon, la gorge nouée, il serait incapable d'avaler.

– Inspecteur Jacques Ricout. Tu me cherches, je crois ?

Le portrait de son frère, en plus mûr. Soulagement. Ricout le prend par le bras, et l'entraîne dans le couloir.

– Nous fêtons à notre façon le premier anniversaire du débarquement des Anglo-Américains. Une semaine déjà, et ils ne sont pas rejetés à la mer. Donc, ils ne le seront plus... Et ici, dans le service, nous sommes tous des morts en sursis, mais bon... Viens dans la salle des inspecteurs, nous serons plus au calme.

Ils s'asseyent dans la salle déserte. La fête n'est plus qu'un lointain brouhaha.

– Dis-moi d'abord pourquoi tu t'intéresses au dénommé Benezet.

– D'après moi, il pourrait être impliqué dans le rachat en sous-main de boîtes de nuit parisiennes en association avec un haut gradé de la Gestapo. Ça te suffit ?

– (Un temps.) Ça peut éventuellement coller. (Il lui glisse plusieurs feuilles pliées en quatre.) Voilà un extrait de sa fiche que m'a passé un copain de la section Renseignements. Discrétion absolue, pas la peine d'insister ?

– Pas la peine. Merci.

Le couloir. La porte d'entrée du service s'ouvre violemment, un groupe compact de trois hommes, la cinquantaine, grands, corpulents, cheveux plaqués, costumes trois-pièces sombres, Légions d'honneur, chemises blanches, cravates foncées, arrive à grandes enjambées, le visage fermé. Les patrons. Jacques Ricout s'aplatit contre le mur. Le groupe s'arrête. Bussière, le préfet de police croisé chez Dora Belle, foudroie Domecq.

– Qu'est-ce que vous foutez dans ce service, vous ? Toujours là où il ne faut pas.

Puis le groupe reprend sa marche, franchit la porte de séparation, le silence se fait instantanément dans la salle 36. Jacques Ricout se décolle du mur.

– Tire-toi, pendant que la voie est libre.

Domecq sort du bâtiment de la préfecture de police, et remonte chez lui, rue d'Assas, au pas de charge. Recommence, lentement, à respirer.

Enfermé dans la petite chambre, allongé sur le lit, lecture des quatre pages de papier quadrillé couvertes d'une grande écriture à la plume, encre bleue, pleins et déliés tracés sans hâte. Des informations recopiées à partir de la fiche originale. Triées, déformées ? Charme discret des sources policières. Sang séché sur la table, rafraîchi à la mousse de champagne, les jambes de la blonde, le cul d'Angélique, la voix grave : à notre belle mort, difficile de se concentrer.

Benezet, Antoine, né en 1869 à Paris, d'un père américain, diplomate en poste à Paris (descendant d'un officier français du corps expéditionnaire de Lafayette, fixé aux États-Unis), et d'une mère française, danseuse à l'Opéra. D'abord de nationalité américaine, il fait des études de droit aux États-Unis, où il se fixe. Activité professionnelle : banquier. Très fréquents voyages en Europe, et particulièrement en France. En 1914, il est nommé attaché à l'ambassade des États-Unis en France. Après la fin de la guerre, il se fixe à Paris et obtient la double nationalité.

Domecq s'arrête un instant. Un Américain né à Paris sous Napoléon III, nommé Antoine Benezet. Une plaisanterie. Mère danseuse, revoilà le cul d'Angélique. Secoue-toi. Le jour baisse. Il se lève, ferme les rideaux, allume la lampe, et replonge.

Benezet ouvre un cabinet d'avocat d'affaires international, spécialisé dans les relations franco-américaines. Secteurs de prédilection : le commerce international du coton et l'industrie automobile. Il est également gestionnaire de biens privés américains investis en France. Benezet détient une part du capital du journal L'Auto, *ce qui lui permet de défendre dans ce journal les intérêts de l'industrie automobile américaine et, par ce biais, d'être lié au groupe de presse de Raymond Patenôtre.*

Domecq se redresse sur son lit. Attention. Raymond Patenôtre, ce n'est pas rien. Milliardaire, patron d'un énorme groupe de presse, très lié aux Américains, lui aussi, et pilier de la collaboration tous azimuts avec l'Allemagne. Très peu rencontré chez Dora Belle, parce que, l'époque étant troublée, il préfère séjourner à l'abri, sur la Côte d'Azur, un prudent disent les uns, un trouillard pour d'autres. Mais c'est un ami personnel de Bauer, qui passe régulièrement lui rendre visite dans le Midi, pour récolter ses informations et ses avis. L'affaire Benezet devient vraiment intéressante. Replonge dans sa lecture, enfin totalement concentré.

Par l'intermédiaire de Patenôtre, député maire de Rambouillet avant 1940, Benezet est entré en relations avec de nombreux hommes politiques français, depuis le Parti radical jusqu'aux divers partis de la droite parlementaire... (Donc Laval.) *En 1938 et 1939, il a soutenu la politique de l'apaisement avec l'Allemagne. Il se trouvait aux États-Unis en mai et juin 1940. Il a participé au dîner de gala offert par les milieux d'affaires allemands de New York aux milieux d'affaires américains au Waldorf Astoria, le 26 juin 1940, pour célébrer la victoire allemande sur la France. Seul Français présent à ce dîner. Il y était sans doute au titre de sa nationalité américaine. Il était à la même table que certains de ses plus gros clients, James Mooney de General Motors, Henry Ford, ou le milliardaire Strassburger. Peu après, il rentre en France, et gère jusqu'à ce jour les biens de ses clients américains en Europe avec la bénédiction des autorités allemandes.*

Benezet est aussi un amateur d'art et possède une belle collection de toiles impressionnistes françaises. Son cabinet joue d'ailleurs un rôle actif dans le commerce des œuvres d'art entre la France et les États-Unis.

Cabinet : 140, avenue des Champs-Élysées. Adresse personnelle : 50, avenue Henri-Martin.

Un temps d'arrêt. Laisser mûrir l'information. Café. Un gros morceau, Benezet. Et des pistes multiples. Américains, Allemands, Laval : aujourd'hui toutes les combinaisons sont possibles. Pour Londres, il y a urgence.

Replie soigneusement les quatre feuilles et les range sous la latte du plancher, avec celles qui concernent Chaves. Dix heures du soir. Juste le temps de remonter à toutes jambes vers Pigalle. Au Capucin, Angélique a dû être remplacée.

6

Mercredi 14 juin

A l'est, les armées soviétiques pénètrent profondément en Carélie, après avoir percé les lignes finlandaises.

Dans la salle des inspecteurs, à la Brigade mondaine, le matin vers les 10 heures, c'est très calme. Ricout a apporté un gâteau, cadeau d'un lointain cousin breton. Il a étalé sur le bureau de Domecq une serviette à carreaux rouges et blancs, tiré de sa poche un Opinel et coupé le gâteau qui s'émiette, très jaune sous sa croûte brune, et laisse des traces grasses sur les doigts. Il doit y avoir des œufs et du beurre dans la pâte. Ils mangent en silence une tranche après l'autre, puis piquent les miettes une à une sur la serviette, en rêvant d'un vin blanc de Loire, léger et frais, et en buvant de l'eau. Ricout semble optimiste.

– Je récapitule : les bouteilles volées qu'on suit à la trace dans les bordels et les cabarets, la cave Gould ravagée, le témoignage de la voisine, les camions qui ont fait le coup. On peut boucler le dossier et le donner au patron.

– Je crois que tu te fais des illusions. Les patrons des boîtes ne témoigneront pas. Ils acceptent de nous parler parce qu'on est de bons gars, inoffensifs, et qu'il faut ménager l'avenir. Mais témoigner contre Deslauriers ou Lafont, faut pas rêver. La voisine ne témoignera pas non plus. Qu'est-ce qui nous reste ? La cave dévastée ? Combien tu paries que la Gould ne portera pas plainte ? Les camions maquillés. Mais rien ne prouve qu'ils ont servi à faire le coup. A mon avis, il faut trouver deux ou trois chauffeurs qui acceptent de témoigner. Là, ça deviendrait plus solide, et le patron serait obligé de bouger.

Ricout se charge de faire le tour des chauffeurs, Domecq est pris ailleurs. Il faut qu'il soigne ses indics, dit-il.

Ramasser tout ce qui traîne sur Benezet. Visite au commissariat du XVIe arrondissement. Domecq ne se sent pas dépaysé. Comme à la Mondaine, on dirait le château de la Belle au Bois dormant. Dans presque toutes les rues de l'arrondissement, il y a un ou plusieurs immeubles réquisitionnés par les Allemands, des sentinelles, des hommes en armes, des patrouilles. La présence allemande est dissuasive. Plus de petits voyous qui volent les sacs à main des vieilles dames. Quant aux autres... Bref, l'ordre règne, et les flics tuent le temps.

Domecq trouve donc très facilement un brigadier qui accepte de bavarder longuement avec lui sur la vie du quartier, et qui connaît bien Benezet. Avant guerre, il cotisait à l'œuvre des Orphelins de la police. Maintenant, c'est passé de mode. Curieux que vous veniez me parler de lui quelques jours à peine après qu'il est venu nous voir… oui, il y a deux jours exactement. Il était dans une rage… Il a porté plainte. Soi-disant qu'on lui avait volé quatorze tableaux. Il avait la liste, il donnait des détails… Il cherche dans un dossier squelettique. Tenez, la voilà : tend une liste de tableaux à Domecq, tapée à la machine, titre de l'œuvre, nom du peintre, date d'achat, nom de l'expert consulté. Et deux heures après il revenait, non, c'était une erreur, il avait tout retrouvé. Avec un bon sourire, le brigadier conclut : Probablement un racket quelconque, et il a payé. Vous savez comment c'est, par les temps qui courent.

Dora porte un tailleur bleu nuit, veste à longues basques et jupe plissée courte, chapeau discret et longs gants de peau fine de couleur assortie, une délicieuse tenue de fin d'après-midi. A son bras, Domecq dans son éternel pantalon de toile, chemise kaki et veste beige. Pas au niveau. Mais Dora n'y accorde aucune importance. Et Domecq en est blessé, en un sens. Ils sortent de chez Dora, direction les Champs-Élysées, au Balzac, on joue *L'Ile d'amour*, et Dora a promis l'autre soir à Jocelyne Gaël, qui y tient le rôle principal aux côtés de Tino Rossi, d'aller la voir.

Le couple passe devant l'annexe de la rue Lauriston, au 3 bis de la place des États-Unis. Là où la bande à Lafont torture, le plus souvent, là où elle emprisonne. Le petit immeuble semble abandonné. Aucun signe d'activité à l'intérieur, la porte d'entrée est entrouverte, aucun homme en armes montant la garde sur le trottoir. Dora ralentit, coule un œil vers le corridor sombre et désert.

– Lafont, ça ne va pas fort…

La laisser faire, ne jamais lui poser de questions, c'est une règle absolue qu'il s'impose.

– … René était en rage contre lui. Une histoire de tableaux volés (Domecq parvient à ne pas tressaillir), d'empiètements sur son territoire. (Un sourire.) Une histoire d'hommes, tu sais ce que c'est. Il l'a rencontré, et il est revenu convaincu qu'Henri est un homme fini.

Il l'entraîne, ils marchent en silence. Elle s'arrête, lève la tête vers lui, en plein soleil, cherche ses yeux, un regard simple, direct, comme un peu étonné.

– Il en est bien plus affecté qu'il ne veut bien le dire. Et moi, ça me fait de la peine.

– Dépêchons-nous. Ton copain Tino Rossi en bandit d'amour poussant la chansonnette corse, je ne voudrais pas manquer ça.

Jeudi 15 juin

Sur le front de Normandie, les troupes américaines avancent lentement dans la presqu'île du Cotentin. Les combats autour de Caen se poursuivent. Le général de Gaulle a visité les villes libérées de Bayeux et Isigny.

Domecq se rase, nu devant un petit miroir rond coincé dans l'égouttoir suspendu au-dessus de l'évier. Eau froide, pas d'électricité. Le savon est rare et ne mousse pas. La peau du visage râpe et brûle. Petite pluie fine dehors. Fichue journée. Se rapproche du miroir. Trente-cinq ans. Une ride profonde au coin de l'œil, déjà. Beau gosse vieillissant. Une gueule de maquereau pique-assiette. Retourne le miroir dans l'évier et commence à s'habiller.

Récapitulons. Qu'est-ce que je cherche ? A accrocher Benezet. Coup assuré si je retrouve la trace de ses tableaux. Volés par Lafont, et des hommes de Deslauriers, d'après Dora. Source fiable. Pour moi, une seule porte d'entrée dans la bande à Lafont : Chaves, dit Nez-de-Braise, l'indic de Nohant, dont il m'a laissé la fiche.

Six feuilles de papier jauni, écrites à la main, par Nohant lui-même. Michel Chaves dit Nez-de-Braise. Né en 1913. Point d'attache à Paris : le bordel de la rue Fontaine que tient sa sœur, Noémi Chaves, plus âgée que lui, et qui l'a élevé à la place de la mère, morte ou disparue. Quant au père… Indic de Nohant depuis 1938. Tout petit truand avant de rencontrer Abel Danos, en 1939, avec lequel il participe à quelques hold-up sanglants en 39 et 40. C'est lui qui donne Danos au commissaire Nohant pour l'affaire de l'attaque et du meurtre des deux encaisseurs du Crédit lyonnais en février 41. Quand Danos est libéré par Lafont dans les jours qui suivent son arrestation, il rejoint la Carlingue, la bande de Lafont, et amène Chaves avec lui, qui continue à renseigner Nohant. Plus ou moins… Très violent, sujet à des crises de colère effrayantes (cocaïne ?) que Lafont calme en tirant au pistolet à quelques millimètres de ses jambes. Épaisse bêtise. Lafont l'utilise comme tueur. A la première commande, un industriel de Toulouse qui n'avait pas réglé une marchandise livrée, Chaves avait abattu un inconnu. Lafont ne s'était aperçu de l'erreur qu'au bout de quinze jours. Depuis, Chaves avait pris l'habitude de rapporter la tête de la personne exécutée aux fins de vérification. A son actif une centaine d'assassinats en moins de deux ans. A également participé, en juillet 43, à l'arrestation de Geneviève de Gaulle et au démantèlement du réseau de résistance auquel elle participait, Défense de la France.

A l'heure qu'il est, ça doit lui paraître une erreur.

C'est un personnage dangereux.

Qu'est-ce que je sais de plus ? Pour moi, il a donné à Lafont Nohant et ses collègues résistants en 43, pour se débarrasser d'un témoin gênant. Si Lafont ou Danos apprennent qu'il a joué l'indic avec les flics, c'est un homme mort. Il a participé à l'équipée lamentable de la Brigade nord-africaine, l'armée privée de Lafont contre le maquis limousin, sans jamais y avoir un grade quelconque. La maison Lafont est en voie de liquidation, il le sait, et il est mal placé pour en tirer un grand bénéfice. Bon pour moi. C'est risqué, mais c'est jouable.

Vu le temps, un imperméable, plutôt que la veste de toile beige.

Rue Fontaine. Une maison d'aspect bourgeois, encore mal éveillée. Une femme de chambre en robe noire et tablier blanc ouvre la porte à Domecq et l'introduit dans un bar aménagé au premier étage, quand il annonce qu'il veut voir Michel Chaves, de la part du commissaire Nohant. Un bar intime, bois précieux, moquette épaisse et fauteuils bas en cuir. Chaves est enfoncé dans l'un de ces fauteuils, en pyjama et charentaises, en train de boire du cognac. Voir resurgir le fantôme de Nohant ne lui fait manifestement pas plaisir. C'est bon signe. Un homme trapu, massif, mi-graisse mi-muscles, un cou énorme, des joues couperosées dans le prolongement du cou, les mâchoires noyées et, au milieu du visage, un gros nez rouge vif, divisé en deux par une raie centrale, les narines dilatées, comme le mufle d'un taureau, de petits yeux noirs, un crâne en pointe, luisant entre quelques cheveux rares et très courts. L'homme aux cent meurtres. Applique-toi.

– Je vous connais pas. Qu'est-ce que vous me voulez ?

Domecq enlève son imperméable trempé, le pose sur le bar, le pistolet apparent à la ceinture, et s'assied sur un tabouret, juste au-dessus de Chaves, qui se tasse un peu plus dans son fauteuil.

– On peut causer ici ?

Chaves opine.

– Je me présente. Inspecteur Domecq. J'ai repris les dossiers du commissaire Nohant quand il a été arrêté.

Chaves a des yeux très brillants, fixes. Attention, il passe pour stupide, mais l'intelligence est une notion toute relative, ne pas sous-estimer le bonhomme.

– Comment ça se fait que je vous ai pas vu pendant tout ce temps ?

– Je ne t'ai jamais fait confiance. Je pense que tu es à l'origine de la rafle du café Zimmer.

– Pourquoi vous venez me dire ça chez moi ?

– Parce que les temps ont bien changé, et que tu le sais parfaitement. La rue Lauriston est en pleine décomposition. Et ta situation n'est pas brillante. A la Brigade nord-africaine, tu as été considéré par tes chefs comme tout juste bon pour faire le coup de feu, mais pas de galons, et pas non plus les bénéfices qui allaient avec. (Chaves croise ses mains devant lui, tendu, le regard toujours fixe.) Danos s'est tiré sans te laisser d'adresse. La cocaïne, un gros bizness qui va continuer après la guerre, est allée à Clavié et à Villaplana, pas à toi.

– Vous êtes bien renseigné. (Les phalanges des doigts sont blanches. L'amertume remonte, mal contrôlée.) Le patron m'a filé cinquante mille balles. Comme prime de démobilisation, il a dit. Cinquante mille balles… Quand on pense aux centaines de millions qu'on lui a fait rentrer à la Carlingue…

Puis il se recroqueville de nouveau, tapi, immobile. Il faut le débusquer.

– S'il savait que tu as donné Danos à Nohant en 41, c'est pas cinquante mille francs que tu aurais eus, mais deux balles dans la peau. (Touché.) Un temps. Mais ça, c'est le passé. Les Alliés arrivent, c'est une question de jours ou de semaines, et c'est pour ça que Lafont, qui est malin, solde. Donc, tu risques d'avoir bientôt besoin de moi.

Chaves racle lentement ses pieds l'un après l'autre sur le sol.

– Qu'est-ce que vous voulez ?

– C'est la Carlingue qui a volé les tableaux d'un dénommé Benezet, 50, avenue Henri-Martin ?

– Volé, pas exactement. On a livré la commande qu'on est allé chercher dans un appartement vide, et ouvert.

– Qui avait passé la commande ? (Un nom, et tu replonges dans tes vieilles habitudes.) Penché en avant, pesant : Qui, Chaves ?

– Le capitaine Bender, un ancien de l'Abwehr. On a beaucoup travaillé avec lui, autrefois. Maintenant, il est à l'état-major de la Wehrmacht, mais il a pas changé ses méthodes.

Bravo, Nohant, dresseur d'indics.

– Tu les as livrés où ?

– Au Lutétia, comme d'habitude quand on travaille avec Bender.

Domecq voit la haute façade à l'angle de Raspail et de la rue du Four, bien dégagée, pâtisserie blanche lourdement décorée, drapeaux nazis aux balcons des étages, soldats en armes sur la place, dans les rues, à toutes les issues.

Chaves commence à s'animer, un début de sourire au coin des yeux.

– Vous voulez que j'aille vous les récupérer ?

Plaisanterie douteuse ? Domecq se tait et attend.

– Je peux, vous savez. J'ai mon carton de la Gestapo, et ça impressionne la Wehrmacht. Mais j'ai besoin de garanties.

– J'écoute.

– J'ai pas donné Nohant. Tout à l'heure, vous blaguiez.

– D'accord. Je blaguais.

– Ensuite, je vais peut-être voyager, ces prochains jours, attendre que ça se tasse. Gardez un œil sur ma sœur. C'est une bonne maison, ici. Il faudrait pas qu'il lui arrive malheur.

– D'accord. Je m'en occuperai.

– Bon. Revenez ici demain soir. S'ils sont encore en France, vos tableaux, je vais vous les rapporter.

Domecq sort de chez Chaves les nerfs à vif, et une sensation d'épuisement. Un tueur, qui en a la gueule, un donneur incontrôlable. Comment ai-je pu approcher un type pareil ? Passe sa main dans ses cheveux, qui ont séché dans le plus grand désordre. Tous les nerfs de son crâne sont douloureux. Il ne pleut plus. Un équilibriste sur son fil entre les deux tours de Notre-Dame, saisi tout d'un coup du sentiment de ne plus savoir comment il faut faire pour mettre un pied devant l'autre.

Le Capucin est à deux pas, et la blonde Lily a pris la succession de la blonde Angélique. Avec elle, pendant un temps, moins de solitude, puisque les corps se touchent, dans une chambre, dans un lit, ils sont deux et se répondent. Et les gestes font revivre d'autres gestes, d'autres moments d'amour fou, de plaisir violent. Caresser les seins de Lily, c'est évoquer ceux de mon amour, comme ils bandaient, comme ils vibraient sous mes lèvres, sous mes doigts, mon sexe dans le tien, nos bouches jointes, cet emballement, ces tremblements, cet embrasement synchrones, et puis l'immense paix des corps allongés côte à côte. Avec Lily, Angélique, toutes les autres, je ne cherche qu'à raviver le souvenir, mon amour, de ton corps, de toi tout entière que la guerre m'a pris. Ou bien tu m'as quitté. Comment savoir ? Et peu importe. Au fil des répétitions, quoi que je fasse, le souvenir peu à peu s'estompe, mes gestes sont de plus en plus mécaniques, de plus en plus fades. Je marche vers le désert.

Il pousse la porte du Capucin. Dans une demi-heure maximum, je ne sentirai plus les nerfs de mon crâne. Je serai calme. On est en guerre. Que demander de plus ?

Vendredi 16 juin

244 V1 ont été lancés sur Londres en trois jours. Les dégâts sont sérieux. Churchill déclare : « La nature impersonnelle de la nouvelle arme produit un effet déprimant. »

La « maison Chaves » a affrété deux Citroën. Michel conduit la première, Noémi la deuxième, et les filles se sont entassées comme elles ont pu. Direction le Lutétia, entrée de service. Barrages, contrôles, la « maison Chaves » est non seulement « autorisée », mais attendue, et fêtée. Printemps 42, la plus belle époque de l'occupation, l'âge d'or de la Carlingue. L'argent était plus facile, les fêtes plus brillantes. Les hommes de l'Abwehr contrôlaient le marché noir. Chaves, qui ne rechignait pas au boulot, bon petit tueur apprécié de tous, avait alors proposé un contrat de délocalisation de la « maison Chaves ». Une fois par semaine, il conduisait les putes de Noémi sur place, au Lutétia, pour y faire les simples soldats qui peuplaient l'immense baraque. C'était bien mieux que les maisons d'abattage du bas Montmartre, et tout le monde y trouvait son compte, à commencer par Nez-de-Braise et sa sœur. Les accords n'avaient pas été remis en cause quand le contrôle du marché noir et des auxiliaires français était passé à la SS. La « maison Chaves » continuait à faire les beaux jours des troufions du Lutétia.

La haute porte en fer est glissée sur ses rails par la sentinelle qui salue ces dames, et les deux Citroën viennent se garer dans une petite cour couverte qui communique avec les réserves, les ateliers divers, caves et autres locaux de service. Les dames sortent, s'étirent en riant. Noémi compte son monde, et au travail. Deux petites pièces ont été réservées à la « maison Chaves ». L'une pour ceux qui font ça classique, un homme, une femme, pas de public, astiquage vite fait, deux lits séparés par un paravent. Dans l'autre, ceux qui font ça « à la Parisienne », dit Noémi, soucieuse de rendement, en groupe. Le débit est meilleur, mais les filles doivent plus se dépenser. Une trentaine de soldats plaisantent avec Noémi, souriante, calme, l'œil à tout, et se bousculent devant les portes.

Chaves se dirige, par un couloir désert, vers les ateliers. Une porte. Chaves frappe deux coups longs, trois courts. Bruits de verrou, la porte s'ouvre, un soldat allemand en tenue de travail, brève accolade, Chaves entre, la porte se referme derrière lui. Un atelier de menuiserie. On fabrique là les caisses, les emballages spéciaux des innombrables objets qui ont été raflés par l'Abwehr et vont partir vers l'Allemagne.

– Faisons vite, dit Chaves, il faut que je me montre avec les filles. Tu as trouvé les tableaux ?

Le menuisier l'entraîne vers une caisse haute et étroite, divisée en quatorze cases, une toile roulée dans un tube en carton dans chaque case.

– Elle doit partir ces jours-ci. Comment tu vas les sortir d'ici ?

– J'ai mon idée.

On entend un type gueuler en allemand dans le couloir.

– Un petit gradé qui vient du front de l'Est. Il n'est pas encore habitué. Et les chefs ont pas dû le prévenir de vos visites. Il paraît que là-bas, à l'Est, ce n'est pas la même guerre qu'ici. Sois prudent.

– Noémi va s'en charger. (Les gueulantes cessent.) Prépare les rouleaux.

Chaves se glisse dans une petite cuisine déserte, en face de l'atelier. Une table roulante, une nappe blanche longue jetée dessus, des verres. Il la pousse dans l'atelier. Les rouleaux sont glissés à l'étage inférieur de la table, masqués par la nappe.

– Regarde.

Le menuisier dégage de sous un tas de copeaux à terre, au pied de l'établi, une parure en diamants, collier, boucles d'oreilles, bracelet, somptueuse. Chaves siffle.

– Tu n'as jamais fait aussi fort.

– Cinquante/cinquante, comme d'habitude.

Les diamants disparaissent dans les poches de Chaves.

– Tu n'auras pas d'ennuis ?

– Aucun. Il y en avait tout un tas, et même pas d'inventaire. Les tableaux poseront peut-être plus de problèmes. La caisse va partir à vide et je l'ai fragilisée pour qu'elle pète pendant le transport. Avec un peu de chance…

Chaves part en poussant sa table vers les égouts séminaux de la garnison allemande, et l'installe juste à côté de la porte de sortie, avec quelques bouteilles de cognac qu'il a apportées pour la circonstance. Un petit remontant avant ou après la baise, c'est tout de suite moins déprimant.

Au moment de partir, Noémi se prend les pieds dans un ceinturon qui traînait à terre, se tord la cheville et geint comme dans une pièce de boulevard. Aidé par les filles, Chaves l'installe sur la table roulante, et la pousse jusqu'aux voitures. Les filles se pressent en paquet autour de la table pour aider à transporter la mère maquerelle à l'arrière d'une des Citroën. Dans la cohue, les rouleaux transitent vers le plancher arrière de la voiture sans encombre, et une fille remplace Noémi au volant. La caravane s'ébranle, laissant derrière elle des cadavres de bouteilles de cognac, et des souvenirs de guerre.

– A la semaine prochaine, les hommes...

– Si nous sommes encore là, dit un soldat entre ses dents.

Dans la grande chambre d'Ambre, dont les fenêtres ouvertes donnent sur le jardin, Ambre et François travaillent face à face autour de la table carrée, couverte de livres et de cahiers. Elle, en classe de première au couvent des Oiseaux, plongée dans les *Lettres* de la marquise de Sévigné, rêvasse. Lui, en maths élem chez les Jèses à Loyola, peaufine avec élégance la solution d'un problème de maths. Il lève le nez, regarde sa montre : 4 heures.

– A quelle heure rentre ta mère ? Je n'ai pas envie de la croiser.

– Elle est à une présentation de mode, une activité extrêmement prenante, elle ne sera pas là avant 6 heures.

– Ça va, j'ai presque fini.

Il replonge dans ses maths, elle regarde par la fenêtre.

– Je l'imagine, assise avec quelques-unes de ses amies, putains comme elle, en train de boire du champagne en bavassant sur les tendances de la mode l'hiver prochain. L'hiver prochain !!! (Un temps.) D'une voix éraillée : Je hais ma mère. Du fond du cœur.

François se lève, contourne la table, la prend dans ses bras.

– Je le sais. Tu crois que j'ai de l'estime pour mon père ? (Sa tête au creux de son épaule, passe la main dans ses cheveux.) Tu ne peux pas être désespérée, Ambre, pas en ce moment. (Un temps.) Je vais te dire ça très simplement, cette semaine, j'ai rejoint un réseau de résistance.

Elle se redresse, le regarde, un afflux de sang au cœur, la tête en feu.

– Tu as fait ça. J'aurais tant voulu, moi aussi…

Elle approche ses lèvres de sa bouche, baiser, tempes bourdonnantes. Se battre, balayer tout ça. Un nouveau monde. Une chose à faire, tout de suite. Elle s'écarte de lui, souriante, déboutonne son chemisier, enlève son soutien-gorge, François, médusé, regarde les seins ronds, lisses, à peine formés, au bout rose. Elle fait glisser sa jupe, sa culotte, un éclair de toison blonde et cuivrée, et plonge dans le lit en rabattant le drap sur sa tête, corps crispé, cœur battant très fort, entre curiosité et peur. Il la rejoint sous le drap. Les corps nus sont vite couverts de gouttelettes de sueur, se frôlent, s'évitent. Elle ferme les yeux pour ne pas voir son sexe. Timidité, maladresse, il la pénètre très vite, brûlure douloureuse, une déchirure à l'intérieur du ventre, elle s'y attendait, étouffe un cri avec son bras. François s'agite, la tête enfouie dans ses cheveux, elle a l'impression qu'il est à des kilomètres de distance, ne ressent rien, le corps gelé, rien que cette petite douleur au ventre qui tiraille, pas même violente, il râle à mi-voix, puis tombe sur elle, immobile un instant, avant de rouler sur le côté, et de lui parler à l'oreille, un flot continu dont elle ne perçoit pas un mot. Bravement elle lui sourit, enroule le drap autour d'elle, ferme les yeux.

– Va-t'en maintenant. Dora pourrait revenir.

Et elle reste là, allongée sur le dos, dans le drap trempé de sueur, de sang, de sperme, contemplant par la fenêtre le sommet des arbres. Faire l'amour, c'est ça. Une imposture. Dora le sait, Dora en vit, et elle ne m'a rien dit. Elle est responsable de toute cette saloperie. Elle s'endort, les larmes aux yeux.

7

Lundi 19 juin

Sur le front de Normandie, les Américains ont atteint la côte ouest du Cotentin. Quarante mille soldats allemands sont enfermés dans le nord du Cotentin, autour de Cherbourg, port en eau profonde. La tempête endommage sérieusement les ports artificiels des Alliés. Caen est toujours aux mains des Allemands.

A l'est, sur le front nord, les troupes soviétiques prennent Vyborg.

Domecq a soigné sa tenue, une chemise blanche, une cravate bleue, un pantalon de toile beige, assorti à sa veste. Des vêtements mis en réserve pour les grandes occasions. Et beaucoup de gomina pour domestiquer les cheveux noirs. Seules les chaussures éculées crient encore misère. Quand il sonne chez Benezet, une petite jeunesse brune vient lui ouvrir.

– Police française. Il lui montre sa carte, qu'elle ne regarde pas. Monsieur Benezet a porté plainte pour un vol de tableaux. Peut-il me recevoir ?

– Un instant, s'il vous plaît.

Elle l'introduit dans l'entrée, et disparaît par la porte de gauche. Domecq ouvre rapidement la porte de droite, long couloir, portes entrouvertes, obscurité, cette partie est inhabitée. Benezet. Un vieillard, chevelure blanche abondante, sourcils blancs broussailleux, des yeux enfoncés dans les rides, très noirs, brillants, la peau rose, soigneusement rasée, usée sans être flasque. L'homme est légèrement voûté, la démarche lente, glissante, mais pas hésitante, il a de la prestance. Il dévisage Domecq, soigneusement, le flaire presque, sans un mot.

– Inspecteur Domecq. Il tend sa carte, que le vieux regarde quelques instants avant de la lui rendre. De la Brigade mondaine.

– Entrez, je vous prie.

Il l'introduit dans le salon, lui indique un siège, s'assied en face de lui, sans un mot, sans le quitter des yeux. Salon bourgeois riche, entassement de meubles de style et de bibelots chers, traces plus claires laissées par les tableaux sur les murs. Sensation étrange, voyage à travers le temps, Domecq, assis sur son fauteuil Louis XV, cravate au cou, comme autrefois dans les salons du Caire, autrefois, avant la guerre. Le vieux, en embuscade, pas un interlocuteur facile.

– Des tableaux vous ont été volés, il y a une dizaine de jours.

– Je n'ai pas porté plainte, ou, plus exactement, j'ai retiré ma plainte.

– Je suis en mesure de vous les rendre.

Le vieux visage tremble, les yeux encore plus brillants, si c'est possible.

– Je ne vous demande pas comment vous feriez ça, mais pourquoi ?

– Pour vous prouver mon savoir-faire, et gagner votre confiance.

– Eh bien, faites-le, jeune homme.

Domecq se lève, va vers la fenêtre. Une Citroën noire est garée le long du trottoir, Chaves au volant. Domecq lui fait signe. Il démarre en douceur, et s'engage sur le bateau.

– Faites ouvrir la porte cochère de votre immeuble.

Quelques minutes plus tard, ils sont tous les deux dans le salon, les toiles déroulées étalées sur les fauteuils, la table, les canapés. Benezet va de l'une à l'autre, il les touche, l'épaisseur des couleurs, la rugosité des surfaces, toutes ces histoires secrètes, ces émotions solitaires, toutes là, intactes. Il a les larmes aux yeux. Il s'arrête devant Domecq.

– Sait-on que je les ai récupérées ?

– Non.

– Bien. Je vais les cacher, pendant le temps qu'il faudra.

Il le pousse vers un canapé, dégage une toile pour faire un peu de place, s'assied à ses côtés, pose sa main sur son bras, une main qui tremble.

– Racontez-moi cette incroyable histoire.

– (Demi-sourire. L'homme est bien accroché maintenant.) Au moins ce que je peux vous en dire. Ce sont les hommes de Lafont qui ont volé vos tableaux, pas ceux de Deslauriers. Ils répondaient à une commande du capitaine Bender. (Il est si près, impossible de dissimuler le visage qui se fige, l'homme est surpris, peiné. Donc Bender est un proche.) Ils ont été livrés au Lutétia, où ils ont été emballés à destination de l'Allemagne. Je les ai récupérés, et la caisse est partie à vide.

Un temps de silence. Le vieux reprend son calme, évalue la situation.

– Qui êtes-vous, et que voulez-vous ?

– Un inspecteur de la Brigade mondaine. Et je veux savoir pourquoi Laval a versé cinq millions à Deslauriers pour obtenir votre libération.

– En quoi cela concerne-t-il la Brigade mondaine ?

– Si je dois répondre à cette question, je peux vous parler de trafic d'œuvres d'art, de racket, ou à la limite de contrôle des courses et jeux. J'ai un large choix. Mais je ne suis pas sûr qu'il soit nécessaire d'y répondre. Vous me devez Laval.

– Je peux vous le donner assez facilement. Je veux dire sans trop me compromettre, qui que vous soyez. Laval ne croit plus à la victoire allemande, tout le monde le sait, même les Allemands. Son seul souci, c'est de rester dans la course quand les Américains vont arriver. Il cherche désespérément à se faire reconnaître comme chef d'un gouvernement légitime par quiconque est prêt à le faire. Il télécommande donc en sous-main divers comités d'anciens élus de la République, et il cherche à se rapprocher des présidents des deux chambres parlementaires qu'il a fait dissoudre en 40, Herriot et Jeanneney. Herriot est un très bon ami à moi, et j'ai gardé le contact avec lui depuis qu'il est prisonnier des Allemands. Laval compte donc sur moi pour le faire entrer dans son jeu. Et il estime apparemment que cela vaut cinq millions de francs. Mais c'est de l'argent gâché. Je ne dirai rien à Herriot. Laval est grillé, aux yeux de tout le monde, et je ne tiens pas à me compromettre avec lui. (Une pause, puis il se lève.) Je vais chercher à boire.

Quelques regards, quelques caresses aux toiles du bout des doigts, en passant, puis il revient avec une bouteille de champagne bien fraîche et deux coupes en cristal très élégantes.

– Il faut au moins ça pour fêter leur retour. Je commence à peine à me faire à cette idée. Il s'enfonce dans le canapé, la coupe à la main, avec un petit sourire jubilatoire. Et maintenant, dites-moi. Vous n'avez pas joué les Arsène Lupin simplement pour m'entendre dire sur Laval ce que tout le monde sait. Alors quelles sont les autres questions, jeune homme ?

– Quand la bande à Deslauriers a débarqué chez vous, elle y a trouvé un officier américain qu'elle a livré à Bauer. Et pas vous. Pourquoi ? Cet officier américain, prénommé Mike, semble avoir accepté de collaborer avec Bauer, et donc avec la SS. Il est logé confortablement avenue Foch, Bauer lui procure des putes, et le baise de temps à autre. Pourtant, vous n'êtes toujours pas inquiété. Le capitaine Bender, qui appartient à l'état-major de la Wehrmacht, et qui est connu pour être, disons, méfiant à l'égard de la SS, est un de vos bons amis, ce qui ne l'empêche pas de vous voler vos tableaux. Et vous, quand vous vous apercevez que les toiles ont été volées, à votre sortie de prison, vous ne portez pas plainte. Mes questions sont simples : Qui êtes-vous, qui est cet officier américain, quel jeu jouez-vous, et qui couvrez-vous ?

Benezet prend son temps.

– J'admire l'étendue de vos informations, et je crois comprendre où vous vous situez sur l'échiquier politique parisien. Mais vous n'attendez pas de réponses à vos questions, j'imagine ?

– Non, pas de réponses immédiates, bien sûr. J'ai parlé de vous avec mes supérieurs. Vous ne leur êtes pas totalement inconnu. D'après eux, il existe dans Paris un homme en qui vous avez toute confiance, et qui pourra se porter garant de moi. Joignez-le.

– Très bien. Je le verrai. Revenez me voir dans une semaine environ. Pas ici. A mon bureau, au 140, Champs-Élysées. Il y a beaucoup de passage, ce sera moins voyant.

Domecq passe toute la fin de l'après-midi dans la salle des inspecteurs de la Mondaine. Ricout a trouvé deux chauffeurs d'Anselme SA qui acceptent de témoigner sur le cambriolage de la cave Gould. Des inconscients ? Comment les a-t-il décidés ? Pas un mot. Secret de flic. Attendrissant ou exaspérant, le sérieux de Ricout, son acharnement à faire son métier, dans un monde où, au mieux, ça n'a aucune importance ? Les dépositions intégrales sont jointes au dossier, qui devient ainsi plus solide. Aussi Domecq s'applique-t-il à rédiger correctement ce rapport, ce qui le tient jusque vers 19 h 30. Le patron l'aura demain. Curieux de savoir comment il réagira et ce qu'il en fera.

Jeudi 22 juin

Sur le front de Normandie, après qu'un ultimatum a été repoussé, les Américains lancent une offensive contre Cherbourg.

A l'est, sur le front nord, les troupes soviétiques avancent en Estonie et en Lettonie. Dans le secteur central du dispositif de défense allemand, en Biélorussie, les troupes soviétiques déclenchent une nouvelle offensive en ouvrant trois fronts simultanément.

Sur le trottoir de l'avenue de Clichy, à quelques mètres de la place, une Citroën noire est garée, moteur au ralenti, un homme au volant. Ricout finit de boire un verre de blanc au bar du Wepler, petite entorse à sa règle de vie, pas d'alcool avant 6 heures du soir, mais il faut bien fêter ses avancées dans l'enquête sur la cave Gould. Heureux d'avoir flairé une belle affaire, d'avoir monté un dossier qui se tient, d'être un flic qui fait son métier. Par les temps qui courent, pas si fréquent. Il salue les patrons, et sort. Deux hommes, au pas de charge, arrivent derrière lui, le prennent par les bras, le soulèvent, le portent sur quelques mètres. Ricout hurle : « Police... Au secours... Appelez la police... » Les passants, peu nombreux, changent de trottoir. Les patrons du Wepler, debout derrière leur comptoir et l'œil braqué sur la rue, sans même se concerter, se retournent vers leurs bouteilles. Une portière arrière de la Citroën a été ouverte, Ricout est jeté sur la banquette, et se retrouve coincé entre deux inconnus. La Citroën démarre en trombe et enfile l'avenue de Clichy en direction des boulevards extérieurs. Ricout cherche à se dégager violemment. L'homme assis à sa droite se soulève à moitié et entreprend de lui écraser la figure à coups de poing, pendant que celui de gauche lui bloque les bras avec une paire de menottes, et le déleste de son arme de service qu'il expédie sur le plancher, à l'avant à côté du chauffeur. Une arcade sourcilière éclatée, un œil fermé, les lèvres fendues, le nez peut-être cassé, il est temps de sonner la fin du premier round. Ricout se renverse sur la banquette, ne se débat plus, cherche simplement à amortir les coups en s'enfonçant en rythme dans les coussins. Reprendre son calme. Contre sa hanche gauche, il sent l'arme du moustachu. Le cinglé à droite arrête progressivement de cogner. Coincé contre le pare-brise, un permis de circuler de la Gestapo. Flash : Domecq lui dit : Une grosse équipe… un groupe de gestapistes… des gens plus puissants que nous. Tu veux continuer ?

On arrive au boulevard extérieur. La Citroën bifurque à gauche.

– On t'emmène faire un tour au bois de Chaville, lui dit le chauffeur en souriant dans le rétroviseur.

Danger de mort. Respire lentement, du mieux qu'il peut, c'est difficile, le nez et la bouche pleins de sang. Le grand, à droite, s'est mis à regarder défiler le paysage, en se mordant la lèvre inférieure. Celui de gauche fixe la nuque du chauffeur, qui reprend la parole :

– Nous, on se bat contre les communistes, pour construire l'Europe nouvelle. Les salauds dans ton genre qui nous mettent les bâtons dans les roues, on les crève.

La Citroën ralentit à la porte Maillot, et franchit un barrage allemand, à toute petite allure, le chauffeur et les soldats échangent un salut nazi et des sourires de complicité. La voiture reprend de la vitesse, en direction du bois de Boulogne.

Ricout avale consciencieusement son sang, déglutit. Du calme. Incline la tête sur l'épaule gauche pour que le sang cesse de couler dans le seul œil qui y voit encore quelque chose. Si on va jusqu'au bois de Chaville, ce sera désert, et je suis un homme mort. Il faut que je me barre avant. Il va y avoir des ralentissements. Chaville. On passe par Suresnes. Suresnes, c'est là qu'il faudra sauter. Contracte ses muscles. Ça fonctionne. A droite, le cinglé qui aime cogner, réactif, dangereux. A gauche, le moustachu, un mou. A gauche, donc. La voiture ralentit, bien groupé en boule, projection des deux jambes à gauche, vers la poignée bien dégagée, coup de talon, la portière s'ouvre, coup de reins, je plonge, en boule sur la chaussée, après, courir le plus vite possible et à Dieu va. Reprend, encore et encore, l'enchaînement des gestes, tendu, à l'affût.

La Citroën passe la Seine, nouveau contrôle allemand, accélération, puis ralentissement, dans Suresnes comme prévu. Ne réfléchis pas, enclenche. Les jambes en avant, à gauche, la portière s'ouvre, Ricout roule sur la route. Le moustachu, bouche ouverte, se tourne vers son chef, le chauffeur jure, bloque la voiture, le cinglé plonge vers l'avant, sans parvenir à tirer son revolver. Ricout est en train de se relever. Le chauffeur enclenche la marche arrière qui hurle, percute Ricout, cherche à l'écraser, une fois, deux fois, Ricout rampe, évite les roues, le chauffeur le voit courir plié en deux vers les maisons.

– Tirez, mais tirez, merde.

Le cinglé, les mains tremblantes, est sorti de la voiture, dégage enfin son arme, s'appuie sur le toit de la voiture, tire, touche Ricout à la jambe, qui, sur sa lancée, franchit la porte d'entrée d'un petit immeuble, s'effondre dans le couloir et hurle : « A l'aide... » Le cinglé, l'écume aux lèvres, se précipite derrière lui, le vise, son pistolet s'enraye, le moustachu l'a suivi.

– A toi, putain, dans la tête, dans la tête.

Le moustachu vise, ferme les yeux, tire deux fois. Ricout meurt, sur le coup.

Loiseau range son pistolet, se tourne vers Martin : Aide-moi. A tous les deux, ils traînent le cadavre vers la Citroën, le flanquent dans le coffre, le tassent, ferment péniblement, et remontent dans la voiture où Morandot les attend.

– Qu'est-ce qu'on fait ?

– Direction le bois de Chaville.

La voiture démarre. Martin est pris d'un tremblement. Falicon est à son côté, il voit le canon du revolver, il entend le coup de feu, il sent le corps qui s'écroule en tas, juste à ses pieds.

– On devait pas le tuer. Juste lui faire une grosse peur. Qu'est-ce qu'il va faire, Deslauriers ?

Loiseau s'étale, seul sur la banquette arrière, souriant.

– Il ne fera rien, Deslauriers, parce qu'il ne saura rien. On a ramassé Ricout comme prévu, on l'a menacé, tabassé et relâché, comme prévu, dans le bois de Chaville. Après, on sait pas ce qui lui est arrivé. Et puis on n'est pas près de le retrouver, là où on va l'enterrer.

Domecq est descendu aux alentours de midi à la Brigade mondaine, prendre l'air du temps. Discussions hésitantes. Peu d'effets, apparemment, les chiens d'enfer... La tempête de ces derniers jours coupe les communications maritimes des Anglo-Américains, qui restent très vulnérables...

La porte d'entrée s'ouvre à la volée, une vitre se brise. Un uniforme SS noir, casquette vissée sur la tête, bottes étincelantes… C'est Deslauriers, le visage dur, la cicatrice saillante. Méconnaissable. Il jette un regard circulaire rapide, repère Domecq, le fixe des yeux et marche sur lui à grands pas, en bousculant chaises, lampes, papiers sur son passage. Un silence de mort dans la salle. S'arrête devant lui, et d'un aller et retour à pleine puissance de sa main gantée gifle Domecq qui se cramponne au rebord de son bureau pour ne pas tomber, pour ne pas riposter, en guerre, tu es en guerre, ne bouge pas. D'une voix forte, à destination de toute la salle :

– Ne te mêle pas de mes affaires, et ne couche pas avec mes filles, compris ? Pauvre connard de flic, tu ne dois d'être en vie qu'à l'amitié que Dora Belle a pour toi.

Et il repart, exactement comme il est venu, à travers la salle figée et muette.

Domecq est livide et tétanisé. Reprend très lentement son souffle. Un coup d'œil vers les portes vitrées des patrons : rien n'a bougé. Picotements dans les mains, le sang recommence à circuler. Les collègues, lentement, détournent le regard, reprennent leurs conversations et, l'un après l'autre, partent déjeuner. Seul. Première idée organisée qui émerge : Deslauriers a eu notre rapport. A la question : Comment le patron va réagir, une réponse : En informant Deslauriers. A peine croyable. Puis, tout à coup, une certitude. Ricout, qui n'est pas protégé par l'amitié de Dora Belle, est en danger de mort.

8

Vendredi 23 juin

Sur le front de Normandie, les premières lignes de défense de Cherbourg sont prises par les Américains, les Allemands résistent dans la ville. Les Anglais et les Canadiens progressent dans la plaine au nord-ouest de Caen.

A l'est, sur le front centre, les offensives soviétiques en Biélorussie progressent de façon foudroyante.

Le bureau de Benezet est au deuxième étage d'un bel immeuble 1900 des Champs-Élysées, à deux pas de la place de l'Étoile. Dans le hall d'entrée, épais tapis, cariatides sculptées dans la pierre et escalier monumental, de nombreuses plaques de cuivre signalent la présence d'avocats, d'assureurs et de banquiers. Le concierge est invisible.

Domecq monte à pied, en prenant son temps. Derrière chaque porte, on perçoit quelques traces d'activité, extrêmement feutrées. Il sonne à la porte de Benezet. Une dame d'un certain âge, en tailleur gris, maquillage léger, cheveux frisottés et teints, l'accueille, le fait patienter quelques instants dans une petite pièce aveugle, il entend des portes qui s'ouvrent et se ferment, des pas dans le couloir, des voix indistinctes. Sourire. Un espace admirablement organisé pour que les gens les plus divers se croisent sans jamais se rencontrer. Puis la femme l'introduit dans le bureau de Benezet, confortable sans excès, avec une grande fenêtre sur les Champs, meublé en style colonial américain, agrémenté de quelques plantes vertes. Benezet s'est levé et vient à sa rencontre.

– Très content de vous revoir. (Poignée de main chaleureuse et prolongée.) Vos références sont excellentes. Asseyez-vous, asseyez-vous. Il marche vers la fenêtre, regarde quelques secondes l'avenue, puis se retourne vers Domecq. Cher ami, ramenez-moi Mike Owen. Il n'a pas parlé, nous en avons la certitude. Mais aux mains des SS tout peut arriver, d'un jour à l'autre. Alors, sortez-le de là. Vous en êtes capable, vous m'avez bien rapporté mes tableaux. Mais là, je vous le garantis, l'enjeu politique est beaucoup plus important. Ramenez-moi Mike Owen, vous ne le regretterez pas.

Lundi 26 juin

Sur le front de Normandie, les Américains progressent mètre à mètre vers la prise de Cherbourg, dont le port en eau profonde est saboté par la garnison allemande.

A l'est, sur le front centre, en Biélorussie, les lignes allemandes sont enfoncées. Les troupes soviétiques s'empa-

rent de la ville de Vitebsk. Cinq divisions allemandes sont encerclées.

Pendant plusieurs jours, les recherches n'avaient rien donné. Les patrons du Wepler affirmaient avoir servi un « café » à Ricout, comme chaque matin, puis l'avoir vu prendre le métro vers les 10 heures, place Clichy, comme chaque matin. Bizarre, parce que ce matin-là, suite à des coupures d'électricité, le métro ne fonctionnait pas, et la grille de la station Place-de-Clichy était restée fermée. De là à remettre en cause la parole d'honnêtes commerçants... Le patron de la Mondaine avait pourtant fini par alerter tous les commissariats de Paris et de la proche banlieue dans la journée de vendredi. Et, le lundi matin, le commissariat de Viroflay téléphonait pour signaler qu'on avait trouvé, dans l'après-midi de dimanche, le cadavre d'un homme enterré dans un bois voisin, dont la description pouvait peut-être correspondre, quoique...

Domecq contemple le cadavre, débarrassé de la couche de terre qui le recouvrait. Le visage a été écrasé à coups de marteau, à coups de talon ? Il n'en reste rien qu'une masse informe imprégnée de terre. Les deux mains ont été tranchées, avec une bêche peut-être, les os pointent, une véritable boucherie. Même si le cadavre n'a plus aucun papier d'identité, ni d'étui pour l'arme de service, la taille, le costume, oui, c'est Ricout. Domecq, incapable de parler, fait signe aux flics qu'il reconnaît son collègue.

– Il n'était pas enterré bien profond, vous savez. Avec la pluie, les chaussures sont ressorties, et comme ce coin de bois est très passant, hier dimanche, des promeneurs…

Domecq hoche la tête. Une voiture s'arrête sur la route en contrebas à une cinquantaine de mètres de là. Jacques Ricout. Domecq descend à sa rencontre.

– C'est lui ?

Toujours muet, Domecq acquiesce. Ricout lui prend le bras.

– Les bruits courent vite dans la Maison. T'es un flic qui magouille avec les truands de la Gestapo française, c'est pas moi qu'un Deslauriers serait venu gifler devant tous ses collègues. Nous, on te tient pour responsable de la mort de mon frère. Tire-toi, et je ne veux plus jamais te voir dans les environs.

Domecq remonte dans sa chambre, et s'y enferme. Il tire son fauteuil devant la fenêtre, au soleil, se cale dans les coussins, jambes allongées, somnole et réfléchit.

Récupérer Mike Owen… D'abord, il n'avait pas voulu y penser. Une sinistre plaisanterie. Entrer avenue Foch déguisé en clown, pourquoi pas, et demander son chemin à Bauer… Il ne savait même pas à quoi ressemblait ce type. Ou bien se faire introduire par Angélique… Non, décidément, pas la peine d'y penser. Mais maintenant, dans son demi-sommeil, le cadavre de Ricout rôde, obsédant, martyrisé, Ricout qui ne verra jamais la fin de cette guerre. Assassiné. Deslauriers. Deslauriers qui, lui, connaît Owen, connaît l'avenue Foch, s'y déplace librement. Retourner Deslauriers, comme une façon de venger Ricout. Une nécessité. Réveil pénible.

Retourner Deslauriers. L'idée persiste, s'impose. Dora, debout sur le trottoir du square des États-Unis, vaguement perplexe : Deslauriers en rage contre Lafont, une histoire de tableaux volés. Chaves : l'équipe de Deslauriers, ça se pourrait. Voilà pourquoi Deslauriers est en rage. Ses hommes ne lui obéissent plus.

Pas fini. Le cadavre de Ricout, défiguré, mains coupées, enterré. Pourquoi ? Si tu veux intimider les flics, tu viens jeter le cadavre devant le quai des Orfèvres, comme tu viens me gifler en plein jour, devant tous mes collègues. Hypothèse : l'ordre n'était pas de tuer Ricout, mais de lui faire peur, comme à moi. Rendre l'identification difficile, enterrer le cadavre, c'était pour cacher le meurtre à Deslauriers lui-même. Bon. Je tiens pour acquis qu'il ne contrôle plus ses hommes. Et je lui fais comprendre qu'il ne les contrôle plus parce que les Allemands ont perdu la guerre.

Insuffisant. Lafont sait que les Allemands ont perdu la guerre. Il ne changera pas de camp pour autant. Il va prendre la pose pour l'éternité, et mourir à l'acte V. Mais Deslauriers est moins mythomane que Lafont. Il ne s'est jamais rêvé en préfet de police ou en général de corps d'armée. Enfin, je ne crois pas. Revoit la silhouette massive qui traîne un ennui affiché dans le salon de Dora Belle. Et sa complicité avec Bauer, presque palpable quand les deux hommes se côtoient. Qu'est-ce qui fait courir Deslauriers ? Je ne sais pas grand-chose de lui. Patron du Perroquet bleu avant la guerre. Demain, j'irai fouiller dans les archives de la Mondaine.

Mercredi 28 juin

Sur le front de Normandie, l'arsenal de Cherbourg est pris par les Américains, mais la garnison allemande tient encore la ville. Les Anglais et les Canadiens progressent en direction de Caen.

A l'est, sous la pression militaire soviétique, la Finlande envisage une paix séparée avec l'URSS.

Malgré une journée entière de recherches, pas une trace du Perroquet bleu ni de Deslauriers dans les archives de la Mondaine. Surprenant. Tassé derrière son bureau, Domecq dessine des arabesques sur un coin de feuille en cherchant à comprendre. Et il faudra bien s'en passer, et surveiller discrètement les allées et venues de Deslauriers pour savoir où et quand provoquer une rencontre en tête à tête. Un inspecteur s'arrête devant lui, plutôt mûr, chauve, une veste fatiguée sur des épaules tombantes, une petite bedaine, un inconnu avec un air familier.

– On se connaît peu. Je me présente. Inspecteur Lantin. J'aimerais causer. Mais pas ici. Dans une demi-heure au café Zimmer, ça va ?

Zimmer, Nohant, traquenard, bande à Lafont. Arrête la parano. Premier flic de la Mondaine qui m'adresse la parole depuis la gifle de Deslauriers. Coup d'œil à sa montre.

– D'accord.

Au café Zimmer, ils sont deux à l'attendre, assis à une table à l'intérieur, devant deux petits blancs. Lantin présente son collègue, qui lui ressemble, même air usé.

– On fait équipe depuis un bout de temps.

– (Sourire.) Ça se voit.

Domecq s'assied, et commande lui aussi un petit blanc.

– Hier, tu as cherché des fiches que tu n'as pas trouvées. (Domecq attend.) Sur quelqu'un que nous connaissons bien. Parce que, les fiches, c'est nous qui les avons rédigées.

– Et nous sommes prêts à te dire ce qu'il y avait dedans.

– Pourquoi ?

– J'étais là quand Deslauriers est venu faire son cirque. Je ne suis pas forcément fier de moi, ou de la Brigade. Si tu veux bouger, autant que tu saches où tu vas.

Lantin, à voix contenue :

– J'ai bien connu le père de Ricout.

Un silence. Le cadavre sans visage et sans mains traîne un instant entre les verres de blanc. Domecq hoche la tête.

– Je vous écoute.

– Deslauriers a repris le Perroquet bleu en 1936. C'était un acharné du travail. Il faisait l'ouverture et la fermeture. Tout le temps là, et l'œil à tout. Il embauchait le personnel, dressait les filles...

– Et bien.

– ... trouvait des jeunes garçons à la commande, choisissait les programmes musicaux et les attractions.

– Il adorait Fréhel et Suzy Solidor, mais il a fait venir aussi des orchestres de jazz, qui ont fait un tabac.

– Il achetait lui-même tout ce qui se consommait au Perroquet, la bouffe, l'alcool, la drogue...

– Il savait toujours exactement de combien de verres son barman l'entubait.

–... de la cocaïne et de l'opium, essentiellement. Mais à notre connaissance, lui-même ne consommait pas. Il n'avait pas de vice connu.

– A part les femmes, évidemment, mais ce n'est pas un vice. En fait, il prenait son plaisir à exercer un pouvoir absolu sur son petit monde. Quand une fille se dérobait, il la corrigeait à la cravache et devant les autres filles, pour que ça se sache. Ça n'est pas arrivé souvent, peut-être trois fois en quatre ans. Il était obéi.

– La touche personnelle de Deslauriers, c'était son élégance. Avant d'être en noir, il s'habillait à Londres, sur mesure. Et sa conversation. Il savait tout sur la saison théâtrale à Paris, les prix littéraires, les potins de l'édition, et ça enchantait ses clients, acteurs, écrivains, hommes politiques... Un geste de Domecq... Presque toutes les nuances de la troisième République.

– Au Perroquet, les clients faisaient une bringue pas possible, mais pas du tout crapuleuse. Deslauriers n'a jamais joué au beau voyou. Avec les clients, beaucoup de politesse, pas de violences, pas de voleurs ou de maîtres chanteurs dans les parages. Les jeunes garçons avaient l'air de sortir de chez les jésuites.

– Ils en sortaient peut-être.

– La débauche sans trop de risques. Un rêve.

– Et Dora Belle, quel était son rôle ?

– Tu la connais mieux que nous, apparemment.

Flash, Deslauriers, tu ne dois d'être en vie qu'à l'amitié de Dora Belle. Danger, prudence.

– Je suis un admirateur de l'actrice, et le patron du Capucin me l'a présentée un soir, dans son bar. On a bavardé. Mais je ne sais rien d'elle, ni avant ni maintenant.

– La régulière de Deslauriers, à cette époque-là. Elle ne montait plus avec les clients, elle les recevait dans la salle, comme une maîtresse de maison. Ça contribuait beaucoup à l'ambiance du Perroquet.

– Deslauriers a un passé ?

– Pas qu'on sache. Aucune trace avant l'achat du Perroquet bleu, ni ici à Paris ni en province. Et on a cherché.

Flash : le visage cabossé, la cicatrice, les larges épaules, la démarche.

– Pourtant, il a vécu.

– (Haussement d'épaules.) Il est prudent.

– Très prudent. Il accumule le fric avec méthode. En 38, deux ans après avoir repris le Perroquet, il habitait un superbe appartement près de l'Opéra. Enquête discrète : il était propriétaire en sous-main de tout l'immeuble. Aujourd'hui…

– Il était protégé ?

– Et comment. D'abord ici, dans la Maison. Il déjeunait régulièrement une fois par mois avec le commissaire Nohant…

Domecq, respiration bloquée. Nohant, Deslauriers, Dora. Dans quel ordre ? Qui tient qui ? Lantin fixe Domecq et continue :

– A la Rôtisserie périgourdine, place Saint-Michel, en face de chez nous. Quasiment officiel.

– Ses protections ne s'arrêtaient pas là. D'après les RG de l'époque, Deslauriers était franc-maçon.

Silence. Franc-maçon, des réseaux d'influence dans tout l'appareil politique de la troisième République. Et dans tout l'appareil policier. Le rapport Gould qui lui parvient en moins de deux jours. Franc-maçon, en principe interdit et pourchassé par Vichy et les nazis. Franc-maçon et officier SS. Impression de patauger au cœur d'un marécage.

– Ça explique la disparition des fiches ?

– Peut-être. (Haussement d'épaules.)

Les deux inspecteurs s'en vont. Domecq étend ses jambes, tire sur ses muscles, et reprend un petit blanc. Après tout, ce qu'ils racontent sur Deslauriers, c'est positif : je ne vais pas me heurter à un roc fasciste. Ni à un cinglé mythomane. J'ai des marges de manœuvre.

9

Jeudi 6 juillet

Sur le front de Normandie, Cherbourg est libérée. Les Allemands tiennent toujours Caen. Les Alliés lancent une offensive en direction de Saint-Lô.

En un mois, les Alliés ont débarqué 920 000 hommes, 600 000 tonnes de matériel, 17 000 véhicules.

Ils avaient prévu de tenir, à la fin du premier mois de combat, une ligne Saint-Malo, Rennes, Alençon, Lisieux. Ils tiennent l'arrière-pays des plages du débarquement et la presqu'île du Cotentin.

A l'est, sur le front nord, l'avancée soviétique se poursuit dans les pays Baltes. Sur le front centre, en Biélorussie, Minsk est tombée aux mains des Russes. Vingt-huit des quarante divisions allemandes engagées sur ce front centre sont encerclées. Les troupes soviétiques pénètrent en Pologne, et menacent les frontières de la Prusse orientale.

Domecq pousse la porte vitrée des Deux Cocottes, entre dans la salle du restaurant, tourne la tête vers la gauche, près de la fenêtre, il est là, seul à sa table, comme prévu. En le voyant entrer, Deslauriers recule sa chaise, la main droite sur son revolver, qu'il dégage de son étui et pose sur ses cuisses. Il a quand même plus l'air d'un truand que d'un franc-maçon. Domecq avance lentement vers lui, à travers la salle bondée, saturée d'odeurs de bonne bouffe, de bruits de vaisselle et de conversation, en le fixant du regard, pas de conneries, pas de conneries, les bras légèrement écartés du corps, paumes ouvertes, dans une attitude qu'il souhaiterait décontractée et naturelle, et s'arrête devant sa table.

– Puis-je m'asseoir ?

– Pourquoi pas ? Si tu aimes la poularde à la crème.

– Ça changera du foie gras et des petits fours de chez Dora.

Domecq se retourne vers la salle, coup d'œil circulaire, beaucoup de flics français, quelques SS croisés chez Dora, vérifie que personne ne s'intéresse à lui. Il s'assied, pose ses mains sur la table, comme un enfant bien élevé, la serveuse met un couvert devant lui.

– Une poularde, plutôt une aile, s'il vous plaît.

Deslauriers se détend.

– Qu'est-ce que tu me veux, Beau Mec, pour venir me chercher jusqu'ici ?

Beau Mec, le nom que lui donnent les filles du Capucin, prononcé avec une nuance appuyée de mépris. Tu vas être surpris...

– Parler un peu de l'avenir. Ici, c'est le meilleur endroit de Paris pour une discussion libre entre un flic français et un flic allemand, non ? (Pas de réaction.) Vous n'aviez pas ordonné à vos hommes de voler les tableaux de Benezet. Pas plus que vous ne leur aviez ordonné d'assassiner Ricout, tout juste de lui faire un peu peur...

– Où veux-tu en venir ?

– Vos troupes ne vous obéissent plus. (Deslauriers arrête de manger et le fixe. Touché.) Vous en êtes parfaitement conscient. (La cicatrice au coin de l'œil rosit. Accélère le rythme, tu risques de te prendre une balle. Ou une gifle.) C'est dangereux pour vous...

– Ça suffit comme ça, Beau Mec. Dis ce que tu as à dire, et tire-toi.

– (Sourire.) Ne laissez pas se figer la crème de la poularde, ce serait dommage. Je ne serai pas long. Votre équipe se décompose, parce que les Allemands ont perdu la guerre. (Deslauriers vide son verre, un excellent bordeaux. Lafont, imbibé d'alcool, à la même place... Les Fritz sont finis... passer à la caisse.)... L'arme absolue de Bauer, c'est du bluff, les chiens d'enfer vont tuer quelques milliers de civils en Angleterre, mais tout le monde sait que ça ne changera rien, ni à l'engagement de l'Angleterre ni à l'issue des combats. La tête de pont en Normandie s'élargit chaque jour, lentement, mais de façon inexorable, et je ne vous parle pas du front de l'Est.

Deslauriers repose son verre, étrange sourire.

– Non, ne me parle pas du front de l'Est. Je ne sais toujours pas où tu veux en venir. Tu es trop bavard, Beau Mec. Tu nous fais perdre notre temps.

– Je ne crois pas que vous soyez de ceux qui rêvent de mourir pour l'Europe nazie. Je viens vous proposer, avec l'accord de mes chefs, de changer de camp au bon moment, et de sauver votre mise, qui est conséquente d'après ce que je sais.

Deslauriers s'appuie en arrière contre le mur, ferme les yeux un instant. Aussi simple que ça. Il revoit l'amoureux transi, embarrassé et silencieux, au milieu des patrons en discussion avec Bauer, Knochen, des journalistes, des ministres, lui, Deslauriers… Chapeau, l'artiste… Ou vengeance après la paire de gifles, il travaille pour Bauer ? T'emballe pas, surtout.

– Quelle preuve peux-tu m'apporter de ton appartenance à la Résistance ?

– Donnez-moi une phrase maintenant, elle passera entre le 9 et le 11 juillet dans l'émission française de la BBC. Vous trouverez bien un poste pour l'écouter.

Si Domecq travaille avec la Résistance… un doute prend Deslauriers au ventre. Dora, au courant ? Strictement interdit d'y penser. Dora… une phrase.

– Odeur de temps, brin de bruyère, Et souviens-toi que je t'attends.

Pas le temps d'être surpris. La serveuse apporte les desserts. Clafoutis aux cerises. Domecq goûte. Première bouchée, cette consistance très particulière de la pâte, homogène, moelleuse, légèrement collante à la dent, l'acidité des cerises, clafoutis, la merveilleuse petite vieille dame ronde et souriante, toujours habillée de noir, un ruban de gros-grain autour du cou, sort le plat du four, le gamin saute d'un pied sur l'autre, grimaçant d'impatience, en attendant qu'il refroidisse. Souvenir de guerre : j'ai retrouvé le goût du clafoutis comme le faisait ma grand-mère.

Deslauriers rêvasse en finissant le bordeaux. Image de Loiseau caressant les cariatides du bureau, souriant après ce rapport absurde, le contrôle qui lui échappe, et lui qui s'en fout. Bien sûr, il sait que les Allemands ont perdu la guerre. L'aventure est finie. Quatre années flamboyantes, mille vies, mille jouissances, pouvoir, fric, et la mort, jusqu'à l'écœurement, les femmes, mais pas Dora. Je vais pas regretter ces quatre années. Ni me laisser couler comme Lafont, ce mégalo, j'ai jamais rêvé d'être préfet de police, moi. Négocier la sortie, pourquoi pas ? Après, j'aurai assez d'argent pour acheter tous les ministres de la République, et assez d'archives pour faire chanter tous les autres. Une retraite tranquille. Récupérer Dora ? Oublie ça, si tu peux. Oui, je voudrais y croire, c'est évident.

– J'écouterai la BBC la semaine prochaine.

– Dora m'a invité à l'accompagner à la réouverture de Longchamp, le 13 juillet.

– J'y serai, je te verrai.

– Il paraît que vous êtes gros joueur.

– Moins que toi, Beau Mec.

Jeudi 13 juillet

Sur le front de Normandie, les Américains poursuivent une progression lente en direction de Saint-Lô, entrecoupée de contre-offensives allemandes meurtrières. Les Anglais et les Canadiens, après avoir déversé 2 500 tonnes de bombes sur la ville de Caen dans la nuit du 7 au 8 juillet, pénètrent dans les faubourgs, prennent l'aérodrome, et atteignent la rive gauche de l'Orne. Les Allemands tiennent toujours en ville.

A l'est, sur le front centre, en Biélorussie, la quasi-totalité des IVe et IXe armées allemandes est anéantie. En moins d'un mois, les Allemands ont eu 400 000 morts et blessés et 158 000 prisonniers, 2 000 blindés, 10 000 canons capturés ou détruits.

Les troupes soviétiques ouvrent un nouveau front, plus au sud, en Ukraine et en Galicie.

Domecq conduit lentement la Bentley blanche de Dora à travers les avenues du bois de Boulogne qui sentent l'été, vert frais des arbres, chaleur légère, sans poussière. Des files d'hommes à pied, à vélo coulent vers le champ de courses de Longchamp, tout en bas, le long de la Seine. Dora s'est assise à l'avant, à côté de Domecq. Elle a relevé ses cheveux blonds en chignon, et porte une robe à parements verts et une capeline blanche qui ombre son visage, dissimule ses yeux. Ambre, en jupe plissée et chemisier sages, est assise à l'arrière, toute seule, et fixe les arbres qui défilent, mutique. Les deux femmes évitent de se regarder. Domecq, crispé, mordille sa langue, bouche entrouverte, et se concentre sur la voiture, lourde, inattendue dans ses réactions, difficile à conduire.

On arrive. Domecq gare la Bentley dans un parking réservé, essuie ses mains sur son pantalon, lève la tête, regarde. Tribune des propriétaires. Haute, étroite, une seule entrée par un portillon contrôlé par deux gardes, le premier balcon très haut au-dessus du sol, une véritable souricière. Il passe sa langue sur les molaires gauches, sent la protubérance de la capsule. N'y pense pas. Marche, suis le chemin, un pas devant l'autre, sur les gravillons. A l'entrée, Dora s'impatiente déjà.

Au premier étage, encore peu de monde, quelques femmes en robes claires, la mode cette saison, quelques hommes en costumes sombres, des uniformes noirs ou vert-de-gris, ça bruit de tous côtés, rires, champagne, noms de chevaux, de jockeys. Domecq aide Dora à s'installer au balcon, décoré d'exubérantes fleurs jaunes, dans un fauteuil en osier, un guéridon à ses côtés, sur lequel elle a déposé le programme de la réunion, ses gants, ses jumelles. Il va lui chercher une coupe de champagne au bar, au fond de la tribune. Croise Bourseul en jaquette grise, son haut-de-forme à la main, en grande discussion avec Bauer sanglé dans son uniforme noir, qui s'impatiente :

– Les statuts de la banque seront déposés dans cinq jours, c'est le dernier délai.

– Où veux-tu que je trouve cinquante millions ? Tu veux que j'arrête mes livraisons à la Wehrmacht et que je vende mes usines ?

– Ne me fais pas rire, Maurice. Tu sais bien que nous avons un besoin impérieux de ta couverture dans cette opération.

– Les chevaux m'attendent. Nous en reparlerons.

Il salue avec raideur et coiffe son haut-de-forme.

La tribune se remplit peu à peu. Ambre s'est accoudée au balcon, assez loin de sa mère qui la surveille du coin de l'œil. Benezet arrive avec René de Chambrun, immédiatement très entourés. Bauer baise la main d'une femme du monde entre deux âges et lui avance un fauteuil. Elle s'appuie à son bras, flash : la jambe gainée de soie s'attarde au contact de la botte noire cirée. Dora sourit dans le vague.

– Quel gigolo… Le même métier que moi, autrefois. Et toutes ces vieilles rombières qui rêvent de se faire mettre par les beaux guerriers blonds tout de noir vêtus…

Domecq ne dit rien.

Lafont, grand, légèrement voûté, voix nasillarde, debout au milieu d'un cercle de bourgeoises excitées et admiratives :

– Mesdames, si vous avez des amants ou, à défaut, des amis en prison, je peux vous les rendre, mais dépêchez-vous, je ne tiendrai plus très longtemps.

Elles rient.

Le guichet réservé aux parieurs de la tribune, à côté du bar, ouvre. Mouvement de foule. Dora consulte son programme.

– Joue le cinq pour moi. (Le cheval de Bourseul. Tend un billet plié en huit.) Mille francs. Gagnant. Il est favori, ce sera un petit rapport.

En bas, les chevaux tournent dans le rond de présentation, au centre, les jockeys prennent les ordres des entraîneurs, sous le regard des propriétaires. Bourseul se tient seul, à l'écart, l'air absent.

Un bruyant groupe de gestapistes, en beaux costumes cintrés à larges revers, et cravates voyantes, fume des cigarettes anglaises et plaisante à très haute voix, à proximité des guichets, dans le grand hall où se presse la masse des parieurs. Entre deux vannes, on échange quelques informations sur le boulot, les patrons des uns et des autres, le niveau des primes, le cours des affaires. Villaplana parle de difficultés à recruter de nouveaux auxiliaires, Chaves, en grommelant, affirme qu'on en a même perdu quelques-uns.

– Et Violette Morris, vous la connaissez, la gouine que Lafont nous a imposée à la rue Lauriston ? On dit qu'elle s'était fait couper les seins, remarquez, j'y suis jamais allé voir. Eh bien, elle a été abattue à Évreux, par un terroriste.

– On sera moins nombreux à se partager le gâteau, déclare Clavié en soufflant un jet de fumée entre ses lèvres serrées. Qu'est-ce que vous jouez dans la première ?

Morandot lâche le groupe, se fraie un chemin à coups d'épaule à travers le public, et vient s'accouder à la barrière du rond de présentation, en mâchonnant un cure-dent. Regarder tourner les chevaux, comme tourne son destin, et puis aller jouer comme on vit, aller brûler l'argent avec violence. Morandot aperçoit Bourseul au centre du rond. Il l'a bien connu avant la guerre à la Cagoule, où ils ont été ensemble de tous les complots, de toutes les opérations sanglantes. Ensuite, lui, il a rejoint Doriot, un homme du peuple avec qui il se sent bien à l'aise, pendant que Bourseul continuait à fréquenter Deloncle, le polytechnicien technocrate, dans sa nouvelle aventure au Mouvement social français, avant qu'il se fasse assassiner par les Allemands, il y a quelques mois. Rictus. A force d'être dans tous les coups tordus. Bourseul, lui, plus sage, faisait fortune, regarde ça, jaquette, haut-de-forme, chevaux de course. Morandot crache son cure-dent. Oui, Bourseul l'a aidé à amortir quelques mauvais coups, oui, il lui a donné, de temps en temps, des petits boulots, bien payés. Mais de le voir là, et moi de l'autre côté, ça fait mal. Je jouerai pas le cinq.

Morandot retourne vers la grisaille et la crasse du hall des parieurs, amer.

Deslauriers, appuyé contre le bar, petit sourire aux lèvres, regarde Domecq venir vers lui, en fixant ses lèvres entrouvertes, et sa joue gauche gonflée.

– Cyanure ?

– Ça se voit tant que ça ?

– Non, mais j'ai une grosse expérience dans ce domaine. (Un temps.) J'ai écouté la radio, et j'ai décidé de tenter ma chance avec toi. Que faisons-nous ? Nous jouons le cinq, comme tout le monde ?

François Dupré présente Benezet à Dora, quelques compliments et politesses, Domecq revient avec le ticket et du champagne. Dora le présente à son tour, inspecteur à la Brigade mondaine, mon ange gardien, tendre sourire qui se perd dans la rondeur des joues, les yeux cachés dans la capeline.

– Brigade mondaine, ah vraiment ? Vous m'intéressez jeune homme. Il l'entraîne à l'écart.

– Il faut que nous nous revoyions. Passez à mon bureau, ma porte vous est ouverte en permanence.

– (Hochement de tête.) Ça ne saurait tarder. Il faut que je retourne auprès de Dora.

Sonnerie, fin des paris. Les chevaux entrent sur la piste, petit canter pour se rendre au départ. Un jeune homme vient s'appuyer au balcon, à côté d'Ambre. Dora sursaute, serre le bras de Domecq.

– C'est François Bourseul.

– Les chevaux sont sous les ordres, annonce le haut-parleur… Le départ est donné.

Le mouvement de foule vers le balcon absorbe les adolescents. François se penche vers Ambre.

– Après-demain, dernière épreuve du bac, mon père veut que je rentre le soir même dans le Nord, rejoindre ma mère et toute la famille. Je n'irai pas. Je m'enfuirai. (Elle a un mouvement.) Tout est prévu. Je t'ai écrit ma nouvelle adresse sur ce ticket de pari. Tu l'apprends par cœur et tu la détruis. Ambre, nous nous reverrons le jour de la Libération. Et il disparaît, pour rejoindre son père.

Dora se lève, cherche à voir sa fille.

– Je lui interdis de fréquenter ce garçon. Je ne veux pas qu'elle couche avec. Et, à mon avis, il y a péril en la demeure.

– C'est si grave ?

Dora change de visage, les traits soudain durs, tirés.

– Bien sûr ! C'est très grave, espèce d'inconscient. Elle a quinze ans. Qu'est-ce que tu veux ? Qu'elle se retrouve enceinte à quinze ans, comme moi ? Qu'elle mène une vie d'esclave comme moi ? D'une voix sifflante entre les petites dents blanches, les lèvres peintes entrouvertes : les hommes c'est le mal.

Les chevaux ont déjà franchi la ligne d'arrivée. Le cinq a gagné, largement. Tout un groupe entoure et félicite bruyamment Benezet.

– Je croyais que le cinq appartenait à Bourseul ?

Dora jette un coup d'œil distrait vers le groupe.

– Ce doit être un de ces chevaux qui appartiennent à un juif américain, je ne me rappelle jamais de son nom, dont Benezet gère la fortune. Comme il est juif et américain, il ne peut pas courir sous ses couleurs, alors Benezet a confié son écurie à Bourseul.

– Benezet est un ami de Bourseul ? Je ne l'ai jamais vu chez toi.

– Je crois qu'il est plus lié à la Wehrmacht qu'à Otto Bauer et à la SS. Mais oui, Benezet et Bourseul sont amis, et de longue date. Ils étaient souvent ensemble au Perroquet bleu, avant la guerre. (Elle ramasse ses affaires sur le guéridon, commence à enfiler ses gants.) Va toucher mon ticket pendant que je récupère Ambre, et puis on part. Je ne savais pas que le fils Bourseul serait ici aujourd'hui, je ne veux prendre aucun risque.

– Très bien. Tout compte fait, je ne crois pas être un fanatique des courses hippiques.

10

Samedi 15 juillet

Sur le front de Normandie, les combats continuent autour de Saint-Lô, et dans la ville de Caen.

A Paris, le 14 juillet a été marqué par des manifestations et par le soulèvement des prisonniers de droit commun, à la prison de la Santé, réprimé par un massacre.

A l'est, les troupes soviétiques engagées en Ukraine prennent Lvov. Et poursuivent leur avancée sur les autres fronts.

Dernière épreuve du baccalauréat, au centre d'examens de la rue de l'Abbé-de-L'Épée. François Bourseul entre sous la verrière, ils sont plus d'une centaine, chaises disposées en cercle autour d'une médiocre copie en plâtre de l'Apollon du Belvédère. Reste la trace de l'harmonie souveraine. François divague. Souvenir de l'inauguration de l'exposition Arno Breker, le sculpteur favori d'Hitler, à l'Orangerie, il y a un an, deux peut-être. Son père l'avait traîné, ta mère n'est pas là, il faut bien quelqu'un pour m'accompagner, et puis ce sera bon pour ta culture générale. Énormes corps d'athlètes emphatiques et foireux, suant l'épate et l'ennui. Cocteau saluait Breker « de la haute patrie des poètes, patrie où les patries n'existent pas ». Au milieu des uniformes nazis, le Tout-Paris se bousculait, occupé à se faire voir. Sacha Guitry promenait son air supérieur et accablé, tapotait une cuisse de marbre, et soupirait : « Heureusement qu'ils ne sont pas en érection, sinon nous ne pourrions plus passer dans les allées. » François se souvient avec acuité du dégoût intense qui le prit pour son monde ce jour-là. Peut-être le début de la dissidence. Long regard admiratif et complice à la statue. Quel est le secret de ton élégance ?

La première demi-heure est passée. Il est temps de partir. François remet sa feuille blanche avec un bon sourire contrit, je ne sais dessiner que les bouquets de fleurs, et sort du centre d'examens. Son père viendra le chercher dans deux heures et demie, en voiture, pour l'emmener directement dans la grande maison familiale aux environs de Lille. Il tourne à gauche, au coin de Gay-Lussac, un homme d'une vingtaine d'années l'attend, lui donne l'accolade, et ils s'en vont par le dédale des petites rues de la montagne Sainte-Geneviève. Ils marchent côte à côte, vite, sans courir, vers la Bastille. François sourit tout seul. Fini le fric qui pue, finie la complicité constante avec l'ordre de la terreur. Quelques pas glissés, quelques pas dansés. Devant eux, dans la rue des Fossés-Saint-Bernard, deux filles descendent vers la Seine, en robes d'été, pieds nus dans des sandales, l'air de collégiennes déjà en vacances. L'une d'elles porte sur l'épaule un gros sac de toile, apparemment bourré à craquer. En approchant du croisement du pont de Sully et du quai des Tournelles, les gares de Lyon et d'Austerlitz ne sont pas loin, ils aperçoivent un barrage de policiers français en uniforme. François sursaute. Son compagnon se penche vers lui.

– Nous sommes en règle. Avance absolument normalement, quoi qu'il arrive, c'est vital.

Les deux filles font brutalement demi-tour, un groupe de policiers sort de sous un porche, et les arrête, papiers, fouille. Les garçons passent à côté du groupe de policiers en pleine discussion.

– Des juives, je te dis. Les cartes ont été maquillées, ça se voit. Et moi, les juifs, je les sens.

– Laisse-les partir, qu'est-ce que tu en as à faire, Raymond, elles sont jeunes et jolies.

– T'es taré, compte pas sur moi pour marcher dans tes combines.

Un troisième policier a renversé le contenu du sac sur le trottoir, éparpillé les fringues, et saisit deux livres. Une édition bon marché de la Bible, et *Le Cahier noir* de Forez, aux éditions de Minuit. François a la gorge nouée. Son compagnon le presse. Ils atteignent le barrage principal, le passent sans encombre. Devant eux, la place de la Bastille et plus loin la rue de la Roquette. L'Est de Paris. Des quartiers où il n'a jamais mis les pieds, trop populaires pour les gens de son milieu. Un autre monde, une autre vie, un moment tant attendu, imaginé. Mais la joie s'est envolée.

A la même heure, Ambre s'est enfermée à clé dans sa chambre, tire la carte cachée sous le lit et, minutieusement, déplace les épingles rouges, à l'est, et les épingles bleues à l'ouest. Elles n'avancent pas vite, les épingles bleues. A peine quelques millimètres. A cette allure, les épingles rouges seront à Paris avant les épingles bleues. Vaguement envie de pleurer.

Martin et Morandot pénètrent dans le quartier des entrepôts de Bercy, quelques hésitations dans ces rues qui se recoupent à angle droit, puis ils repèrent celui d'Anselme SA, et à une vingtaine de mètres, entouré d'arbres, le pavillon où doit se trouver la secrétaire. Le dépassent, vont garer la Citroën à quelques rues de là, puis reviennent à pied.

Un coup de ciseau à froid à la jointure de la porte, une poussée d'épaule, Martin est un spécialiste, ils entrent facilement dans le pavillon, tâtonnent dans l'obscurité, trouvent l'escalier, montent. Palier du deuxième étage, un rai de lumière sous une porte. L'oreille aux aguets : une radio diffuse une cantate de Bach. Une voix de femme chantonne par moments. Beaucoup de chances qu'elle soit seule. Martin joue à nouveau du ciseau et de l'épaule, les deux hommes entrent en trombe dans l'appartement, et immobilisent la femme dans son fauteuil avant qu'elle ait eu le temps de réagir. Elle crie au secours, à pleins poumons, Morandot lui flanque une gifle énergique.

– Tu peux toujours y aller, à cette heure-ci, et un samedi, c'est désert dans le coin.

Mais, par précaution, il attrape un napperon de dentelle qui traîne sur le dessus du poste de radio, le lui enfonce en force dans la bouche. Martin lui a passé des menottes et la maintient dans son fauteuil. Morandot fait le tour de l'appartement, vérifie la fermeture de tous les volets et de toutes les fenêtres. C'est cossu, pas de doute. Une vraie salle de bains, spacieuse, avec une baignoire. Une vraie cuisine, avec une cuisinière à charbon splendide, qui ronronne doucement, une cafetière sur le coin de la plaque, et un plat qui mitonne. Soulève le couvercle de la cocotte, ça sent bon le poulet basquaise. La chambre, une grande commode, tiroir du haut, quelques bijoux, toujours bons à prendre, surtout que Martin n'a rien vu. Des placards pleins de vêtements, et même un manteau de vison, ample, long, s'emmerde pas la donzelle, j'aurais jamais pu en payer un pareil à ma femme, avant. Et derrière le manteau de vison, posé dans le fond du placard, un coffre-fort.

Retour dans le salon, la femme est assise raide dans le fauteuil, sanglée dans une robe bleue très simple, boutonnée sur le devant, les mains menottées dans le dos, les épaules droites, le visage fermé.

– Alors ma petite dame, on a un coffre-fort dans sa chambre.

Regard de défi.

Il l'attrape violemment par les cheveux, et lui cogne la tête sur le bras du fauteuil. Un cri étouffé, un filet de sang coule du nez vers le coin de la bouche soigneusement maquillée. Morandot arrache le bâillon de fortune.

– La combinaison…

– Non.

Elle hurle le mot, dans un sursaut de tout le corps redressé.

– Connasse. (Une gifle.) Amène-la dans la cuisine, on va bien voir si tu nous la donnes pas.

Quand elle arrive dans la cuisine, Morandot la jette à plat ventre par terre d'un balayage de jambe.

– Tiens-la par les épaules.

Martin s'agenouille à la tête de la femme, et s'appuie de tout son poids sur ses épaules. Morandot ouvre la plaque de la cuisinière, plonge le tisonnier dans le charbon rougi, attrape une jambe de la femme, arrache la chaussure, et applique le tisonnier sur la plante du pied. Un hurlement, un spasme de tout le corps, la tête heurte le sexe de Martin qui vomit sur la nuque de la femme, et commence à bander.

Elle bafouille à voix étouffée, cassée, c'est le coffre de l'entreprise, j'ai pas les numéros…

Morandot n'écoute pas, il a déjà commencé à arracher la robe et, déchaîné, frappe le corps blanc à coups de tisonnier. Sursauts et râles, plus aucune défense. Martin se relève précipitamment, descend son pantalon et se masturbe frénétiquement, avec un gloussement mécanique. Au moment où il éjacule, elle est déjà morte d'un coup de tisonnier à la base du crâne. Morandot frappe de moins en moins fort, se calme. Martin rattache son pantalon, Morandot s'arrête de frapper, repose le tisonnier.

– Bon. (Il inspecte la cuisine d'un coup d'œil. Des traces de sang et de vomi sur le sol carrelé, sur les flancs des meubles, de la cuisinière, une odeur âcre persistante. Il va ouvrir la fenêtre.) On a fait la chose assez proprement. Deslauriers a dit pas de traces. Un coup de serpillière et il n'y paraîtra plus. Qu'est-ce qu'on fait du cadavre ?

– On le jette à la Seine, c'est juste à côté.

– Si on le jette comme ça, entier, il risque de remonter, et nous, Deslauriers nous éreinterait. Il faudrait le couper en morceaux, et puis les disperser entre ici et Suresnes. Et là, on risque de faire pas mal de saletés.

– On peut aller le découper chez moi, si tu veux. J'habite pas loin et je suis bien équipé, j'ai un atelier, un établi, des scies.

– On fait comme ça. On nettoie la cuisine, on l'enveloppe dans son manteau de vison, ça fera toujours un peu d'argent à récupérer après, et on l'emporte chez toi.

– Et le coffre-fort ?

– On le laisse. C'est lourd, je sais pas bricoler ça, et c'est pas sûr qu'il y ait quelque chose dedans. Mais avant de partir, mon gars, poulet basquaise. Y a plus qu'à mettre la table.

Dimanche 16 juillet

Sur le front de Normandie, les affrontements se poursuivent. Le général Rommel écrit : « Les Allemands ont perdu en Normandie depuis le 6 juin près de 100 000 hommes qui n'ont pas été remplacés. La VIIe armée allemande est usée. »

A l'est, sur le front nord, Vilnius, capitale de la Lituanie, est prise, Riga, capitale de la Lettonie, est menacée. Les troupes allemandes du Nord risquent d'être coupées de leurs bases. Hitler s'oppose à tout repli stratégique vers le front du centre. Sur les fronts ukrainiens, les troupes soviétiques convergent et prennent Grodno.

Un peu avant midi, Neuilly est calme, très calme. C'est dimanche, à l'heure du déjeuner. Et dans ce quartier bourgeois, guerre ou pas guerre, les rites familiaux sont respectés. On déjeune chez soi, en famille. Il n'y a guère que les pêcheurs, sur l'île de Puteaux, en face, qui soient vivants, mais si peu. Deslauriers a garanti la discrétion de toute l'opération. Domecq, assis derrière le volant d'un camion garé dans une petite rue à deux pas de la Seine, s'engourdit. Curieux. S'apprête à cambrioler un dépôt d'armes de la SS. Ça pourrait provoquer une certaine inquiétude, ça devrait, même. Eh bien non, la présence de Deslauriers, autoritaire et sûr de lui, la ville déserte, le soleil de midi, la chaleur, la Seine qui clapote et miroite tout près, et il est sur le point de s'endormir.

Deslauriers apparaît au bout de la rue. Costume beige en tissu fin et souple, bien coupé, apparemment il ne porte pas d'arme, chaussures anglaises de cuir fauve, feutre marron, plus élégant encore que d'habitude. Ouvre la portière du passager, grimpe dans la cabine.

– Démarre, mon gars. La voie est libre. Roule lentement jusqu'au quai, tourne à droite, c'est à cent mètres, sur le quai.

Le camion s'arrête devant une haute porte en fer. Deslauriers descend, sort deux clés attachées par une ficelle bleue de sa poche intérieure, ouvre la porte, la fait glisser sur son rail.

– Entre et mets-toi à cul devant la porte du hangar.

Une petite cour déserte, devant une ancienne usine désaffectée. Domecq manœuvre, coupe le contact, saute à terre. Ici, on est à l'abri de tous les regards. Deslauriers est en train d'ouvrir les portes de l'usine, avec un autre trousseau de clés, ficelle rouge. A l'intérieur, un vaste hall, désert, garni de hautes étagères métalliques sur lesquelles s'empilent des livres, des caisses de munitions et d'armes, des armes en vrac, dans le plus total désordre. Sur le tout, une lumière sale tombe de verrières encrassées. Domecq tourne en tous sens, et semble avoir du mal à y croire. Deslauriers sourit.

– Au début, les Allemands s'en sont servis pour entreposer une partie des livres interdits par la censure et retirés de la vente. Comme ces stocks n'intéressaient personne, la gendarmerie assurait une garde très décontractée. Quand la SS s'est mise à saisir de plus en plus d'armes parachutées par les Alliés, elle ne savait plus qu'en faire. Pas question d'équiper la Wehrmacht avec, ni la SS : ce ne sont pas des armées de vagabonds. Les auxiliaires en ont reçu un certain nombre, la Brigade nord-africaine de Lafont a été entièrement équipée avec, mais il en reste encore beaucoup qu'on a stockés ici, au milieu des bouquins. Quand la place manque, on brûle quelques livres dans la cour. La garde n'a jamais été renforcée. Deux gendarmes pendant la journée, qui déjeunent tous les jours entre midi et 2 heures au bistrot des Routiers, au pont de Neuilly, à plus d'un kilomètre d'ici. Et une équipe de nuit qui n'est ni plus nombreuse ni plus vaillante. Je crois qu'il y a aussi un peu de revente. Tout le monde y trouve son compte... Il nous reste une heure et demie. Si tu veux commencer à te servir...

Deslauriers enlève son chapeau, tombe la veste, les range soigneusement à l'abri de la poussière, enfile une blouse grise qui traîne sur une pile de livres.

– Au travail.

Ils sont là, tous les deux, comme une équipe de déménageurs, transportent des caisses de munitions, des mitraillettes démontées, des sacs de pistolets, Deslauriers, souverain, sans précipitation, sourit. On le dirait content de prendre un peu d'exercice. Domecq, plus maladroit, suit le mouvement.

Un peu avant 2 heures, fin des opérations. Domecq reprend le volant. Après avoir refermé la porte de l'entrepôt et le portail de la cour, Deslauriers pose les deux trousseaux de clés sur le tableau de bord.

– Quand j'aurai fermé ma boutique, tu pourras venir ici, te servir tout seul. Je ne prédis pas l'avenir, mais détenir des armes sera bientôt un argument politique important.

Domecq empoche les clés sans rien dire.

Retour tranquille vers les entrepôts d'Anselme SA. Domecq, les reins douloureux, les vêtements maculés, range le camion chargé de près d'une tonne d'armes et de munitions dans le fond du garage.

– Et la secrétaire, elle ne risque pas de venir fouiner par ici ?

– Je ne prends jamais de risques, Nicolas. Depuis hier, la secrétaire ne fait plus partie du personnel de l'entreprise Anselme SA.

Mardi 18 juillet

Sur le front de Normandie, Caen est totalement encerclée par les Anglais et les Canadiens. La bataille dans et autour de la ville fixe une part importante de la

VIIe armée allemande. Les Américains prennent la ville de Saint-Lô.

Dans le bureau de Bauer, avenue Foch, pièce petite, mais confortable, au cinquième étage, à hauteur de la cime des arbres, inondée de lumière. Bauer est assis à son bureau, bois sombre, lignes et angles droits, dos à la fenêtre, le visage à contre-jour, et Deslauriers est enfoncé, en pleine lumière, dans un fauteuil en cuir rouge de style 1930, carré et massif. Au mur blanc, à la gauche de Deslauriers, quatre dessins de Dürer, à la plume et au lavis, paysages d'Allemagne, sobrement encadrés de noir. Deslauriers les avait ramassés dans un appartement dont il venait d'arrêter les propriétaires juifs, et les avait offerts à Bauer. En 42. C'est cela, en octobre 42. Le temps était pourri, et il les avait enveloppés dans des couvre-lits, comme des bébés, pour les placer dans le coffre de la Citroën et les apporter jusqu'ici. Il s'étire, sirote son cognac avec un grognement de plaisir.

– J'ai besoin de récupérer l'Américain.

Pas de réaction en face.

– C'est une prise de mes équipes, j'ai un droit dessus.

– Je ne te dis pas le contraire.

Silence. Deslauriers soupire.

– Anselme est parti à Monaco depuis plus d'un mois. Tu es au courant ? (Signe de tête.) Tu sais aussi qu'il gère pas mal de fric à moi, et je ne lui fais pas une confiance aveugle, à Anselme. (Un temps d'arrêt, histoire de bien finir de t'accrocher, parce que de l'argent à toi, il en a aussi, même si tu ne me l'as jamais dit.) Donc j'ai envoyé un de mes hommes à Monaco pour le surveiller. Et j'en apprends de belles. Je t'intéresse ?

Bauer se recule dans son fauteuil et fait signe que oui.

– D'abord, Anselme a rencontré à plusieurs reprises un vieux monsieur nommé Alexis Pommier, qui n'est autre que Lévy Balland. Tu te souviens, le propriétaire juif des entreprises textiles du Nord qui ont été confiées à Bourseul ? Eh bien, il est réfugié à Monaco depuis 1942, avec des faux papiers, et Bourseul lui verse une pension, en attendant sans doute de lui rendre ses entreprises quand vous serez partis. (Bauer est livide, la sueur au front. Il croise ses bras sur sa poitrine pour empêcher ses mains de trembler.) Anselme et Lévy Balland sont en affaires. Mais ce n'est pas tout. Chambrun aussi va fréquemment à Monaco, il s'y est peut-être même installé ces jours-ci. Il gère les intérêts en France de quelques grosses fortunes américaines. Eh bien, Anselme, Chambrun et Lévy Balland sont en train de lancer un projet de banque franco-américaine pour financer la désaryanisation des entreprises françaises, quand les Américains occuperont la France. Et Bourseul, peut-être par l'intermédiaire de Lévy Balland, se serait engagé pour cinquante millions.

Bauer émet un bruit de gorge, presque un gémissement. Touché. Bien profond.

– Owen, dans tout ça ? (La voix grince.)

– Il serait passé par Monaco sous le nom de Tom Simpson, avant d'arriver ici. Sa mission à Paris aurait effectivement été de prendre contact avec les patrons français, mais pas pour l'armée américaine ou les services secrets, pour Lévy Balland et sa banque juive de Monaco. (Un temps pour respirer.) Tu as noté que je mets tout ça au conditionnel ? (Signe de tête.) Pour avoir des certitudes, j'ai d'abord besoin de le faire identifier par mon indic, qui est ici ces jours-ci. Si Owen est le même individu que Simpson, je m'occuperai personnellement de lui, et je lui ferai cracher ce qu'il sait sur Bourseul, en particulier. Parce que Anselme, ce n'est rien à côté de Bourseul. Tes intérêts et les miens sont énormes dans ses affaires, nous ne pouvons pas prendre le risque de nous faire planter par Maurice.

- Faisons ça ici, et tous les deux.

– Non, pour deux raisons. La première : mon indic est à moi, et je le garde. C'est une règle que tu as acceptée dès le début de notre collaboration et qui ne souffre pas d'exceptions. La deuxième : tu prends trop de plaisir à jouer avec ton Américain pour être capable de lui sortir vraiment les tripes.

– Tu surveilles mes fantasmes ?

– Comme je l'ai toujours fait. Et je les alimente. Les femmes sur lesquelles tu t'es amusé à tirer pendant que tu baisais ton Américain sont à moi, bien sûr.

Bauer appuie ses pieds sur le bord du bureau, balance son fauteuil vers l'arrière, yeux fermés. Puis sourit.

– Finalement, j'aime ça, René. Beaucoup. Prends l'Américain, je te le prête. Combien de temps ?

– Vingt-quatre heures maximum. Et quoi qu'il en soit, je te le rendrai beaucoup plus souple qu'il n'est maintenant.

Deslauriers embarque Mike Owen étroitement menotté dans le dos et entravé dans une Citroën conduite par Morandot. Martin, assis à côté du chauffeur, a posé un pistolet-mitrailleur en travers de ses cuisses, et le caresse de sa grosse main, d'un geste lent et mécanique. Il regarde devant lui d'un air concentré. Deslauriers, à l'arrière, assis à côté d'Owen, garde son pistolet en main, cran de sûreté enlevé. La voiture stoppe devant le 4 de la rue Clauzel.

– Attendez-nous ici, tous les deux. Ce ne sera pas long.

Deslauriers extrait Owen de la Citroën, le pousse devant lui, pistolet dans les reins, entre dans le hall de l'immeuble, ouvre la porte du fond, pénètre dans un couloir étroit.

– Ne faites pas de bêtises. Je vous emmène rejoindre Benezet. Avancez aussi vite que vous pouvez.

Une courette, une grille non verrouillée, une autre cour, plus grande, de nouveau le hall d'un immeuble, et sortie sur la rue de Navarin. Une voiture les attend, Domecq au volant, Benezet à ses côtés. Les deux hommes s'engouffrent à l'arrière.

– Vite, Nicolas. Bauer m'a peut-être fait suivre. De toute façon, ma petite ruse ne tiendra pas longtemps.

Deslauriers range son pistolet dans son étui, méticuleusement, puis détache les menottes et les entraves d'Owen. Benezet lui serre longuement les mains, sans un mot. Domecq s'applique à conduire, direction l'Opéra, les boulevards, et surveille ses arrières dans le rétroviseur. En arrivant au croisement des rues Laffitte et La Fayette, barrage, police française. Domecq ralentit.

– Laisse-moi faire, c'est plus sûr. (Deslauriers baisse sa vitre, sort son carton de la Gestapo.) Police allemande. Ces messieurs sont avec moi.

Sans un mot, mines renfrognées, les flics font signe de passer. En arrivant au boulevard des Capucines, Deslauriers touche l'épaule de Domecq.

– Je descends ici. Je me planque jusqu'à l'arrivée des Américains, et un peu après. Je te contacterai quand j'en aurai besoin. (Debout à côté de la voiture, il se penche à la portière, pose sa main sur le bras de Domecq, lui sourit.) Prends garde à toi, l'époque va être agitée, tu m'as l'air encore un peu tendre.

Il se redresse, il s'éloigne, grand, vraiment carré d'épaules, la nuque rase grisonnante sous le feutre, le costume impeccablement taillé dissimule l'artillerie, démarche tranquille, il tourne dans la rue Scribe, il a disparu. Un temps de battement, presque une sensation de manque, puis Domecq repart vers le XVIe arrondissement, un pavillon isolé, au fond de la villa Scheffer. Benezet parle à voix feutrée.

– Prévenez vos chefs. Il va se passer quelque chose dans l'état-major de la Wehrmacht en Allemagne. Hitler est menacé. L'état-major de la Wehrmacht en France va aussi bouger.

Au bout de deux heures, Morandot et Martin commencèrent à s'inquiéter. Ils appelèrent du renfort, rue de la Pompe, et, à une quinzaine, fouillèrent tout l'immeuble du 4, rue Clauzel, du haut en bas, plusieurs fois, sans rien trouver. Au passage, ils tuèrent une vieille dame très sourde, en robe noire, et un couple d'homosexuels qu'ils trouvèrent en train de faire l'amour dans leur cuisine. Vers 8 heures du soir, ils abandonnèrent la partie. Loiseau se chargea d'annoncer la nouvelle à Bauer.

Au même moment, Domecq communiquait à Londres : Opposition à Hitler au sein de l'état-major de la Wehrmacht, une initiative serait imminente. D'après mes sources, l'état-major en France serait partie prenante. Les Américains semblent avoir une longueur d'avance sur nous (au moins sur moi). Consignes ?

Avec un peu de tristesse, les meilleurs agents finissent par croire à la réalité du monde dans lequel ils vivent, son correspondant lui répondit :

Ne pas rêver. L'armée allemande n'est pas une armée de coup d'État.

11

Jeudi 20 juillet

Sur le front de Normandie, Caen est libérée.

A l'est, sur le flanc sud du front biélorusse, les troupes soviétiques atteignent le fleuve Boug, dernier rempart naturel avant Varsovie, sur un front de 65 kilomètres de large.

En Allemagne, à 12 h 45, une bombe explose au quartier général d'Hitler, à Rastenburg, en pleine réunion d'état-major, en présence du Führer. Il y a des morts et des blessés. Au même moment, les communications sont coupées entre Rastenburg et le reste de l'Allemagne.

A Berlin, les conjurés, membres de l'état-major de la Wehrmacht, hésitent sur la conduite à tenir.

16 h 30, communications rétablies. Goebbels annonce à la radio que le Führer est sain et sauf.

19 h 30, télégramme des conjurés de Berlin enjoignant aux militaires d'assurer partout tous les pouvoirs.

1 heure du matin. Discours d'Hitler à la radio. Début de la répression.

Domecq attend que l'après-midi s'écoule dans la salle des inspecteurs de la Mondaine, en lisant *Le Petit Parisien*. Et la nouvelle infuse, coule lentement, de bureau en bureau : attentat contre Hitler. Une bombe a explosé dans son QG, vers 12 h 30. Il y a des morts et des blessés. Et Hitler lui-même ? Situation confuse. Goebbels a annoncé vers 16 heures à la radio allemande qu'il était indemne. Mais c'est peut-être de la propagande. Il y aurait des mouvements de troupes à Berlin. Source : les RG, tout proches. Les nouvelles sont commentées à voix basses et hésitantes. Domecq les prend de plein fouet. La Wehrmacht n'est pas une armée de coup d'État, mais ça y ressemble, à un coup d'État. Benezet : L'état-major en France va bouger. Et cet Américain dans les parages… L'enjeu politique est énorme. Se sent fébrile. Hésite un peu. Attendre l'heure de la liaison avec Londres ? Tant pis pour Londres. Essayer de joindre Benezet, de rester dans le coup, puisque coup il y a.

Pas de voitures disponibles. Au pas de charge, il enfile le boulevard du Palais, direction le Châtelet. Croise des passants distraits et pressés, des soldats aux aguets, mais pas plus que d'habitude. Quand vas-tu bouger, la ville ? Et Jacques Ricout et un groupe de flics des RG, qui encadrent deux hommes menottés, le visage en sang. Ricout lui tape sur l'épaule :

– Trois mois de filature, et voilà le travail. Tu vois, quand les flics font proprement leur boulot…

– Jacques, tu n'en rajoutes pas un peu dans le genre condamné à mort et fier de l'être ?

– Écoute mon vieux, je ne suis pas plus con que toi, et je suis capable de comprendre ce que nous a dit le préfet Bussière, le fameux soir du banquet. Les Américains ne sont pas encore à Paris, si jamais ils y arrivent, et de Gaulle, le jour où il viendra à Paris, s'il y vient, nous décorera pour l'avoir débarrassé de la vermine communiste. Toi, par contre, avec tes amitiés gestapistes, crois-moi, t'as du souci à te faire...

A Châtelet, coupures de courant, pas de métro de l'après-midi. Il marche vite, en sueur. Les beaux quartiers, semblables à eux mêmes, impassibles, allemands. 140 Champs-Élysées, deuxième étage, porte close. Avenue Henri-Martin, l'appartement de Benezet est bouclé. Parti lui dit la concierge avec un bon sourire, et elle n'en sait pas plus. Villa Scheffer, le pavillon est désert, fermé, lui aussi.

Domecq sent monter le découragement. Attentat contre Hitler. Avec Benezet, j'ai été tout proche de l'événement, et j'ai laissé passer, j'ai perdu le fil. Regarde les choses en face. Tu as été utilisé, manipulé. Et tu as grillé ta plus belle carte, Deslauriers, pour rien. Dora, à deux pas, faire une pause, boire un coup. Bauer pas loin, une façon peut-être de rester informé. Au moins ça.

Dora dans son boudoir, vêtue d'une blouse de coton mauve, attachée sur le côté, pieds nus, un turban blanc en éponge lui cache les cheveux et la défigure. Pas maquillée, la peau bouffie, les traits imprécis. La migraine, dit-elle. Pas de partie de dames aujourd'hui, tu serais capable de me battre. Moue : dans mon état, ça m'étonnerait. Deux éclopés, donc, sourire.

Une soubrette apporte du thé, très fort, et une assiette de biscuits au beurre.

– Tu as un poste de radio ici ? J'aimerais écouter les nouvelles, juste quelques minutes.

– Va dans la chambre d'Ambre, elle n'est pas là pour l'instant. C'est le seul poste de la maison.

Radio-Paris reprend les informations officielles données par Goebbels telles qu'elles ont été diffusées à Berlin. Hitler, légèrement blessé, parlera à la radio dans quelques heures... Puis des nouvelles du front de Normandie, villes bombardées... Manifestement, à Paris, il ne s'est rien passé. Que faire d'autre qu'attendre ? Domecq éteint la radio et va retrouver Dora. Elle s'est accoudée à la fenêtre, plongée dans la contemplation de la place des États-Unis, déserte. Elle parle, sans se retourner.

– J'ai reçu une lettre anonyme cet après-midi. Courte. Pute aux Allemands, à mort. (Elle lui fait face.) Remarque, ça n'a pas besoin d'être long. Elle n'est pas arrivée par la poste, elle était posée ici, sur la table. Dans ma propre maison.

Il est soudain très attentif. Cette femme, regarde-la bien, yeux gonflés, teint sale. Elle appelle au secours. Si elle craque, tu es un homme mort. Elle vient s'asseoir à côté de lui.

– Tu veux encore du thé ? (Elle remplit les tasses.) Je suis allée faire des courses aux Champs-Élysées cet après-midi. Des chars et des camions bourrés de soldats qui arrivaient du front de Normandie, descendaient l'avenue, pour aller je ne sais où. Je les ai regardés passer pendant près d'une heure, avant de pouvoir traverser. (Elle boit son thé à petites gorgées.) Ils étaient en loques, hébétés, cabossés. Ils n'étaient pas beaux, c'était des vaincus. L'impensable est en train d'arriver,

Nicolas. Les Allemands perdent la guerre. (Elle continue, songeuse, en jouant avec sa tasse vide.) Ma fille est enfermée toute la journée dans sa chambre où elle écoute la radio anglaise, et elle ne veut plus ni déjeuner ni dîner avec moi. Otto est dans un état de rage froide qui le fait trembler en permanence. Il ne peut plus prendre un verre sans le casser, et il n'est plus monté ici depuis trois jours. (Elle soupire et retrouve son sourire lent, paupières baissées.) Je vais avoir besoin de toi, Nicolas, dans les jours qui viennent.

– Toujours prêt.

Bourseul descend rejoindre Bauer, au rez-de-jardin. Bouffées d'air frais, vent léger. La table est mise pour deux, sur la terrasse. Un soldat SS fait le service. Bauer revient du fond du jardin. Sans un mot, il s'assied, fait signe à Bourseul de s'asseoir, et attaque son melon, avec des gestes saccadés. Bourseul mange en silence, l'œil en coin vers Bauer, compte presque les secondes. On va reparler de la banque Charles. Cinquante millions. Louvoyer. Durer. Bauer est fini. Le sait ? Le sait pas ? Les fins de parties sont toujours difficiles. Pour tous les joueurs. Bauer attaque.

– Deslauriers a disparu depuis deux jours...

Bourseul n'a pas besoin de se forcer pour avoir l'air surpris.

– ... et je pense que tu l'as fait liquider.

Ce n'est plus de la surprise, c'est de la panique. Je ne vais pas sortir d'ici vivant. Et dire quoi ? Ce n'est pas moi ? Coup d'œil vers les grilles, au fond du jardin... Sauter... Idiot.

– Avec le prisonnier américain qui va avec.

Bauer a le regard fixe, halluciné. Il fait signe au soldat, qui change les assiettes, sert un rôti de veau aux petits pois. Bourseul commence à manger, pour faire diversion, peut-être. Succulente cuisine bourgeoise. Flash : la grande salle à manger claire, fenêtres sur le jardin tranquille, dans la grande maison en brique, là-haut, dans le Nord. Une autre vie. Courage.

Bauer boit d'un coup son verre de saint-émilion grand cru, sans un regard pour Bourseul, et continue :

– Juste avant de disparaître, il avait eu le temps de me mettre au courant de tes combines monégasques, Lévy Balland, la banque avec Chambrun. Tu supprimes un témoin gênant dont tu ne savais pas qu'il avait commencé à me parler et tu récupères les parts de l'un de tes associés, du même coup. Qu'est-ce que tu comptes faire de l'autre associé, c'est-à-dire moi ? (Le regarde dans les yeux pour la première fois, et sourit, presque amical.) Alors, tu penses bien que j'ai pris mes précautions, tu me connais. J'ai fait chercher ta petite famille à Marcq-en-Barœul. (Bourseul se décompose de l'intérieur.) Je sais à quel point tu y tiens. Et je l'ai installée sous ma protection, ici, à la prison de Fresnes. Au fait, tu savais que ton fils n'était pas là-bas ? D'après ta femme, il aurait rejoint les terroristes. La famille joue sur tous les tableaux ?

Ne dis rien. Tu n'as rien d'intelligent à dire. Attends, respire, calme.

Bauer se penche, remplit son verre.

– Bref, la chose est simple. Demain soir, je veux que tu m'apportes ici, à cette table, les cinquante millions en liquide. Si je ne les ai pas, ta femme et tes deux filles partent pour l'Allemagne après-demain matin. Si je les ai, je les relâche. Et toi, je verrai. Nous en discuterons demain soir, une fois que tu auras payé.

Bourseul se lève, raide, sa chaise tombe.

– Tu les auras.

Et il s'enfuit.

Quand il arrive dans le vestibule, la porte d'entrée explose sous la poussée d'un groupe d'une dizaine de soldats et d'officiers de la Wehrmacht, pistolet au poing. Ils s'arrêtent devant Bourseul.

– Bauer ?

Bourseul indique l'escalier qui descend, les hommes s'y engouffrent, il entend bouger à l'étage, sans doute Dora qui vient voir ce qui se passe, et se rue par la porte béante sur la place des États-Unis, la nuit n'est pas encore tombée, le square est désert, trois voitures de l'armée sont garées sur le trottoir. Il se met à courir vers la rue Lauriston, toute proche.

Attirée par le bruit, Dora se penche au-dessus de la rampe de l'escalier, et suit des yeux, médusée, Bauer qui sort de la maison encadré par un groupe de soldats. Le capitaine Otto Bauer, de la SS, arrêté par la Wehrmacht. Domecq, en retrait, regarde par-dessus son épaule, elle se crispe, un haut-le-cœur. Il a juste le temps de la soutenir, l'entraîner dans la salle de bains, elle vomit un flot de bile. Domecq a des gestes de nounou pour lui asperger le visage, l'étendre sur son lit, lui dénouer sa ceinture, défaire le turban qui lui enserre la tête. Flot de cheveux blonds, soyeux, ondulés, sur l'oreiller.

– Ne m'abandonne pas, Nicolas. Je crèverais de peur seule dans cette maison.

Il lui apporte un verre d'eau, des somnifères. Elle s'endort très vite, allongée sur le dos, bouche entrouverte, le souffle rauque, d'un sommeil abruti. Il plonge ses doigts dans les cheveux dorés qui sentent la camomille et le tilleul, contact fluide, soyeux, mouillé sur la nuque, souvenir violent, une autre femme, une autre vie, la chaleur de l'Égypte. Oublie, c'est la guerre. Il suit du bout de l'index la ligne de son profil, le front, le creux à la naissance du nez, entre les sourcils, soyeux, émouvant de fragilité, y dépose un baiser, l'arête du nez, trop large, légèrement retroussée, qui est une de ses imperfections charmantes, descend vers la bouche aux lèvres ourlées et le menton rond. Sur le cou, apparaissent les premières rides.

Puis, désemparé, il va s'allonger sur le canapé du boudoir, où il somnole jusqu'au matin. A Berlin, Hitler n'est probablement pas mort. Mais… Bauer, s'il n'a pas été fusillé au coin de la rue, peut bien revenir d'un instant à l'autre. Ou… Attendre le matin.

Dans le hall d'entrée du 93, rue Lauriston, quatre hommes en manches de chemise, les armes accrochées au dos des chaises, sont assis autour d'une table, et jouent au poker en buvant du cognac et en fumant des cigares. Ils jettent un coup d'œil vers la porte, les mains se tendent vers les flingues, avant que l'un d'eux, jeune, mince, une gueule de beau gosse un peu veule (celui-là, je l'ai déjà vu, Clavié, le neveu d'Henri) ne les arrête.

– C'est Bourseul. Le patron le connaît. Qu'est-ce que vous voulez ?

– Voir Lafont. Il est là ?

– Non.

– Chez lui ?

Grognements.

– Bauer vient de se faire arrêter par la Wehrmacht. (Les quatre hommes se redressent, soudain attentifs.) Il faut que je trouve Henri.

Clavié se lève en soupirant, attrape son arme, son chapeau, sa veste.

– Allons-y. (Un sourire.) De toute façon, je perds, c'est une bonne occase.

Grognements.

Lafont n'est pas chez lui, à Neuilly. Tournée des bordels et des bars de Pigalle. Vers minuit, Bourseul et Clavié finissent par le trouver ivre mort, endormi sur une banquette du Château de Bagatelle, et le traînent jusqu'à la voiture. Retour rue Lauriston, douche glacée, café-cognac, Lafont, en peignoir, émerge de sa cuite. Bourseul se sent moins seul. Les deux hommes s'installent dans le bureau de Bonny, l'administrateur de la Carlingue, côte à côte sous la lumière jaune, autour d'un gros poste de radio qui chuinte de la musique. Lafont, les cheveux trempés soigneusement plaqués sur le côté, se gratte le poitrail, et recommence à boire et à fumer. Bourseul a rempli un verre de cognac qu'il chauffe distraitement dans ses mains et se mordille la moustache, longue, trop longue, pas eu le temps de me raser. En retrait, dans la pénombre, Clavié somnole. Les trois autres porte-flingues poursuivent leur partie de cartes dans l'entrée. Bourseul regarde les murs tapissés de classeurs, du plancher jusqu'au plafond, sur les quatre côtés de la pièce.

– Sacré bureau, plus de paperasses que dans mes entreprises.

– (Rire.) Oui, c'est Bonny, ça. Le poulet de la bande. Pas mon genre. Il y en a des histoires là-dedans. Tout-Paris, toi compris. Mais n'aie pas peur, Maurice. Je ne laisserai pas ça derrière moi. En partant, j'y foutrai le feu.

Puis les deux hommes causent à voix basse, en intimes. Lafont dit sa lassitude : je n'ai pas envie de survivre à mes rêves. Bourseul, plus pragmatique, raconte sa famille à la prison de Fresnes, le chantage de Bauer et son arrestation par la Wehrmacht.

– Crois-moi, Maurice. La Wehrmacht n'a aucune chance contre les SS. Je les ai vus gagner la partie à Paris entre 40 et 42, des sacrés joueurs. Mais Bauer en tôle ou pas, t'inquiète pas, pour moi ça ne change rien. Fresnes, c'est mon royaume. A Fresnes, le patron, c'est moi. Ta famille, je te la sors de là quand tu veux.

– Tout de suite, Henri, et à n'importe quel prix.

– Ce matin à 6 heures, au changement d'équipe des gardiens. J'irai moi-même à la prison. Ne me remercie pas. C'est une des rares choses que j'ai encore le pouvoir de faire et ça me botte. (Un temps, le regard flou.) Quatre années, quelle belle vie... J'arrive pas à me faire à l'idée que c'est fini... En échange, trouve-moi deux voitures qui ne sont pas encore repérées par les résistants, et du liquide. Dès que j'ai le courage de bouger, je fonce en Espagne avec ma famille.

– D'après Bauer, Deslauriers aurait disparu ou serait mort. Tu es au courant ?

– La rue de la Pompe continue à fonctionner, normalement on dirait, en tout cas plus qu'ici. (Un temps d'arrêt.) Mort, peu probable. Il a plutôt viré de bord. Ça m'étonnerait qu'un type comme lui reste dans le bateau jusqu'au naufrage. Trop malin. Et, d'après moi, il a dû préparer sa sortie depuis un moment.

Bourseul le regarde avec une attention aiguë. Deslauriers a viré de bord, c'est évident. Et se met à gamberger, très vite. La radio crachote. Discours d'Hitler. Bourseul hausse le son. Tous deux écoutent la voix qui monte dans les aigus, le ton hystérique. Lafont coupe au bout de trois phrases.

– Pas de doute, le fou est bien vivant. Ta famille, je te l'amène où ?

– Au Café de la Paix.

– A l'Opéra ? En pleine terre allemande, drôle d'idée. Comme tu veux. Nous y serons à 8 heures.

A 8 heures précises, Lafont, en uniforme de capitaine SS, entre au Café de la Paix en donnant le bras à Mme Bourseul, grande femme très droite dans une robe de coton vert clair, maculée de taches, une veste de velours marron dépareillée jetée sur les épaules, et les cheveux coiffés à la hâte en chignon auréolé de bouclettes brunes. Elle tient dans ses bras la petite dernière, Isabelle, enroulée dans une couverture, les cheveux hérissés et le visage zébré de traînées noires. Jeanne, onze ans, suit sa mère en se cramponnant à sa robe. Bourseul se lève, se précipite, serre sa femme dans ses bras, Isabelle s'accroche à son cou et éclate en sanglots. Il n'arrive pas à parler. Lafont le salue d'un geste de la main et s'en va rapidement. Bourseul rassemble ses femmes (tu as des nouvelles de François, plus tard, on verra, ne restons pas ici), puis les pousse très vite dans la rue Cambon, vers l'entrée de service du Ritz. Le portier les attend, en grand uniforme, au milieu des poubelles et du linge sale, salue cérémonieusement Mme Bourseul, dont il est honoré de faire la connaissance, et on grimpe par un escalier de service discret, pas d'ascenseur, Isabelle toujours cramponnée au cou de son père qu'elle embrasse à petits baisers bruyants. Tout en haut, deux petites chambres communicantes sous les toits.

– Vous ne sortez plus d'ici avant le départ de la SS de Paris, sous aucun prétexte. Moi, j'ai encore quelques affaires à régler.

– Comptez sur nous, monsieur Bourseul. Ces dames ne manqueront de rien.

Vendredi 21 juillet

En France, 15 000 soldats allemands montent à l'assaut du maquis du Vercors.

A l'est, sur le flanc sud du front biélorusse, les troupes soviétiques avancent vers Lublin et Brest-Litovsk.

Bauer passa toute la première partie de la nuit du 20 juillet à l'hôtel Continental, prisonnier de la Wehrmacht comme tous les SS présents à Paris, pendant que les conjurés mettaient en place des pelotons d'exécution dans la cour de la caserne de l'École militaire. Puis, à 1 heure du matin, au moment même où Hitler parlait à la radio allemande, sous la menace d'une intervention des troupes de la Kriegsmarine, les chefs de la Wehrmacht à Paris, entérinant leur défaite, relâchèrent tous leurs prisonniers.

Les chefs de la SS, réunis dans leurs locaux de l'avenue Foch, discutèrent longuement de la répression de cette tentative de putsch. Elle serait impitoyable, mais la population parisienne devait être tenue dans l'ignorance totale de ce qui s'était passé à l'intérieur de l'armée allemande.

L'enquête sur les responsabilités exactes des uns et des autres, sur l'ampleur du complot, fut confiée au chef de la Gestapo. Bauer fut personnellement chargé d'arrêter deux lieutenants-colonels de la Wehrmacht, appartenant tous deux à de vieilles familles de la noblesse prussienne, qu'on avait vus les armes à la main durant la nuit. Ce qu'il fit dans l'après-midi du 21 juillet. L'un des deux se suicida quand il entra dans son bureau, l'autre, expédié à Berlin, y fut pendu à la fin du mois d'août. Ce fut, pour Bauer, une grande jouissance.

Bauer rentre place des États-Unis, à temps pour son rendez-vous avec Bourseul. Il fait dire à Dora Belle qu'il montera la saluer demain matin, et s'installe sur une chaise longue sur la terrasse. L'attente se prolonge, Bourseul ne vient pas.

Coup de téléphone à Fresnes. Mme Bourseul et ses deux filles ne sont plus dans leur cellule. A la suite d'une brève enquête, il apparaît qu'elles y étaient bien hier soir, mais on est sans nouvelles d'elles depuis. Aucune trace dans le registre d'écrou. Comment ça, conseil de guerre ? Mais, capitaine, ce n'est pas à vous que je vais apprendre que c'est une pratique courante. Que les prisonniers entrent sous un nom et sortent sous un autre, que la Gestapo vient chercher qui elle veut, pour en faire ce qu'elle veut, et efface les traces mêmes de l'existence des prisonniers, que les auxiliaires font la même chose, et que la Milice juge et exécute dans les locaux mêmes de la prison. Elles sont peut-être mortes, à l'heure qu'il est... Bauer a raccroché.

La nuit tombe, le tilleul embaume. Bref désir de plonger son visage dans les cheveux blonds de Dora. Pas maintenant. Réfléchis un peu. Les généraux traîtres. Impossible qu'ils ne soient pas en contact avec les Américains. L'enquête l'établira, disent mes chefs. Pas besoin d'enquête, c'est évident. Qu'ont-ils négocié ? La garantie de leurs vies, de leurs privilèges, et notre destruction. Mais nous avons gagné, ils vont payer. Flash : les jeunes tankistes montant au front de Normandie, croisés le 6 juin sur les boulevards extérieurs de Paris, guerriers rayonnants dévoués à la mort. Débarrassés des généraux traîtres, nous tous, soldats, referons la grande Allemagne.

Bourseul aussi négocie avec les Américains, au même moment. Deslauriers le démasque. Un temps d'arrêt, une fissure : il me manque. Oublie ça. Bourseul l'attire dans un guet-apens, le tue, récupère l'Américain. Il n'y a pas de hasard. Bourseul, les Américains, les traîtres, tous de mèche, c'est évident. Ça, Deslauriers ne l'avait pas compris.

Hier, ici même, Bourseul savait ce qui se préparait. Il s'est moqué de moi tout le long de la soirée. Bouffée de rage, de haine, le sang à la tête, les tempes battantes. J'ai été ridiculisé par un vaincu, toute une soirée. Il file d'ici et fait libérer sa femme par un complice de la

Wehrmacht. Ils n'ont pas d'accès aux prisons ? Pendant une nuit pareille, ils ont dû en trouver un.

Enquête... Inutile. J'ai des certitudes. Faire exécuter Bourseul et préparer une rafle de ses copains patrons et hauts fonctionnaires français, des serpents venimeux, la duplicité des esclaves.

12

Samedi 22 juillet

A l'est, sur le front nord, les troupes soviétiques atteignent la frontière russo-finnoise de 1940.

La répression qui s'engage contre les conjurés du complot du 20 juillet fera plus de 5 000 victimes, essentiellement parmi les officiers de la Wehrmacht et leurs familles.

En quelques jours, le déclin de la rue de la Pompe était devenu évident. Les « pigistes » passaient de plus en plus rarement, les hommes d'affaires et les quémandeurs plus du tout. Le grand couloir était vide. Loiseau décida, puisque désormais c'était lui qui siégeait derrière le beau bureau aux cariatides, ce dont il tirait une intense satisfaction, que les « permanents », Morandot, Martin et lui-même, coucheraient sur place. On perdrait moins de temps. On installa deux lits de camp dans le vestibule, pour Morandot et Martin, et un troisième pour Loiseau dans le bureau, où planait encore l'ombre de Deslauriers. Et l'équipe se consacra à la tâche prioritaire que lui avait confiée Bauer : retrouver et exécuter le père et le fils Bourseul.

Loiseau inaugure son règne par une exploration systématique du bureau de Deslauriers. Et ne trouve pas grand-chose. Pas de listes des noms des honnêtes commerçants et industriels qui ont fréquenté la rue de la Pompe, pour acheter ou pour vendre, pas plus que celles des trafiquants et truands qui ont participé aux mêmes opérations. Aucun relevé des mouvements de fonds. Loiseau sait que l'anonymat des transactions a toujours été la règle, ainsi que le paiement en liquide, mais il sait aussi que Deslauriers notait tout. Ces notes, il a dû les emporter avec lui. Qu'il crève. En fouillant l'armoire, Loiseau jette un coup d'œil au miroir accroché à la porte intérieure. Prend la pose, négligemment appuyé contre le bureau aux cariatides, lisse ses cheveux, se sourit. Il va falloir qu'il s'achète de nouveaux vêtements. Costume sur mesure peut-être, comme Deslauriers, un vieux rêve. Pour cela, il faut du fric. Continue la fouille. Dans une petite caisse fermée à clé, forcée sans difficulté, du liquide, 50 000 francs. Pas énorme, mais de quoi faire tourner la maison dans l'immédiat. Et, sur une étagère, deux dossiers « en cours ». Un wagon de café et un autre de chocolat attendent qu'on en prenne livraison en gare de La Chapelle. Du gros argent, si je sais y faire.

Dimanche 23 juillet

A l'est, sur le front nord, dans les pays Baltes, les troupes soviétiques prennent Pskov, centre vital pour la défense allemande et première ville conquise par l'offensive allemande de 1941.

Première tâche, fouiller l'appartement de Bourseul, dans l'espoir d'y trouver un début de piste.

Avenue Kléber, à deux pas du Majestic et des services administratifs de la Wehrmacht, Loiseau et sa bande entrent dans un grand immeuble solennel, en pierre de taille blanche. Bourseul habite au cinquième étage, un simple pied-à-terre de célibataire, paraît-il, toute la famille est restée dans le Nord. On devrait être tranquilles.

L'électricité n'est pas coupée, on est dans les beaux quartiers, donc l'ascenseur marche. Tant mieux, pense Morandot, qui n'aime pas montrer à tous qu'il a le souffle court.

Loiseau sonne. Une vieille dame à cheveux blancs, vêtue d'une robe noire, vient leur ouvrir.

– Police allemande.

– (Surprise.) Que voulez-vous ?

– Nous cherchons M. Bourseul. Et son fils, François.

– Ils ne sont pas ici. Ni l'un ni l'autre.

Morandot rigole.

– On s'en doutait un peu. C'est avec toi qu'on va causer.

Paniquée, elle tente de refermer la porte. Loiseau s'énerve, bloque la porte avec son pied, bouscule la vieille. Elle appelle : Pierre, Pierre… Et appuie sur le bouton d'une alarme, qui résonne dans tout l'immeuble. Loiseau sort son pistolet, tire une fois à bout portant, la vieille s'écroule, la bouche ouverte, un vieux en bras de chemise arrive en courant au ralenti, Madeleine, me voilà, que se passe-t-il ? Loiseau tire une deuxième fois. Le vieux se bloque, tombe sur les genoux, puis plonge la tête la première. Troisième coup de feu dans le mécanisme de l'alarme qui se tait. Loiseau claque la lourde porte d'entrée derrière eux.

– On va pas se laisser emmerder…

Martin grommelle.

– T'as tiré un peu vite. Ils savaient peut-être des choses. Tu tires toujours un peu vite.

Loiseau se retourne.

– Tu discutes…

– Ça va, fais pas ton Deslauriers, on n'y croit pas.

Ils ouvrent la porte centrale. Une très grande pièce salon-salle à manger, envahie de soleil, donne par une baie vitrée sur une terrasse fleurie, au-delà de laquelle s'étale la Seine. Un simple pied-à-terre… Les trois hommes contemplent le mobilier Louis XV, les deux lustres de cristal, une table en marbre et partout, sur les meubles, dans des vitrines, des potiches chinoises, de fines statuettes d'ivoire ou de jade, aux murs des estampes japonaises et au sol des tapis persans. Morandot, bras ballants, à voix basse, lâche une litanie de jurons.

– Je l'ai connu, à la Cagoule, avant la guerre. A ce moment-là, c'était un petit patron, pas tellement plus que moi, et maintenant c'est un milliardaire qui chie dans la soie. (Il s'approche d'une potiche bleue Ming dont il caresse le ventre du bout des doigts.) On a pris toute la merde et le danger, et lui, tout le fric. Et maintenant que ça devient difficile, qu'il va falloir voir où sont les hommes, il nous lâche pour aller se faire baiser par les Américains.

Morandot crache par terre, attrape la potiche, et la lance contre une vitrine qu'elle pulvérise en explosant. Martin, appliqué, écrase du pied, une à une, les statuettes éparpillées sur le tapis. Loiseau fracasse un fauteuil Louis XV sur la table en marbre, qui se fend, et se sert d'un pied comme d'une matraque pour attaquer les lustres de cristal. En quelques minutes, la pièce est ravagée.

Martin et Morandot tirent les deux cadavres par les pieds, légers, légers, la femme sur le dos, l'homme sur le ventre, traces sanglantes, et les laissent côte à côte au milieu du salon.

– Il fait soif.

Ils referment soigneusement la porte du salon, trouvent la cuisine, et vident une bouteille de rouge. Une romanée conti 1933, comme un vulgaire picrate. Puis Loiseau reprend le commandement.

– On fait un tour rapide des autres pièces. On cherche des photos des deux Bourseul, père et fils. On prend l'argent, l'or, les bijoux. Rien d'autre.

Ils trouvent assez vite quelques bonnes photos des deux Bourseul, posées en évidence sur les tables de nuit, accrochées dans le couloir. Le jeune François particulièrement facile à identifier avec son air gamin et sa fossette au menton. Ils trouvent aussi 100 000 francs en billets tout neufs, mais ni or ni bijoux. On pouvait espérer mieux. Martin glisse sous sa chemise, au moment de partir, un petit tableau du Quattrocento italien, trouvé sur une table de nuit, représentant Judith en robe blanche et longs cheveux blonds, un sabre à la main, regard nonchalant et assuré, quelques instants après avoir coupé la tête d'Holopherne, posée sur un plateau à ses pieds. Cette femme le trouble.

Lundi 24 juillet

A l'est, sur le front biélorusse, les troupes soviétiques prennent Lublin.

L'école Loyola, dans une ruelle sinueuse et déserte de la colline du Trocadéro, est cachée derrière de hauts murs d'où émergent les cimes de quelques arbres. Morandot sonne à la haute porte cochère au fronton sculpté. Il faut qu'il répète plusieurs fois le geste avant qu'une petite porte latérale, percée dans le mur d'enceinte, à une dizaine de mètres de là, s'entrouvre. Morandot s'approche. Un homme vieilli, habillé d'une blouse grise, les cheveux rares, longs, ramenés sur le crâne, nez pointu et petites lunettes cerclées de fer, l'interpelle :

– Qu'est-ce que vous voulez ?

Morandot montre son carton.

– Police allemande. On peut causer ?

Le vieil homme examine le carton de près, vérifie la photo deux fois, puis s'efface pour le laisser passer.

– De nos jours, il faut être prudent.

Morandot entre directement dans le logement du concierge, une pièce plutôt sombre, une table, des chaises, un gros buffet en bois sculpté, un poste de radio énorme et dans un coin une sorte de cuisine, isolée de la pièce par un rideau en coton crasseux. Une porte-fenêtre et une fenêtre-guichet ouvrent sur la grande cour pavée au centre de laquelle pousse un marronnier. On aperçoit au fond de la cour un splendide petit château du XVIIIe siècle, dont tous les volets sont fermés. Le concierge dégage une chaise, la pousse dans un coin à l'abri de tout regard indiscret venant de la cour.

– Asseyez-vous. J'ai du café chaud. Vous en prendrez bien ?

– Pas de refus, merci. Dites donc, c'est plutôt mort, ici.

– C'est les vacances. Et les pères jésuites habitent dans le deuxième bâtiment, au fond du jardin.

Il apporte une cafetière remplie d'un liquide bouillant qu'il verse dans deux tasses. Drôle d'odeur. Celui-là ne doit pas venir du marché noir.

– Alors, finalement, qu'est-ce que vous voulez ?

– (Finasse pas. Ce gars est de ton côté.) A l'école, l'ambiance est comment ?

– Plutôt bonne. Nos curés sont corrects. (Il s'arrête, coup d'œil vers la cour, toujours déserte. Il baisse la voix.) Le professeur de gymnastique, c'est un planqué du STO, ou alors un juif. En tout cas, quelqu'un qui se cache. Les curés sont naïfs.

Morandot rapproche sa chaise, se penche vers lui.

– Heureusement que vous avez l'œil. D'après nous, ça irait plus loin. Ici, il y aurait un foyer terroriste.

– Ça, première nouvelle, jamais entendu parler.

– Le fils Bourseul, vous le connaissez ?

– Oui. Il est ici depuis deux ou trois ans. Arrogant, comme tous ces fils de riches.

– (Flash : l'appartement Bourseul, la terrasse, les potiches, les statuettes, bouffée de haine.) On se comprend, vous et moi. Lui a viré terroriste, c'est sûr, et il a disparu dans la nature. Vous n'auriez pas remarqué des adultes qu'il aurait beaucoup fréquentés, des gens qui auraient pu l'influencer, le recruter ?

– En classe de philo il était, le fils Bourseul. (Le concierge se concentre, il enlève ses lunettes, se frotte les yeux, les remet.) Dans cette classe, tous les professeurs sont des pères jésuites, et eux, franchement... Sauf un répétiteur qui leur faisait passer des examens blancs toutes les semaines, après les cours, tard le soir, et le fils Bourseul repartait souvent avec lui.

– Le professeur de gymnastique et le répétiteur m'intéressent. Je peux avoir leur nom, leur adresse ?

– Je les connais pas. Il faudrait trouver leurs fiches dans les dossiers de l'administration. Un temps. C'est pas facile.

Morandot sort une liasse de billets de cent francs retenue par un élastique, la pose sur la table, la pousse d'un doigt dans la direction du concierge, gestes lents, sans un mot.

Un quart d'heure après, les fiches sont dans les mains de Morandot. Il y a même des photos.

Vers midi et demi, le trio de la rue de la Pompe se retrouve au bistro Chez Marcel, à deux pas de leur quartier général. Voici plusieurs années qu'ils y ont leur table mise en permanence, dans une minuscule pièce qui donne sur la cour par une sorte de vasistas, et qu'on atteint en traversant la cuisine. Une seule table, ronde, la leur, recouverte d'une nappe à carreaux en toile cirée, bien souvent éclairée à la bougie quand l'électricité est coupée. Le patron mitonne, pour eux seuls, des plats solides et abondants, bœuf bourguignon, brandade de morue, haricot de mouton, en échange de pas mal d'argent et de quelques menus services. Aujourd'hui, la petite pièce est fermée. En travaux, dit le patron. Et je peux pas vous servir dans la grande salle, avec tout le monde qui passe, j'aurais la police du marché noir sur le dos. Faut trouver une autre cantine.

Loiseau est blême, et enfonce ses mains dans ses poches, pour les empêcher de trembler. La bande finit par échouer dans un petit restaurant populaire, où l'on mange peu et mal contre des tickets d'alimentation tout ce qu'il y a d'officiels. Martin parle de s'occuper de l'approvisionnement et de faire la cuisine pour toute l'équipe dans l'appartement de la rue de la Pompe.

– Marcel est un traître.

– Laisse Marcel. Tout le monde a le droit de faire des travaux.

Les mains de Loiseau recommencent à trembler. Morandot, très vite, attaque un rapport complet sur sa visite à Loyola, et pose les deux fiches sur la table.

– On se fait le prof de gym, avant d'entreprendre les choses sérieuses ?

Loiseau respire lentement, reprend son calme.

– D'accord. Il habite tout près d'ici, on lui rend visite en voisins. Il finit son assiette de rutabagas, avec une grimace, et enchaîne : J'ai vendu nos wagons de café et de chocolat à Masuy, un collègue. Un temps, pour ménager son effet. Deux millions.

Les deux autres arrêtent de manger, saisis. Ce coup-ci, on est riches. Loiseau, décontracté, sert à boire. Il a gagné sa place de chef.

Le patron ouvre la porte vitrée qui le sépare de la salle des inspecteurs et gueule :

– Domecq, dans mon bureau.

Domecq, qui rêvasse à l'après 20 juillet (retrouver Benezet et l'Américain, pas facile. Bien seul. Un peu tendre. Tableaux, Benezet, racontez-moi l'histoire, commande du capitaine Bender, et le visage qui se décompose. Aller voir du côté de Bender, à l'état-major de la Wehrmacht, s'il est encore vivant), sursaute, se lève en renversant sa chaise et rejoint le patron dans son bureau. Une petite pièce sombre, encombrée de meubles disparates, éclairée par un vasistas dont les carreaux sont opaques de crasse, et une lampe à la lumière jaunasse. Le patron, grande silhouette molle en costume trois-pièces sombre, ferme la porte, lui indique une chaise et commence à parler, sans le regarder, en arpentant la pièce de long en large.

– Le 7 juin dernier, le préfet Bussière a demandé un rapport interne sur vous, inspecteur Domecq...

7 juin. Flash : 6 juin, soirée chez Dora, Deslauriers, Monsieur le préfet, permettez-moi de vous présenter l'inspecteur Domecq... Bussière, Abetz, Knochen en grand conciliabule dans l'embrasure d'une fenêtre... Éviter les témoins gênants, pas perdu de temps, le préfet Bussière.

– ... que je viens de recevoir, et dont je vais vous communiquer quelques éléments. S'arrête, le regarde. Oralement, uniquement oralement. La situation générale dans la police, celle du service sont trop compliquées, vous me comprenez. Enfin... Il reprend sa marche. Vous fréquentez assidûment, et depuis longtemps, le salon de l'actrice Dora Belle.

– Le préfet Bussière aussi. Je l'y ai rencontré à plusieurs reprises.

– Ce n'est pas de mon ressort. Je dirige la Brigade mondaine, jusqu'à plus ample informé. Dans ce salon, vous avez rencontré de nombreux officiers SS et noué des relations suivies avec René Deslauriers qui dirige un groupe de gestapistes français dont le siège est au 180 de la rue de la Pompe...

Domecq se tasse sur sa chaise. Affaire bien mal engagée. Ferme ta gueule.

– ... Vous prenez vos habitudes au Capucin, un établissement qui lui appartient, où les filles sont accueillantes, et pour vous, gratuites. (Flash, silhouette d'Angélique, fesses superbes.) Le patron distille : Je me suis même laissé dire que ces dames vous appellent Beau Mec. Charmant. Un temps d'arrêt. Vous vous engagez, à une époque que nous ne pouvons préciser, dans des affaires tumultueuses avec ce Deslauriers qui passe ici... et vous donne une paire de gifles. (Massive silhouette toute en noire qui traverse la pièce, lui cloué par la surprise, et puis quoi faire ?) Ce qui éclabousse tout le service. (Les regards qui se détournent, silences, la porte du patron obstinément fermée...) Plus grave, l'inspecteur Ricout a dû découvrir vos liens privilégiés avec Deslauriers, se douter que vous étiez en affaires avec lui et, pour dégager le terrain, ledit Deslauriers le liquide.

Domecq se redresse, le sang afflue au cœur, les joues livides. Ricout, si jeune sous les arbres de Maisons-Laffitte, tu veux continuer, je ne me pose même pas la question.

– C'est une calomnie. Nous étions, Ricout et moi, sur une affaire de marché noir qui impliquait Deslauriers...

– (Coupant.) J'ai lu votre rapport. Ce n'est pas la version que nous retenons. Comment expliqueriez-vous, si Deslauriers avait voulu intimider la police, qu'il ait fait défigurer, mutiler et enterrer le cadavre de ce malheureux Ricout pour rendre une identification impossible ?

Quoi dire ? Qu'à mon avis les hommes de Deslauriers sont des imbéciles qui ont outrepassé les ordres de leur chef et ont ensuite voulu dissimuler leur bavure ? Ça ne ferait que m'enfoncer.

Le patron revient vers son bureau, ouvre un tiroir et d'un geste emphatique jette sur le plateau une enveloppe en papier kraft grand format, apparemment remplie de documents. Domecq lit à l'envers, dans le coin gauche de l'enveloppe : Étude de Me Triboulet, notaire, rue Ordener, Paris. Le patron tapote l'enveloppe de son index.

– Une fois le terrain dégagé, l'affaire est faite. Deslauriers vous cède des parts du Capucin, et vous êtes désormais son associé dans la gestion de ce bordel.

Domecq s'entend dire d'une voix incertaine :

– Je ne suis absolument pas au courant.

Le patron le regarde avec un mépris soigneusement mis en scène.

– Nous avons ici une copie de l'acte original. (L'index tapote à coups redoublés, pour affirmer la matérialité de la preuve.) Dans cette enveloppe. J'ai vérifié moi-même les signatures. C'est bien la vôtre. L'acte de vente est daté du 21 juin, deux jours après l'assassinat de Ricout. Je ne vous communique pas le dossier et nous n'ouvrons pas d'enquête. Pas encore. La situation est actuellement trop difficile pour le service. Mais vous êtes immédiatement suspendu. Remettez-moi votre arme et votre carte.

L'attente a été interminable pour Domecq, qui a erré dans les escaliers et les couloirs du 36, quai des Orfèvres, en s'efforçant d'être transparent, jusqu'aux environs de 20 heures, heure de son rendez-vous avec Londres. Les toilettes, la lucarne, le réduit à balais, une dernière fois. Le poste a été introduit, il y a plus d'un an, par Nohant, et il est beaucoup trop encombrant pour être déménagé sans complicités. Tant pis. Les Américains ne vont pas rester encore une éternité enlisés dans le bocage normand.

Londres, enfin, le cœur battant. Vidé de la police. Les contacts radio sont désormais trop dangereux. Il reçoit l'ordre de se mettre en veilleuse et d'attendre, pas d'impatience, on lui fera signe, bientôt. Soulagement. C'en est peut-être fini de l'absolue solitude.

Il remonte chez lui en hâte, par le boulevard Saint-Michel, bifurque vers l'Odéon, pour éviter le lycée Saint-Louis réquisitionné par la Milice. Il fait un grand détour pour éviter les abords du Luxembourg, dont la garnison est de plus en plus fébrile. Étrange sensation, lui qui n'a jamais rêvé d'être flic se sent étonnamment nerveux sans sa carte et sans son arme. Au coin de la rue Saint-Sulpice, deux soldats allemands en uniformes fatigués vendent du beurre normand à la sauvette à une dizaine de ménagères. Sensation d'épuisement. Grimper dans la chambre et là-haut, à l'abri, fauteuil, café, récupérer et essayer de comprendre ce qui est arrivé.

La serrure a été forcée, la chambre fouillée avec minutie, méthode, pas de violences excessives. Le mauvais matelas a été éventré, mais le crin n'a pas été éparpillé dans toute la pièce. Les paquets de sel, de pâtes, de café ont été sortis du placard, et soigneusement vidés dans l'évier. La sueur dégouline sur son buste. Impression qu'on le regarde, qu'on le surveille, inconnu tout-puissant. N'ose même pas vérifier la cache sous la latte du plancher. Dora, les fiches brûlées une à une, soulagement. Mais Chaves… Et surtout, les quatre feuillets des RG sur Benezet. Nouvelle suée, et cette peur au ventre d'être espionné en permanence. Tire-toi d'ici, tout de suite.

Vers 10 heures du soir, Domecq, fripé, sale, tout près de craquer, se réfugie chez Dora qui lui prépare un dîner de fortune, un reste de rôti froid, un morceau de saint-nectaire et une part de tourte au chocolat sur un coin de table au jardin, léger vent frais, grand calme, crépuscule interminable, une impression de vacances à la campagne. Bauer, qu'elle a consulté, a accepté avec une pointe d'amusement qu'elle héberge un flic en délicatesse avec la police française, d'autant qu'il s'était conduit correctement dans la nuit du 20 juillet. Elle lui a donc donné la chambre d'ami, contiguë à celle d'Ambre, et du linge propre. Il s'est lavé avec une sorte d'acharnement et maintenant, allongé en peignoir sur l'édredon de plumes blanc, face à la fenêtre ouverte sur la nuit noire, il se détend lentement et rêvasse.

Il faut comprendre. Bussière, normal. Le préfet de police ne souhaite pas avoir dans ses services des témoins directs de ses compromissions. Surtout en ce moment. L'acte de vente, un faux. Tout le monde peut faire un faux. D'autant plus facilement qu'on ne lui a pas montré le document… Mais les informations sur le Capucin, Angélique, ce surnom de Beau Mec ? Deslauriers ? Possible, mais quel pourrait être son intérêt dans l'affaire ? Angélique, coincée par un collègue des Mœurs ? Encore possible. A vérifier. Mais d'abord, Triboulet, notaire, rue Ordener. Un nom que je n'aurais jamais dû connaître. Heureusement que le patron est un grand mou qui a besoin d'accessoires pour jouer son rôle. Et donc, quelqu'un qui ne s'attend pas à me voir. Demain...

Ambre, de l'autre côté de la cloison, se déplace dans sa chambre en fredonnant une marche militaire anglaise. Ne fais pas attention à elle, a dit Dora. Tout à coup si proche, prise dans les mêmes espoirs et les mêmes attentes. Image d'elle, debout dans le boudoir de Dora, raide, agressive, la jeune fille et la femme, mêmes yeux porcelaine, mêmes cheveux dorés, chauds, fluides, les caresser, les respirer, tilleul et camomille, désir violent, c'est si bon de se sentir vivant, fragrances plus lourdes dans les jardins du Caire, femmes perdues, femmes oubliées, femmes interdites, les sensations se brouillent, il s'endort.

13

Mardi 25 juillet

Sur le front de Normandie, la Ire armée américaine déclenche une offensive à l'ouest du Cotentin dont le nom de code est « Cobra ».

A l'est, sur le front ukrainien, Lvov est encerclée, les troupes soviétiques convergent sur Brest-Litovsk.

Déjà chaud, pas loin de l'orage. Deux alertes, tôt le matin, dans l'indifférence. Les bombardements ont dû toucher la banlieue nord. En marchant bien, il faudra pas loin d'une heure pour atteindre la rue Ordener. Le Wepler toujours ouvert, la station de métro toujours fermée, Domecq traverse la place Clichy, hantée par la silhouette de Ricout, jeune, sérieux, qui croyait que flic est un beau métier, mort pour une histoire de bouteilles, en pleine guerre, à quelques jours de la libération de son pays. Je n'ai pas su empêcher ça. Il a le cœur battant en attaquant le flanc de la Butte par le vieux cimetière Montmartre.

Dans la rue Ordener, le côté populaire et petit-bourgeois de la Butte, loin des boîtes de nuit et de l'univers de la Mondaine, les immeubles s'alignent, tristes, mal entretenus, les rues sont désertes, les boutiques presque toutes fermées, longues queues silencieuses devant les rares magasins d'alimentation encore ouverts. On sent les bombardements de la banlieue nord tout proches. Au 106, la plaque qui indique la présence de l'étude de notaire est terne. Il est bien peu probable que ce soit ici que Deslauriers ait traité l'essentiel de ses affaires immobilières, qui doivent être nombreuses.

La concierge s'affaire dans sa loge, quand il tape à sa vitre elle vient vers lui en traînant ses chaussons, un fichu noué en turban sur la tête.

– L'étude Triboulet, s'il vous plaît madame.

– Escalier A, premier étage, porte droite.

Tout le mépris du monde dans cette réplique dépouillée. Les concierges parisiennes ont le sens de la nuance. Une concierge qui méprise un notaire, c'est un phénomène rare. Domecq lui sourit amicalement.

A l'étude, les volets sont fermés, les bureaux vides. Une femme âgée et fatiguée est assise dans un fauteuil profond, près d'une fenêtre entrouverte. Elle lit un gros livre soigneusement recouvert de papier journal, à côté d'elle, sur une table basse, une carafe d'eau et un verre vide. Elle regarde Domecq s'approcher, sans se lever. Il se présente cérémonieusement, puis :

– Il semble que je sois bénéficiaire de la vente d'un bien immobilier faite à cette étude le 21 juin dernier. Je souhaite consulter l'acte de vente.

Le visage de la vieille dame se fige. Elle est parfaitement au courant, elle sait que c'est un sac d'embrouilles, elle ne dira rien.

– Les actes sont en possession des intéressés.

– Pas en ce cas.

– Faites une demande au notaire.

– C'est exactement ce que je suis en train de faire.

– Maître Triboulet n'est pas là. Laissez-moi votre adresse, votre demande par écrit, je les lui communiquerai dès qu'il sera de retour...

Pas la peine de perdre mon temps. Retour vers la concierge, qui attend, la porte de sa loge entrouverte.

– C'est quoi, l'étude Triboulet ? Un coupe-gorge, ou la succursale du musée Grévin ?

– Ça n'a pas toujours été comme ça. Le père était un homme digne. Il est mort il y a six mois, et le fils, c'est un débauché malhonnête. Madame Michon fait ce qu'elle peut pour sauver les apparences...

Domecq sort un billet de 100 francs tout froissé de sa poche de pantalon.

– Je dois voir Triboulet fils de toute urgence. Où puis-je le trouver ?

La concierge attrape le billet, le défroisse, le plie en six, le glisse dans son turban et, très vite :

– En sortant à droite, troisième immeuble. Escalier C, dans la cour. Premier étage porte centrale. Je vous ai rien dit, hein ?

Devant la porte centrale du premier étage escalier C, un paillasson marqué des initiales P. T. Pierre ? Paul ? Peu importe, en tout cas, Triboulet, c'est là. Sonne.

Aucune réaction. Recommence. Bruits confus, puis une voix d'homme incertaine, derrière la porte.

– Qu'est-ce que c'est ?

– René Deslauriers. Ouvrez.

Bruit de verrous, de chaînes, Domecq prend son élan, la porte s'entrouvre, il fonce, épaule en avant, la porte vole, il trébuche sur Triboulet qui s'est effondré sur le cul et se redresse en geignant. Un petit bonhomme nu sous un peignoir jaune pisseux, ouvert sur un ventre flasque et gras pendant au-dessus d'un sexe perdu dans une toison grisonnante. Dans le fond de l'appartement, le bruit de pieds nus d'enfants cavalant sur le plancher, rapides, légers, une porte qui claque. Domecq écarte le gros notaire, traverse deux pièces parsemées de verres, bouteilles, assiettes sales, linges souillés, Triboulet trotte derrière lui en vacillant, en grognant, il ouvre la porte d'une chambre, deux gosses, onze douze ans, peut-être moins, se sont réfugiés dans le lit, le drap remonté jusqu'au menton, la peur dans le regard. Triboulet bafouille : Des amis... Ne pas se laisser envahir par la nausée, faire vite. Triboulet s'est laissé glisser par terre, le menton affaissé sur la poitrine, et respire bruyamment, yeux clos. Domecq s'approche du lit, arrache le drap d'un geste sec, deux corps nus, maigres et tremblants.

– Je suis inspecteur de la Brigade mondaine. Vous savez ce que ça veut dire ? (Signes de têtes. Des pros, déjà ?) J'ai deux mots à dire à ce monsieur. Vous, habillez-vous et disparaissez.

Il remet Triboulet debout, le traîne dans la cuisine, le pousse sur une chaise, ferme la porte. Triboulet appuie ses coudes sur la table pour soutenir sa tête, son visage rond, lunaire, sans expression, un filet de bave au coin des lèvres. Domecq se penche vers lui, parle lentement, en détachant tous les mots.

– Vous avez établi le 21 juin dernier un acte de vente de parts d'un bar nommé le Capucin...

– M'en souviens pas.

– ... cet acte était signé par René Deslauriers le vendeur, et Nicolas Domecq l'acquéreur.

– M'en souviens pas.

– Je suis Nicolas Domecq. Je n'ai jamais traité cette vente. Qui vous a apporté cette affaire ?

Triboulet rit, se laisse glisser, la tête posée sur la table, entre ses deux bras allongés.

– Cause toujours, flicard. Je suis protégé, tu peux rien contre moi.

Il continue à rire sans bruit, la bave fait des bulles, une gargouille immonde. Saoul, drogué jusqu'aux yeux, ou comédien de bas étage ? De toute façon, il en fait trop. Dans l'appartement, la porte d'entrée claque, les gosses sont partis. Le signal attendu. Domecq se redresse, attrape un couteau de cuisine mince et effilé qui traîne dans l'évier et, de toute sa force, lui transperce la main droite, la cloue à la table. En même temps, il lui immobilise le bras gauche. Il y a eu un couinement aigu, puis plus rien. L'homme halète, tétanisé, les yeux fous, le corps secoué de spasmes. Très peu de sang, la lame doit bloquer l'hémorragie.

– Tu me dis immédiatement tout ce que tu sais sur ce contrat, sinon je te cloue l'autre main et je te laisse crever là, ordure.

– Deux hommes sont venus qui disaient s'appeler René Deslauriers et Nicolas Domecq... (Vite dessaoulé, en tout cas.) Tous les papiers étaient en règle. Un acte de vente normal.

– (Pression sur le bras.) Me prends pas pour un imbécile.

– Presque normal. Ils sont venus le 21 juillet, et il fallait antidater au 21 juin. C'est tout ce que je sais. Des gens que je connais pas du tout.

– Qui t'a amené cette affaire ?

– Personne. Je sais pas. Le hasard. Ils sont entrés en passant devant la plaque…

Sans le lâcher, Domecq cherche à tâtons un autre couteau dans l'évier.

– Morandot. Il travaille dans le groupe de Deslauriers à la Gestapo. C'est lui qui me l'a amenée, l'affaire. On s'est connu chez Doriot. D'après lui, vous n'auriez jamais dû entendre parler de moi.

– Tu connais Deslauriers ?

– Non.

– A quoi il ressemblait, ce jour-là ?

– Grand, mince, petite moustache, bel homme.

– Quel âge ?

– Petite quarantaine ?

– Combien t'a rapporté cette affaire ?

– Un million. Un million en beaux billets… J'ai jamais vu autant d'argent… Il pleure. Je voulais fêter ça…

Domecq arrache le couteau, le sang rouge clair s'écoule en larges taches. L'homme s'est évanoui.

Mercredi 26 juillet

Sur le front de Normandie, la Ire armée américaine progresse au sud-ouest de Saint-Lô.

A l'est, sur le front nord, c'est l'accalmie sur la frontière finlandaise. Les troupes soviétiques concentrent leur offensive sur les pays Baltes, et prennent Narva, en Estonie.

Sur le front centre biélorusse, les premiers détachements soviétiques atteignent la Vistule. A Varsovie, on entend le bruit des combats. Les Allemands décident de défendre Varsovie.

Un quatrième front est ouvert plus au sud, contre la Roumanie, alliée de l'Allemagne, par des bombardements de l'aviation américaine.

Domecq est allongé sur son lit, les bras derrière la tête, les yeux au plafond. Ambre bouge de temps à autre dans la chambre à côté. Morandot amène l'affaire au notaire. Morandot, un homme de Deslauriers. Le patron de la Mondaine : je me suis même laissé dire que ces dames vous appellent Beau Mec. Deslauriers, aux Deux Cocottes, poularde à la crème, sourire, qu'est-ce que tu veux Beau Mec ? Ce Beau Mec ramène encore à Deslauriers. De même que les relations suivies qu'il a, semble-t-il, entretenues avec le patron de la Mondaine. Son visage large, cabossé, marqué d'une cicatrice, ses épaules de déménageur. Pas lui qui est allé signer chez Triboulet, un homme plus mince, élégant, petite moustache, plus jeune semble-t-il. Le cadavre de Ricout, enterré, mutilé, il ne tenait plus ses hommes. Morandot travaille peut-être en indépendant sur ce coup, d'autant que le contrat a été fait le 21 juillet, donc après le départ de Deslauriers. Qui n'a aucun intérêt à me faire vider de la police. Dans la chambre d'à côté, Ambre ouvre le poste de radio, qui crachote, grésille, brouillage. Continue. Qui y a intérêt ? Les réseaux communistes dans la police, s'ils m'ont identifié comme un agent gaulliste, comme c'est peut-être arrivé pour Nohant ? Non. Ils pouvaient faire tellement plus simple : une arrestation pendant que j'étais en liaison avec Londres... Creuse un peu cette idée. Montage compliqué par quelqu'un qui ne peut pas faire simple, parce qu'il est marginal, ou parce qu'il joue en franc-tireur, plus ou moins contre son camp. Si c'était Deslauriers qui était visé ?

Approcher Morandot, inutile d'y songer. Beau Mec : restent Angélique et le patron du Capucin qui connaissent ce surnom, et peuvent l'avoir donné à la Mondaine. Corps de femme, ligne du dos et des fesses, désir indéterminé. Domecq se lève, s'étire. Je commence par Angélique.

Le professeur de gymnastique habite à quelques centaines de mètres de l'école Loyola, rue Pétrarque, au rez-de-chaussée d'un immeuble cossu. Le trio sonne et, oreille aux aguets, entend des pas qui s'approchent, une respiration. Quelqu'un regarde sans doute par l'œilleton.

– Ouvrez, police allemande.

Silence. Puis le bruit d'une porte qui claque, d'une fenêtre qui s'ouvre. Loiseau prend son pistolet, tire dans la serrure qui explose, Martin pousse la porte, hésite un instant, la chambre, une fenêtre ouverte donne sur la cour de derrière, un homme escalade un tas de poubelles pour franchir une grille et s'enfuir par l'immeuble voisin. Il est là, petit, une flamboyante chevelure bouclée rousse, torse nu, pantalon sombre, accroché à sa grille, bien visible, lent dans ses déplacements, une cible de foire. Martin tire, l'homme tombe à la renverse, d'un coup, un bruit sourd et net, comme celui d'un oiseau foudroyé en plein vol qui s'écrase au sol. Il n'ira pas plus loin. Dans les étages, des fenêtres s'ouvrent, des gens s'interpellent. Plusieurs voix de femmes. Martin se penche pour voir le visage du mort, traits aigus, tignasse rousse, il se recule précipitamment au fond de la chambre. Ce type, rien à voir avec la fiche du prof de gym.

Les deux autres sont en train de fouiller l'appartement. Des traces de vie très ordinaire : des vêtements d'homme, de femme, dans l'armoire et la commode de la chambre, très peu de nourriture dans la cuisine, où traînent trois tasses sales dans l'évier, peu de livres dans la grande pièce, un journal bien-pensant sur le canapé, rien d'intéressant dans les tiroirs.

Des bruits de pas dans l'escalier. Martin s'affole.

– Pas la peine de s'éterniser.

– Du calme. S'il s'est enfui, c'est qu'il était coupable.

– Peut-être. Juif ? Communiste ?

Loiseau hausse les épaules.

– Je ferai un rapport, et j'enverrai les flics du XVIe arrondissement récupérer le cadavre.

Les bruits de voix, les bruits de pas sont plus nombreux dans l'escalier, descendent des étages, se rapprochent de l'appartement. Deux femmes poussent la porte fracturée. Le trio saute par la fenêtre du salon dans la rue Pétrarque et disparaît au pas de charge. Pour Martin, c'est sa première vraie frayeur, très disproportionnée au risque réel, quand on y réfléchit bien.

Fin de matinée, Domecq se présente à la porte du One Two Two, rue de Provence. On lui ouvre, il est connu comme inspecteur de la Mondaine, donc quelqu'un avec qui il importe d'entretenir de bonnes relations. Il ne précise pas qu'il n'a plus de carte. Dans le hall d'entrée, un général de la Wehrmacht en grand uniforme, la casquette sous le bras, s'incline devant la taulière et lui baise la main.

– Fabienne, je quitte Paris, je suis rappelé en Allemagne…

Domecq regarde ailleurs, les lustres de verres de couleur, la rampe d'escalier en fer forgé… Une conséquence du 20 juillet, le départ du général ? L'état-major de la Wehrmacht est décimé. Comment le savez-vous ? J'écoute aux portes des chambres du One Two Two.

– … Je garderai un souvenir ébloui des soirées que j'ai passées ici. Les plus gaies de mon existence, et je tenais à vous en remercier. (La voix rauque, le léger accent allemand qui ont fait chavirer bien des cœurs dans les salons parisiens, Fabienne sourit, laisse sa main dans celles du beau général.) J'ai peur que la belle vie parisienne ne soit plus qu'un souvenir. (La voix traîne un peu sur ce dernier mot.) Vous verrez, Fabienne, vous nous regretterez.

– Général, nous vous regrettons déjà.

Ému, il claque les talons et s'en va. La taulière se retourne vers Domecq, le sourire a disparu. Le ton sec :

– Qu'est-ce que vous voulez ?

– Parler à une de vos femmes, Angélique.

– Des ennuis ?

– Non. Des renseignements à lui demander.

– Je vous l'envoie, mais faites vite, le travail commence tôt, ces temps-ci. Sourire. Beaucoup d'officiers veulent emporter un dernier souvenir... Elle reprend l'intonation traînante... Comme dit le général.

Angélique descend le grand escalier, un peignoir enfilé sur sa tenue de travail, se dirige vers le divan où il s'est assis, et s'installe à côté de lui, visage fermé. Pas particulièrement contente de le voir.

– Je suis pressée, Beau Mec.

– Je sais. Je suis venu te donner des nouvelles de Falicon. (Pas de réaction.) Deslauriers l'a abattu d'une balle dans la tête parce qu'il avait volé sans en recevoir l'ordre.

Un temps. La nouvelle infuse. Pas d'émotion apparente.

– Je me doutais que c'était quelque chose de ce genre. Quoi d'autre ? Tu n'es pas venu seulement pour ça.

– Je n'ai que deux questions à te poser. La première : as-tu parlé de ce surnom de Beau Mec à quelqu'un récemment ?

Elle fronce les sourcils, dure.

– Pourquoi ? Faudrait pas ? Un de ces soirs, au dîner, la conversation tournait autour des inspecteurs de la Mondaine. Tous un peu macs, de l'avis général. Ton surnom est venu. C'est peut-être moi qui en ai parlé, peut-être un client, j'en sais rien. C'était au moment du dessert. Omelette norvégienne flambée servie toutes lumières éteintes par quatre filles à poil avec des loupiotes dans la raie des fesses et sur les pointes des seins. Dans ces moments-là, plus ça cause, moins ça touche. Beau Mec, ça m'a évité trois ou quatre mains au cul, toujours ça de pris. Tu trouves à y redire ?

– Non. (Et j'enregistre. Ça fait potentiellement beaucoup de monde au courant.) Deuxième question : Comment joindre Deslauriers ?

– Je n'en sais absolument rien. Et si je le savais, je ne te le dirais pas. Il tape fort, Deslauriers, et je veux pas finir comme Falicon. Tout d'un coup, elle sourit, lui prend le bras. Allez, tu es brave. Si quelqu'un peut te répondre, c'est le patron du Capucin. C'est à lui que Fabienne reverse la part de Deslauriers sur les bénéfices du One. Je ne t'ai rien dit, hein ?

Domecq monte vers Pigalle, obsédé par le visage dur d'Angélique, le son de sa voix : Tu trouves à y redire ? En écho, la voix sifflante de Dora entre ses lèvres peintes : Les hommes, c'est le mal. Retour au Caire, il faisait très chaud, ils buvaient tous les deux du thé dans le jardin d'une grande villa, sur l'île, au bord du Nil. Domecq était anéanti par les nouvelles de la défaite, de l'armistice. Elle s'était penchée vers lui, parfum de ses cheveux blonds, je pars demain pour les États-Unis. Stupeur : Tu me quittes ? Je connais les nazis, je me suis déjà enfuie une fois... L'Angleterre seule ne tiendra pas... Ils viendront jusqu'ici... Pour les fuir, j'irai jusqu'en Chine s'il le faut... Et notre amour ? Pour aimer, il faut d'abord être vivante. Il n'y avait plus rien à dire. Deux ans de passion que j'ai crue partagée, qui l'était sans doute, balayés sans faiblir. Les femmes sont des étrangères surprenantes de violence et de force. Quelques jours après son départ, il avait entrepris de rejoindre Londres.

Il pousse la porte du Capucin.

– Salut, inspecteur. Ça fait un bail que tu n'es pas passé. Un cognac ?

Quelques hommes autour d'une table, dans la salle, une partie de dés, regards tendus dans sa direction. Il s'accoude au bar.

– Non rien, merci. (Un temps.) Et puis si, un café. Il est toujours bon ? (Le patron opine, et se retourne vers sa machine.) Je vais te raconter une histoire. J'ai été accusé chez les flics d'être copropriétaire de boîtes de nuit qui appartiennent officiellement à Deslauriers, avec un dossier fabriqué de toutes pièces. (Sans le regarder, le patron glisse devant lui une petite tasse avec au fond un café bien serré. Domecq le boit en une gorgée. Excellent.) Tout bien considéré, je pense que c'est Deslauriers qui est visé, plus que moi, et j'aimerais en parler avec lui.

– Qu'est-ce que je viens faire là-dedans ?

– Rien, bien sûr. Si ce n'est peut-être qu'une des boîtes en question est le Capucin. La surprise du patron n'est pas feinte. Je te raconte cette histoire pour le plaisir d'en parler avec toi. Et j'ai dans l'idée que tu en causeras à quelques-uns de tes amis que ça pourrait intéresser. Je ne veux pas te bousculer. Dis-moi simplement si je peux repasser te saluer dans quelques jours.

– Tu passes quand tu veux, Beau Mec. Tu sais bien que tu es toujours le bienvenu au Capucin. Et l'histoire est assez belle pour que j'en parle autour de moi.

14

Jeudi 27 juillet

Sur le front de Normandie, l'offensive américaine continue à progresser lentement.

A l'est, les troupes soviétiques poursuivent leur avancée dans les pays Baltes et sur le front biélorusse.

Sur le front ukrainien, les troupes soviétiques occupent Lvov. Les troupes allemandes battent en retraite sur tout le front ukrainien.

Après bien des précautions et bien des détours, Domecq est introduit dans un appartement inoccupé au troisième étage d'un hôtel particulier du XVIIe siècle, à demi en ruine, au cœur du Marais. Deux hommes en costume sombre, cravate, cheveux gominés, l'un jeune et l'autre plus mûr, tous deux très hauts fonctionnaires de la République et bien peu baroudeurs, debout derrière une table, dans une pièce nue, où traînent trois ou quatre chaises pliantes contre le mur, le dévisagent sans un mot, regards sévères, l'évaluent. Se sent déplacé avec ses pantalons de toile informes et ses cheveux ébouriffés. Le plus âgé des deux attaque.

– On nous dit que vous habitez actuellement chez la maîtresse d'un chef SS ?

– Exact.

– Il faut mettre fin immédiatement à cette situation compromettante. L'homme qui vous a amené ici vous conduira chez une charmante vieille dame en qui nous avons confiance. C'est là que nous vous contacterons désormais.

Et il enchaîne, sans lui laisser le temps de placer un mot.

– Alors, la police parisienne, où en est-elle, d'après vous ?

Une question, presque une agression, pas prévues.

– Je ne suis pas policier. Inspecteur à la Brigade mondaine, c'était une couverture. Je peux vous en dire beaucoup sur la collaboration économique…

– Aujourd'hui, l'évolution de la police est une question décisive et urgente, le patronat peut attendre.

Testé, jaugé, jugé. On peut rêver d'un premier contact plus chaleureux. Envie de partir. Pour aller où ?

– Je regrette d'être et d'avoir été à ce point inutile. Et même compromettant.

Le plus jeune des deux prend le relais.

– Ne vous emballez pas, et comprenez-nous. Le comportement de la police, dans les jours qui viennent, est un enjeu décisif, pas seulement pour la libération de la ville, mais aussi pour la reconstruction de l'État, ensuite. On va les faire avec les policiers, ou sans eux ? Et peut-on les faire sans eux ? Nous avons à prendre des décisions rapides, difficiles. Évidemment, nous avons d'autres sources, d'autres contacts, mais nous cherchons à nous entourer du maximum d'avis et, malgré tout, vous y êtes resté près d'un an, dans la police.

Réfléchir, vite. Personne ne te demande de les trouver sympathiques. Domecq se concentre, tête baissée, et se pince l'arête du nez entre le pouce et l'index gauche. Quelques images. Bussière, comme un char d'assaut dans le couloir des RG, Jacques Ricout aplati contre le mur et le silence immédiat quand le préfet entre dans la salle 36.

– Poids de la hiérarchie, culture de l'obéissance... (Les frères Ricout, fils de flic, au fond si semblables.)... Une culture propre à l'institution policière. Un très fort respect du gouvernement légal. La légalité de Vichy n'a pas été mise en cause. Parce que toute la hiérarchie la reconnaissait. Il n'y a pas de place pour l'esprit critique et la pensée individuelle. Il relève la tête. Ses deux interlocuteurs n'ont pas bougé, et continuent à le dévisager. Demi-sourire. C'est peut-être toujours comme ça dans les polices du monde entier.

– Peut-être. Continuez.

Domecq replonge, yeux fermés. Jacques Ricout et son prisonnier ensanglanté devant la préfecture, la salle des inspecteurs quand Deslauriers entre en officier SS, Lantin au Zimmer, on n'est pas fiers de nous.

– L'atmosphère est en train de changer. Au fur et à mesure que les Alliés se rapprochent. Les services spéciaux de tous genres, très engagés dans la répression aux côtés des Allemands, qui sont actifs, efficaces, bien payés, le plus souvent anticommunistes et antisémites de conviction, tiendront sans doute jusqu'au bout.

Encore que… (Le banquet des condamnés à mort, la belle voix profonde, A notre belle mort… Tiendra ? Tiendra pas ?) En tout cas, la plupart des flics parisiens supportent de plus en plus mal le pouvoir des Allemands, des truands qui vont avec, la terreur par l'arbitraire. Ça, ça n'est pas leur culture : ils n'ont pas l'habitude d'avoir de la concurrence. Et ils ont le sentiment confus de s'être fourvoyés. Si on leur offre la possibilité d'oublier les quatre années qui viennent de s'écouler, ils se précipiteront dessus.

– Même si ce sont les communistes qui la leur donnent ?

– Sans doute. Les communistes ont du prestige, ils sont réputés être les seuls à avoir une certaine efficacité, et à être armés. Un temps. Il faut parler au nom du gouvernement légitime et légal de la France, donner des ordres aux policiers en son nom, ça, les communistes peuvent moins bien le faire, casser les chefs. Casser Bussière, surtout, c'est un ami de Laval avec lequel il rêve d'entrer dans un montage politique pour assurer la transition en sauvant son poste. Un rêve qui aurait plus de chances de succès que les divers comités à base d'élus de la troisième République que Laval tente de mettre sur pied depuis quelques semaines. Et puis détenir des armes. Désormais, c'est un argument politique important, voire décisif. (Flash : Deslauriers dans l'entrepôt de Neuilly. Il manque. Lui, les flics, il connaît. C'est maintenant qu'il serait précieux. Le retrouver.) Voilà. J'ai fait de mon mieux. Un silence. Domecq dévisage ses interlocuteurs avec curiosité. Je peux aussi vous procurer trois tonnes d'armes, si vous avez la main-d'œuvre pour aller les chercher.

L'attitude des deux hommes change brutalement. Le plus jeune prend trois chaises le long du mur, les dispose autour de la table, en désigne une à Domecq.

– Asseyons-nous. Et voyons ça plus précisément. Il croise les mains sur la table. Appelez-moi Robert.

Bauer n'apprécie guère le rapport de Loiseau. Un communiste de plus ou de moins, le problème n'est plus là en cette fin de juillet à Paris. Vous avez une priorité absolue, trouver les deux Bourseul, et vite. Ne faites rien d'autre. C'est un ordre. Je mets la prime à un million par tête.

Un million par tête, un argument convaincant. Une seule piste, Saulnier, le jeune répétiteur de Loyola. Fragile. D'après sa fiche, il habite rue Bleue.

– On le prend en charge un matin et on ne le lâche plus. Il nous amène à François Bourseul qui nous amène à son père.

– Ça risque d'être long.

– Une meilleure idée ? Non ? Alors…

Arrivée rue Bleue, au coin de la rue de Trévise, en face de la poste, à côté d'un bistro. Deux endroits commodes pour surveiller l'entrée. Le petit jeune homme sort vers 10 heures et descend vers le centre de Paris, suivi par Morandot et Martin. Loiseau rentre dans l'immeuble, questionne quelques voisins, et localise Lucien Saulnier au premier étage sur cour. Crochète la serrure : aucune difficulté. Referme soigneusement la porte derrière lui. Deux petites pièces assez sombres, peu meublées. Dans l'une, un lit en fer, une armoire usagée, des piles de livres posées à même le sol. Loiseau en déplace quelques-unes, au hasard, attentif à ne pas laisser de traces de son passage. Surtout des textes anciens, latins et grecs, en éditions bilingues. Instruit, le bonhomme. Sous une pile, deux ou trois livres des Éditions de Minuit. Peu concluant. Dans l'autre pièce, une table en bois, devant la fenêtre, sert de bureau. Un ensemble de textes imprimés et manuscrits sur lesquels manifestement il travaille, corrections, appareil critique, que Loiseau parcourt et, glissé au milieu, ce qui se présente comme un bulletin d'information, rédigé à partir des émissions de la BBC. D'hier. Ça, c'est plus intéressant. Finit son tour d'inspection. Rien qui évoque un passage de François Bourseul. Un plumitif intellectuel, pas un combattant. Et pauvre comme Job. Un minable. Il parcourt deux ou trois fois le petit appartement, le corps redressé, le pas mécanique, en respirant fort, et va se masturber au-dessus de l'évier, coincé derrière un paravent dans la petite pièce bureau.

Pendant quatre heures d'affilée, Saulnier parcourt le VIe arrondissement, le quartier des éditeurs, allant de maison d'édition en maison d'édition pour déposer des petits boulots alimentaires ou en solliciter. Morandot et Martin, qui n'ont pratiquement jamais franchi la Seine, parviennent à ne pas le perdre dans cette terre inconnue, et trouvent cette activité épuisante. Vers 15 heures, Saulnier est de retour chez lui et s'installe devant sa table de travail. Il corrige les épreuves d'une nouvelle traduction du *De Germania* de Tacite, un texte qui plaît beaucoup à la censure allemande, un travail court et relativement bien payé. Ça permettra de tenir quelques jours, peut-être jusqu'à l'arrivée des Alliés. S'ils accélèrent le rythme. Et ça n'en prend guère le chemin.

Le trio reconstitué dans le bistro du coin s'organise rapidement : Martin assurera la planque ce soir jusqu'au couvre-feu, Morandot prendra le relais demain matin.

Saulnier sort vers 10 heures du soir, une boîte de casse-croûte à la main. Martin pense qu'il n'a pas de chance et lui emboîte le pas. Il enfile rapidement la rue Bleue, le faubourg Saint-Denis, puis la rue du Château-d'Eau. Il entre au n° 40, la porte cochère claque derrière lui. Il est 22 h 24, constate Martin depuis le trottoir d'en face. Dans la nuit. Seul. On parle beaucoup d'attentats, ces temps-ci. Décrète que la porte cochère du 40 est fermée à clé et rentre directement rue de la Pompe.

Vendredi 28 juillet

Sur le front de Normandie, la Ire armée américaine atteint Coutances, premier objectif fixé à l'opération Cobra.
A l'est, sur le front ukrainien, les troupes soviétiques prennent Brest-Litovsk.

Le lendemain, Saulnier est chez lui et n'en bouge pas de la journée, d'après Morandot. Loiseau et Martin découvrent au 40 de la rue du Château-d'Eau une petite imprimerie installée au rez-de-chaussée, dans la cour. Tous les habitants de l'immeuble qu'ils parviennent à interroger affirment que l'imprimerie ferme tous les jours à 19 heures et ne travaille jamais la nuit. Pendant que Martin, campé dans l'embrasure de la porte, jambes écartées, main sur le pistolet-mitrailleur, surveille à la fois la cour et l'intérieur de l'imprimerie, Loiseau montre au patron son carton de la Gestapo et se fait fournir quelques exemplaires des travaux en cours : de la bonne presse catholique, collaborationniste, irréprochable. Les livres de comptes, rapidement consultés, ont l'air en ordre. Le personnel le regarde faire avec indifférence.

Samedi 29 juillet

Sur le front de Normandie, la Ire armée américaine poursuit sa lente progression.

Le jour suivant, Saulnier ne bouge toujours pas de chez lui. Et Loiseau échafaude des plans compliqués pour aller voir si le bulletin de la BBC est toujours sur son bureau, ou s'il en a disparu.

Plusieurs passages au Capucin, et toujours aucune nouvelle de Deslauriers. Domecq marche dans les rues, au hasard, l'esprit flottant. Où Deslauriers peut-il bien s'être terré ? Pas chez lui, dans son grand appartement de l'avenue Victor-Hugo, il a vérifié bien sûr, par acquis de conscience. Dora n'a pas l'air de savoir quoi que ce soit, d'ailleurs elle refuse de parler de Deslauriers. Elle le croit mort, comme n'arrête pas de le répéter Bauer ?... Stop. Reviens en arrière. Appartement de l'avenue

Victor-Hugo. Mais Angélique, dans l'appartement du boulevard Haussmann, derrière l'Opéra : C'est à lui, nous, on n'y a pas nos habitudes. Et Lantin : En 38, Deslauriers habite près de l'Opéra, il est propriétaire de l'immeuble entier. Le jour où il choisit de disparaître, je le dépose boulevard des Capucines, à deux pas de l'Opéra. Peut-être une piste.

Coup de téléphone à la Brigade mondaine. Lantin est là, et répond tout de suite.

– Domecq à l'appareil. (Il parle bas, imagine le coup d'œil circulaire de Lantin pour s'assurer que personne n'a entendu autour de lui. Heureusement, le samedi, pas grand-monde.) Je ne me suis pas compromis avec Deslauriers...

– Je sais.

– (Comment sait-il ? Pas le temps.) J'ai besoin de son adresse en 38, l'immeuble dont il était propriétaire. Aidez-moi.

– Au coin de la rue des Mathurins et de la rue Auber, côté Haussmann.

– Merci. Merci pour votre confiance.

Dimanche 30 juillet

Sur le front de Normandie, la Ire armée américaine libère Granville.

Vers 6 heures du matin, rafale de coups de feu dans les fenêtres de la rue de la Pompe, des lattes des volets sont brisées, les vitres cassées, et des morceaux de plâtre tombent des plafonds. Les trois hommes, réveillés en sursaut, se retrouvent dans la cuisine, loin des fenêtres sur rue, et Martin, les mains tremblantes, entreprend de faire du café. Morandot écume de rage.

– On va pas rester là, à traîner au cul d'un jeunot comme des fonctionnaires de police et à se faire canarder sans bouger. Si les gens ont plus peur de nous... Faut se faire respecter. Montrer qui on est.

Martin rajoute une rasade de cognac dans son café, histoire d'arrêter de trembler. Loiseau, en caleçon, se gratte longuement les couilles. Puis :

– D'accord. Aujourd'hui, on se fait le répétiteur.

Dimanche matin lumineux sur les bords de la Seine. Le fleuve scintille, quelques brindilles, quelques touffes d'herbe dérivent dans le calme. Sur la rive de l'île de Puteaux, les pêcheurs se sont installés, disséminés entre les buissons, à peu près tous les dix mètres, et pratiquent dans le recueillement. Domecq est venu très tôt, pour être sûr d'avoir une place juste en face de l'entrepôt d'armes du quai de Neuilly, et trempe avec conviction et maladresse une ligne toute neuve dans l'eau brune et verte qui clapote à ses pieds. Il est le seul à ne sortir aucun poisson. Et à ne pas avoir de chapeau de paille pour se protéger du soleil. Mais ses voisins, concentrés et précis dans leurs gestes, ne lui portent apparemment aucune attention, et la matinée défile très lentement.

Vers midi, comme tous les dimanches, le quai et les rues de Neuilly sont déserts. Quelques pêcheurs quittent leurs postes en grommelant. D'autres, plus nombreux, coincent leur canne, et sortent un casse-croûte de leur besace. En face, la haute porte en fer de l'entrepôt s'ouvre, deux gendarmes allemands sortent, referment à clé derrière eux, et s'éloignent en bavardant vers le pont de Neuilly. Sur l'île, les habitués se dégourdissent les jambes, échangent quelques mots à voix basse, pour ne pas déranger les poissons, avant de retourner à leur poste. Quand les gendarmes tournent dans l'avenue de Neuilly, deux camions de chez Anselme arrivent sur le quai au ralenti, un homme en saute, ouvre le portail, ils entrent dans la cour, le portail se referme, depuis l'île on ne voit plus rien, et les pêcheurs du dimanche continuent à pêcher. Jusqu'ici, tout va bien.

Et puis, sur le toit de l'entrepôt, on voit apparaître deux silhouettes d'hommes en armes, mitraillettes en bandoulière, qui semblent surveiller les alentours. Domecq a une sueur froide, les mains moites, laisse échapper sa canne à pêche et se trempe jusqu'aux genoux en la ramassant. Qui sont ces cow-boys cinglés ? Où est la caméra ? Ou le photographe ? Ils sont en train de se fabriquer des certificats de résistance ? On entend des bruits de caisses balancées sans aucune précaution dans les camions, et presque les ahanements des hommes qui les manipulent. Sur le toit, une nouvelle silhouette, un homme vient aux renseignements, sans doute le chef de cette bande de guignols. Petit, bedonnant, tête ronde et joufflue, cheveux rares plaqués, costume étriqué, Domecq l'a souvent croisé, toujours dans des mauvais coups, l'empereur du marché noir, le pote à Lafont, Bauer et quelques autres, Joanovici. C'est à lui que mes chefs ont confié la récupération d'un stock d'armes pour la Résistance ? Domecq prend un peu d'eau de la Seine entre ses mains pour se mouiller la nuque, les cheveux. Autour de lui, les pêcheurs ne bronchent pas. Ni les hommes sur le toit ni les bruits de déménagement ne semblent détourner leur attention de leur bouchon. Réfléchis, essaye au moins. C'est peut-être logique d'utiliser Joano. Si l'affaire foire, c'est lui qui trinque et il est capable de se sortir de tous les mauvais pas, il a de quoi payer. Il doit être prêt à tout pour survivre, donc sera probablement réglo dans la livraison de la marchandise. Tu as bien travaillé avec Deslauriers, toi. Marécages.

De l'autre côté du bras de la Seine, le travail est fini. Vite fait, il faut le reconnaître. Les sentinelles descendent du toit, le portail s'ouvre, les camions sortent, le portail se referme, les camions s'éloignent. Domecq regarde sa montre, encore presque trois quarts d'heure avant que les gendarmes ne reviennent. Pas la peine de s'éterniser ici. Il ramasse son matériel de pêcheur et s'en va, salué par quelques demi-sourires entre goguenards et complices.

Quand le trio déboule chez Saulnier, il le trouve encore en train de dormir. Martin fracasse la porte, Loiseau et Morandot se jettent sur lui, dans son lit, à peine réveillé par le bruit, le menottent, le jettent à terre, et le poussent à travers les deux petites pièces à coups de pied dans les reins. Saulnier essaie de se relever, n'y arrive pas et rampe devant eux, jusqu'à se heurter aux jambes de Martin, qui l'arrête d'un coup de pied dans le visage. Le petit jeune homme respire bruyamment, par saccades, bouche ouverte, nez cassé, la joue fendue, un filet de sang au coin des lèvres. Loiseau lui relève le menton avec son pistolet, contemple pendant quelques secondes le regard affolé. Il sourit.

– On n'est pas des flics, tu as de la chance, on est des truands chargés par la mère Bourseul de retrouver son petit François. Elle se fait du souci, la brave dame. Alors elle nous paie, et bien. Vu ? On sait qu'il est parti avec toi. Tu nous donnes gentiment son adresse, il ne t'arrive rien, il ne lui arrive rien, on le ramène à sa maman, on touche notre argent, et tout le monde est content. Tu nous donnes pas son adresse, on te dénonce à la Gestapo, toi et ton copain l'imprimeur de la rue du Château-d'Eau. Tu as trente secondes pour te décider.

Martin, l'œil fixé sur sa montre, égrène les secondes à haute voix. Une, deux, trois… A vingt-cinq :

– 129, rue de la Roquette, chez Boileau.

Morandot dégaine et lui tire une balle dans la nuque.

– T'aurais pu attendre qu'on vérifie l'adresse.

– Ce petit avait l'accent de la sincérité. Allez, on s'éternise pas ici.

15

Lundi 31 juillet

Sur le front de Normandie, la Ire armée américaine perce les lignes allemandes à l'ouest du Cotentin et libère Avranches.

Depuis le 6 juin, les pertes alliées se montent à 122 000 morts, blessés ou disparus, les Allemands ont perdu 114 000 hommes, auxquels il faut ajouter 40 000 prisonniers.

A l'est, les troupes soviétiques du front nord et celles du flanc nord du front biélorusse convergent vers la Prusse-Orientale. On se bat dans les rues de Kaunas, capitale de la Lituanie. Les autres troupes soviétiques du front biélorusse marchent sur Varsovie.

Vérifier l'adresse de François Bourseul. En perspective, encore une journée de travail de flic, à planquer devant l'entrée d'un immeuble. Merdique. Martin a bricolé un solide petit déjeuner. Puis les trois quittent l'appartement, Loiseau en tête, Martin ferme la marche. Dès qu'ils sont sur le trottoir, une Citroën démarre en trombe, un peu plus haut dans la rue, passe à vive allure, fusillade, Loiseau et Morandot plongent au sol, Martin se plaque contre le mur, une balle troue la pierre blanche à quelques centimètres de sa tête, un éclat le blesse à la joue, une autre balle le touche au bras, brûlure aiguë, il regarde, hébété, le sang qui coule.

Loiseau réagit vite. Hôpital, soins, la blessure sera sans conséquences, si on évite l'infection. Martin tremble nerveusement, Morandot rumine sa rage.

– On ne peut plus retourner rue de la Pompe.

– Non. Trop dangereux.

– On est trop connus dans le quartier.

– On va demander l'hospitalité à Noémi Chaves. Elle a de la place, elle vient de fermer son bordel.

– Peut pas refuser ça à des amis de son frère.

– Et à des habitués. On lui en a laissé, du pognon.

– Noémi est une bonne fille.

Deslauriers est sorti de son refuge et marche dans Paris sans hâte, mais aux aguets. Descend vers la Seine par le dédale des petites rues qui entourent le Palais-Royal, contourne le palais du Louvre, puis débouche sur le Pont-Neuf. S'arrête, s'appuie au parapet. La Seine est là, ample, sereine, l'air vibre légèrement, lumineux et nuancé. Il était ici, exactement au même endroit, il y a quatre ans. La ville n'a jamais été si belle, je pourrais passer des heures à la contempler, ma ville, combien de minutes, d'heures, de jours nous reste-t-il à vivre ensemble ?

Il franchit le pont, quai des Grands-Augustins, il entre chez Lapérouse, monte au deuxième étage, s'installe dans un petit salon qu'il a réservé et commence à attendre Dora. Sans être sûr qu'elle vienne. Il tourne en rond, le parquet de chêne doré, patiné, usé, craque sous ses pas, il se heurte aux boiseries sombres des murs, il vérifie cent fois que rien ne manque sur la table somptueusement dressée, nappe blanche jusqu'au sol, vaisselle de porcelaine bleu et or, verres de cristal, couverts en argent lourdement ouvragés, soulève le couvercle de la table chauffante, hume la poularde aux morilles, et se répète qu'elle ne viendra pas. Il tombe la veste, déboutonne le gilet, ouvre la fenêtre et, en manches de chemise, vient s'appuyer à la rambarde de fer forgé pour regarder couler la Seine scintillante sous le soleil. Le quai n'a jamais été aussi silencieux.

La porte s'ouvre dans son dos, il se retourne, un maître d'hôtel s'efface pour laisser entrer Dora, rayonnante dans une robe rouge toute simple, boutonnée devant, jupe ample, et petite veste blanche, courte, appuyée sur les hanches qui s'épanouissent sous l'étoffe légère, petit chapeau blanc, posé sur les boucles en cascade. Trois pas, il l'enfouit dans ses bras, pose les lèvres sur sa tempe, lèche quelques gouttes de sueur et les petites mèches salées, glisse dans les cheveux tièdes, retrouve l'odeur intacte, surprenante, pas de fragrances lourdes comme on pourrait s'y attendre à voir les courbes de ses épaules et de ses seins, mais naturelles, tilleul sans doute, relevé d'une pointe tonique, juvénile, citron vert peut-être, marmonne quelques mots indistincts dans les cheveux qui s'éparpillent : te retrouver. Si familière.

Dora se redresse, s'éloigne de lui, enlève sa veste et sans un mot déboutonne sa robe, libère ses seins abondants, tétons roses, petits, frémissants, le ventre rond, la toison foisonnante, tirant sur le roux, les cuisses superbes, blanches, pleines, dures. Il la regarde, fasciné et souriant, quatre années sont passées et c'était hier.

Il la soulève, l'allonge sur le petit canapé moelleux recouvert d'une housse de coton à fleurs, les seins s'étalent, le corps se remodèle et s'épanouit, il enfouit ses mains, son visage dans cette chair qui l'accueille, généreuse, bienveillante et indifférente. Dora donne du plaisir, elle n'en prend pas, et c'est tellement bien comme ça. Il la pénètre et reste un long moment immobile en elle, au chaud, yeux fermés. Je suis rentré à la maison.

Dora est assise à la table, Deslauriers s'affaire, prend une bouteille de champagne dans un grand seau à glace, la débouche, sert deux coupes.

– A notre santé ?

Elle lui sourit, les yeux à demi fermés.

– A notre santé.

Ils vident leur coupe en silence, puis commencent à manger l'entrée. Melon au porto.

– Dora, les Allemands sont battus.

– Je le sais. Flash : les Champs, le fracas des tanks, défilé de vaincus. Je l'ai vu.

– Ils vont partir. Les Américains sont en train de prendre le dessus en Normandie. A mon avis, ce n'est plus qu'une question de jours. (Un temps.) Bauer aussi va partir, sans doute très bientôt. (Dora ne dit rien.) Tu vas le suivre ?

Elle sursaute, les yeux grands ouverts, les traits durcis.

– Certainement pas. En voilà une idée. Je ne suis pas juive, moi, à traîner n'importe où. Ici, c'est mon pays, j'y reste.

– Il ne te laissera pas derrière lui.

– Et pourquoi ça ? Il a une famille en Allemagne, il n'a pas besoin de moi.

Deslauriers se lève, dépose les assiettes sales sur la desserte, ouvre le couvercle de la table chauffante, deux assiettes chaudes, sert la volaille aux morilles. L'aile pour Dora, le morceau qu'elle préfère, verse du bordeaux dans les verres et se rassoit. Dora lui sourit.

– Grandioses, les morilles... Je n'en ai pas mangé depuis longtemps.

– Comment puis-je te dire cela pour que tu l'acceptes ? Je connais bien Bauer... Très bien. Il ne laissera pas derrière lui une femme avec laquelle il a vécu pendant quatre ans se faire violer par les vainqueurs. Ce serait pour lui une humiliation absolue. Tu ne comptes pas beaucoup dans l'affaire. C'est de lui qu'il s'agit.

– Je n'ai pas l'intention de me laisser violer. Flash : elle ouvre l'enveloppe blanche, feuille pliée en quatre, grande écriture majuscule manuscrite, pute aux Allemands. Je n'ai plus dix ans.

– (Elle est sincère et inconsciente. Être brutal.) Je ne sais pas si tu te rends très bien compte de ce qu'ont été ces quatre années. Nous avons fait régner l'ordre nazi dans Paris, Dora, c'est-à-dire que nous avons volé et tué en toute impunité.

– Toi, peut-être, je n'en sais rien, et je ne veux rien en savoir. Moi, je n'ai tué personne. J'ai fait du cinéma, tenu un salon et couché avec un officier allemand reçu dans toute la bonne société parisienne, fêté comme un aimable vainqueur par toutes les vieilles rombières à particule. Comme dirait Bourseul, j'ai fait l'Europe de demain. Tu peux me dire où est le mal là-dedans ?

– Ton aimable vainqueur a tué et pillé allégrement autant que moi. Et quelques autres aussi. Quand Paris va être libérée, il va y avoir pas mal de règlements de comptes et tu vas être prise dedans, que tu le veuilles ou non. Ta belle maison, d'où vient-elle ?

– Je l'ai achetée.

– Une bouchée de pain à l'administration allemande qui l'avait volée à ses propriétaires juifs. Qu'est-ce que tu leur diras quand ils reviendront, les légitimes propriétaires ?

Dora frappe la table du plat de sa main droite. La vaisselle tremble.

– Qu'est-ce que tu cherches ? A me faire foutre le camp avec Bauer ?

– Non. Je veux que tu viennes te cacher avec moi pendant quelque temps, pour laisser passer l'orage. J'ai une fortune considérable, Dora, et des appuis dans toute la bonne société parisienne, comme tu dis, qui est bien mouillée dans notre aventure. Dans six mois, nous sortons du trou, je t'achète un château et une écurie de courses, Ambre fait des études, je me mets à la chasse et au bridge, et on finit heureux. Il met sa main sur celle de Dora, laisse couler quelques secondes. Ne m'abandonne pas, et écoute ma raison.

Dora se tait. Elle infuse, sa façon à elle de penser. Deslauriers sait qu'il ne faut pas la brusquer. Il change les assiettes, sert le dessert, une soupe aux fraises dans des coupes de cristal. Elle sourit : mon dessert préféré. Quand elle a fini :

– Je sonne pour les cafés ?

Signe de tête. Le maître d'hôtel monte deux cafés filtres. Elle boit à petites gorgées, repose sa tasse, se lève, ajuste sa robe, enfile sa veste, pose son chapeau sur ses cheveux qu'elle fait bouffer, vérifie son maquillage, Deslauriers la regarde faire, debout, appuyé à la rambarde de la fenêtre. Elle se retourne.

– Quand dois-je venir, et où ?

Il lui baise la main.

– Tu attends que le départ de Bauer soit programmé. La veille, si possible, ou l'avant-veille au pire, tu sors avec ta fille, discrètement, sans bagages, et vous allez au Capucin. Le patron est au courant, il te cachera, et je viendrai vous chercher.

Mercredi 2 août

Sur le front de Normandie, l'offensive américaine s'engouffre dans la percée d'Avranches et se poursuit en direction de la Bretagne. Les Anglais et les Canadiens continuent leur pression au sud de Caen en direction de la ville de Falaise, distante de Caen de cinquante kilomètres, et se heurtent à une très forte résistance allemande. La 2e division blindée française (2e DB) débarque sur le sol français.

A Paris, Lafont brûle les archives de la Carlingue, rue Lauriston. Les grands « bureaux d'achats » du marché noir règlent leurs comptes et ferment boutique. Les services de sécurité de la SS, avenue Foch, trient leurs archives et préparent leur évacuation.

A l'est, sur le front nord, les troupes soviétiques prennent Kaunas, atteignent le golfe de Riga, et se dirigent vers Koenigsberg.

Sur le front centre, elles parviennent à une vingtaine de kilomètres de Varsovie. A leur approche, la ville de Varsovie se soulève contre les Allemands. Les troupes soviétiques stoppent leur mouvement en avant sur ce front.

Après plusieurs jours de recherches discrètes, dans le pâté de maisons compris entre le boulevard Haussmann, la rue des Mathurins et la rue Auber dont Domecq pense qu'il appartient entièrement à Deslauriers, sous couvert d'un homme de paille qui s'appelle monsieur Néant, il tient une piste : un ensemble de chambres de bonne a été aménagé en 1941, au n° 20 de la rue des Mathurins, par un propriétaire plus ou moins absent, monsieur Néant s'est chargé lui-même de superviser les travaux. Et l'ensemble est resté depuis inoccupé. Prudent, Deslauriers, si c'est lui, et doué d'un bon sens de l'anticipation.

Domecq grimpe au sixième étage, celui des chambres de bonne, pas de tapis, toits mansardés et W.-C. sur le palier. L'ambiance lui rappelle celle de sa chambre de la rue d'Assas. Ne voyait pas Deslauriers dans un repaire de ce genre. L'étage semble désert. Couloir de droite, trois portes alignées, va jusqu'à la dernière au fond à gauche. Frappe, pas de réaction. Se retourne, coup d'œil inquiet : Cul-de-sac, souricière. Pas d'hommes en armes jaillissant de l'escalier, et toujours pas un bruit. Il fait jouer la poignée de la porte : elle n'est pas fermée à clé, elle tourne, la porte s'ouvre lentement, en face de lui, allongé sur le dos, les pieds vers la porte, le cadavre d'un homme en chemise et pantalon de toile, décapité. Domecq saute dans la pièce, claque la porte derrière lui. Il entend les battements de son cœur dans ses oreilles.

Assourdissants. Coup d'œil circulaire : plusieurs cloisons ont été abattues, les trois chambres forment une seule grande pièce dégagée. Dans un angle, une minuscule salle d'eau, personne, le ou les assassins ne sont plus là. Seul, avec le cadavre. S'astreindre à revenir vers lui. L'homme a été abattu d'une seule balle, semble-t-il : un trou dans la chemise. En plein cœur, qui a dû éclater, autour de la déchirure le tissu est raide de sang et une large flaque a séché sur le parquet. Gratte de l'ongle, touche une main, lève un bras. Au moins vingt-quatre heures. Grand, massif, large d'épaules. Les mains : longues, osseuses, les jointures très marquées, les ongles soigneusement taillés. Se revoit dans le hangar du quai de la Seine, à Neuilly, les deux hommes se penchent, les mains se frôlent, les armes s'entassent dans le camion. Ces mains, Deslauriers, sans aucun doute. Et maintenant, regarder le cou. Il faut le faire. Haut-le-cœur. Pratiquement pas de sang à cet endroit-là : décapité, après la mort. La section est très nette. On dirait la coupe d'une planche d'anatomie, trachée, artères, veines parfaitement reconnaissables, les couleurs ont commencé à se dégrader, à virer au brun uniforme, la colonne a été proprement sectionnée à la jointure entre deux vertèbres, du travail de professionnel. La tête, tu peux toujours la chercher si l'envie t'en prend, tu sais déjà qu'elle n'est plus là. La signature de Chaves : il exécute le contrat et, comme à son habitude, rapporte la tête au commanditaire. Si ce n'est pas Lafont, il a peut-être été surpris, le commanditaire.

Domecq se redresse, sifflements dans les oreilles, bref éblouissement. Deslauriers assassiné, ça renforce l'hypothèse qu'il est visé depuis le début. Pour son changement de camp ? Qui le savait ? Bauer, lui, n'a jamais voulu l'admettre. Dora ? Tout ce qui est incompréhensible est angoissant.

Dans la pièce, le long d'un mur, face aux lucarnes, un petit évier, une cuisinière à gaz. Sur une table minuscule, une assiette pleine de pommes de terre écrasées froides, figées, bientôt moisies. Une fourchette est restée plantée dedans. Posé à côté de l'assiette, un livre, *Le Voyage au bout de la nuit*. Il devait être en train de lire Céline en mangeant quand on a frappé à sa porte. Il a posé son livre, s'est levé. Marque-page. Domecq ouvre : Bardamu quitte l'Afrique pour les États-Unis. Le marque-page tombe, il le ramasse, le regarde, c'est une photo haute et étroite d'une femme en robe vaporeuse qu'elle retient d'un mouvement d'épaule, à la limite du dénudé, cheveux dénoués, à demi tournée, comme une invite à la suivre. Dora, il y a quelques années. Aux Deux Cocottes, entre bonne bouffe et grand bordeaux, cette phrase si surprenante : Odeur de temps, brin de bruyère, Et souviens-toi que je t'attends. Est-ce Dora que Deslauriers attendait quand il a ouvert la porte à Chaves ?

Au fond, entre la salle d'eau et la rangée de lucarnes, un lit, soigneusement fait, recouvert d'un tissu cashmere et de coussins assortis. Sous les lucarnes, un bureau à tiroirs en acajou, un beau meuble. Un refuge manifestement aménagé de longue date. Depuis quand ? Pour se protéger de qui ? Domecq s'assied derrière le bureau. Tiroirs vides. Derrière lui, contre le mur, une armoire, vide également. La fouille n'a pas été aussi systématique que chez lui. L'homme qui est venu ici savait exactement ce qu'il cherchait, et il l'a trouvé tout de suite. Deslauriers : j'ai de quoi faire chanter la moitié de la bonne société parisienne. Assez plausible qu'il ait emporté tous ses papiers dans ce refuge, et que quelqu'un ait cherché à les récupérer. Ça fait un mobile très acceptable.

Chaves. Les petits yeux noirs brillants et fixes, enfoncés dans le visage gras. Nez-de-Braise. L'homme aux cent meurtres. Le revoir, un cauchemar, une nécessité.

Domecq traverse la place de l'Opéra, qui ressemble toujours à une grande vitrine de l'ordre nazi, la façade de l'Opéra disparaît derrière la surabondance des panneaux indicateurs allemands, fléchant d'innombrables administrations, avec leurs abréviations, leurs numéros d'ordre, un impressionnant tableau vivant d'une bureaucratie foisonnante. Les panneaux s'écaillent, leurs peintures s'estompent et puis, au milieu, un grand panneau clinquant neuf : Zur Normandie Front. Dès que l'on contourne l'Opéra, le paysage change. La rue Lafayette file, toute droite, en pente régulière, vers le nord-est, vers l'Allemagne. Le cœur de Paris semble se vider, comme crève un abcès, de ses voitures de luxe, chargées jusqu'au toit de valises et de paquets. A côté des chauffeurs, de belles femmes en manteaux de fourrure, parfois plusieurs superposés, transpirent sous le soleil d'août. Sur la banquette arrière d'un cabriolet décapoté, un nu de femme en bronze, grandeur nature, l'air altier. Le pot d'échappement racle le sol au moindre cahot. Un cycliste s'épuise et s'asphyxie dans la rue en pente à arracher à la ville son vélo-taxi, dont la banquette arrière disparaît sous des caisses de vin. Ce n'est pas encore la débandade, on voit encore peu de camions militaires en fuite et si l'on repère ici ou là des soldats allemands, le plus souvent à vélo, ils ont quitté l'uniforme. Mais déjà des pans de la société parisienne craquent. Le flux s'écoule entre deux rangées de badauds massés sur les trottoirs, goguenards. Certains ont amené leurs enfants, d'autres applaudissent au passage des équipages les plus hétéroclites. Une charrette tirée par deux ânes et surmontée d'un parasol fait un tabac. Paris a un talent exceptionnel pour tout transformer en spectacle. A côté de Domecq, un badaud en casquette murmure : Et ce n'est qu'un début. Sans lui répondre, Domecq s'éloigne.

Il sonne rue Fontaine, à la porte du bordel de Noémi Chaves. Une femme l'interpelle d'une fenêtre du deuxième étage. Il donne son nom, elle lui ouvre. En montant l'escalier, il croise trois hommes qui descendent, impers, chapeaux, visages mauvais, l'allure de gestapistes français. Frisson. Je ne m'y ferai jamais. Et il se retrouve au bar du premier étage où Noémi elle-même l'accueille. Courte et trapue, comme son frère, les cheveux châtains frisottés, elle porte une robe bleu marine en toile sans élégance. Domecq lui trouve un petit air rassurant.

– Je suis l'inspecteur Domecq, de la Brigade mondaine. (Je ne le suis plus. L'ai-je jamais été ?… Qui suis-je depuis que mon amour m'a quitté ?… Petit vertige métaphysique, dans un bar de bordel…)

– Mon frère m'a parlé de vous.

– (Sourire.) Votre frère m'a même chargé de m'occuper de vous.

– J'ai beau être l'aînée, il croit que j'ai toujours dix ans.

Coup d'œil au bar, plus de bouteilles, pas de cendriers, des torchons étendus sur les verres, pour un peu il y aurait des housses sur les fauteuils.

– Vous avez fermé ?

– Quelques jours. Mais asseyez-vous, je peux quand même vous offrir un verre. Cognac ?

– Cognac, ça me va. Sourire : Pour oublier.

Il s'enfonce dans le fauteuil qu'occupait Nez-de-Braise à sa précédente visite. Première gorgée, c'est du très bon, riche en bouche. Un peu violent dans l'estomac vide. Le temps qu'il déguste, la maquerelle recommence à parler. Très bien, laisse faire.

– Pendant quelque temps, je ne sais pas comment les choses vont se passer. Il faut être prudent. Prudent. J'ai renvoyé les femmes chez elles, et je garde l'immeuble. Elle a les deux mains posées bien à plat sur le bar. Je rouvrirai quand les Américains seront là.

– Et Chaves ?

– Je m'inquiète pour lui. Je ne sais pas s'il se rend compte que les temps changent. Il m'a dit qu'il repartait avec Danos. Vous connaissez ? (Domecq acquiesce. Un tueur truand peu recommandable.) Évidemment, il ne pouvait pas rester ici, c'est trop dangereux.

Dangereux surtout pour elle. Ce sera facile, elle est prête à balancer son frère.

– Et vous, vous ne buvez pas ?

Elle sourit. Un sourire sans élégance, comme le reste, une brave femme sans histoire, maquerelle pendant l'Occupation.

– J'ai jamais supporté l'alcool. Quand on est ouvert, j'ai une bouteille spéciale de jus de pomme au bar, pour trinquer avec les clients, c'est un peu la même couleur, et puis ils ne font pas attention.

– Je voudrais parler à Chaves.

– Je ne sais pas où il est. Parti avec Danos, je vous l'ai dit.

– Il a liquidé Deslauriers.

Noémi n'a pas l'air affolée par la nouvelle.

– C'est pas le premier gestapiste qui se fait descendre, et ce ne sera pas le dernier. Ces jours-ci, ça va tirer un peu au hasard. C'est pour ça qu'il faut être prudent.

– Ce n'est pas Chaves lui-même qui m'intéresse. Je veux savoir qui est le commanditaire du meurtre de Deslauriers.

Elle réfléchit, appuyée sur son bar, puis vient s'asseoir à côté de lui. Ouverture des négociations.

– Pour parler franchement, vous savez ce qui m'inquiète, quand les Américains seront là ?

– Non.

– La Mondaine, Domecq. Pendant quatre ans, ils ont été virés des bordels par Lafont, Deslauriers et quelques autres. Moi, ici, avec mon frère, j'ai rien payé à personne. J'ai peur que les inspecteurs de la Mondaine aient envie de se rattraper, et de taxer les bénéfices des quatre années passées. Je crains ça. J'aimerais bien pouvoir compter sur vous pour me renseigner, et me conseiller. Mon frère ne sera plus en état de le faire. Voyez ?

– Je vois. Un silence. Si vous voulez être prudente, il ne faudrait pas que votre maison devienne une terre d'asile pour gestapistes au chômage.

– Oh, les trois que vous avez croisés dans l'escalier. Des amis à mon frère. Je veux bien les aider quelques jours, mais il faudra qu'ils cherchent un autre logement. Je n'ai pas l'intention que les Américains les trouvent chez moi.

– Si la maison est nette de ce côté-là, alors, oui, je peux vous aider. (Au point où j'en suis...) Alors, ce commanditaire ?

– Un dénommé Bourseul.

Besoin de quelques secondes pour récupérer. Domecq vide son verre. Brûlure à l'estomac et tête bourdonnante.

– Vous le connaissez ?

– Non. Jamais eu comme client. Michel l'avait rencontré rue Lauriston, qu'il fréquentait régulièrement. Mais il est venu ici pour discuter de ce fameux contrat. Il était assis dans votre fauteuil, là. Un homme grand, mince, avec une petite moustache. Un bel homme.

Bel homme. Triboulet le notaire cloué sur sa table de cuisine, bavant, pleurant. Le signataire du faux contrat : un bel homme, mince, avec une petite moustache. Bourseul. Étonnant qu'il se soit mouillé lui-même dans une combine aussi pourrie. Mais enfin, tout s'emboîte.

Après vingt-quatre heures de foire avec trois filles que Noémi leur avait procurées, histoire d'oublier la grosse frayeur de la rue de la Pompe, il a fallu reprendre le travail là où il en était : vérifier l'adresse de François Bourseul.

De plus en plus nerveux, Loiseau est bien décidé à trouver au 129 de la rue de la Roquette quelqu'un qui fera l'affaire. Après tout, Bauer ne l'a jamais vu, ce jeune Bourseul. Mais c'est inutile de finasser. François Bourseul habite bien à cette adresse. Le petit jeune homme aux cheveux en brosse, sourire juvénile et fossette au menton loge au premier étage de l'escalier A, en compagnie de trois copains guère plus âgés que lui.

Au travail.

16

Jeudi 3 août

Sur le front de Normandie, les troupes américaines atteignent Rennes, en Bretagne, tandis que d'autres corps d'armée élargissent la brèche en poussant vers Mortain et Vire, et en repoussant l'armée allemande vers l'est.

A l'est, sur le front ukrainien, les troupes soviétiques franchissent la Vistule au sud de la Pologne.

– Il ne faut jamais agir avec précipitation, déclare Loiseau. Certes, on a trouvé le gamin, mais le père ? Par où commencer ? Aucune chance de le trouver sur un champ de courses, il se cache, c'est sûr. Est-ce que vous pensez possible qu'il n'y ait plus aucun contact entre le père et le fils ?

Martin, indifférent à tout, allongé sur un lit, masse légèrement sa blessure au bras, à travers le pansement, et éprouve du plaisir à sentir les tiraillements de la chair meurtrie. C'est Morandot qui répond.

– Non, ça ne me semble pas possible. Quand tu as un père aussi riche, tu t'arranges pour garder le contact, à mon avis. Et puis le père, ça l'arrange aussi d'avoir un fils chez les terroristes, il joue « à tous les coups l'on gagne ».

– C'est ce que je pense aussi. Et on n'a pas d'autre piste pour remonter au père. Une prime d'un million, n'oublions pas. Donc on prend un peu de temps pour réfléchir à ce qu'on fait avec le fils Bourseul. Et pour pas perdre la main, on va arrêter les imprimeurs. Ou les rançonner. Même dans une petite entreprise, il y a toujours quelque chose à gratter.

La cour est sombre, tranquille, une réserve de fraîcheur par ces jours de canicule. Les fenêtres sont ouvertes à tous les étages, pour prendre un peu d'air, on entend quelques bruits familiers, de l'eau qui coule, des meubles qu'on déplace, une sonnerie, des bribes de phrases.

Toutes les verrières de l'imprimerie sont fermées par des volets de bois. Loiseau secoue la porte : cadenassée. Une femme balaie la cour. Quand Loiseau lui pose la question, elle confirme que l'imprimerie est fermée depuis déjà quelques jours.

– Où trouve-t-on l'imprimeur ?

– Ça, je n'en sais rien. Il n'habite pas ici.

Loiseau se sent floué. Pris de rage, il attaque la porte à coups de pied. La femme proteste à grands cris. Morandot lui allonge une paire de gifles à toute volée, elle tombe à la renverse sur les premières marches d'un escalier, inerte, inanimée. Morandot se précipite pour aider Loiseau à défoncer la porte de l'imprimerie. Des têtes de femmes apparaissent aux fenêtres.

– Qu'est-ce que vous faites ?

– Arrêtez, bande de voleurs.

– Police allemande, hurle Martin.

En réponse, les objets les plus divers se mettent à voler d'un peu partout. Martin prend une chaise sur son bras blessé, le sang se remet à couler, il mitraille au hasard en direction des étages supérieurs, vitres brisées, injures, un broc à eau en métal atterrit sur le crâne de Loiseau, qui s'effondre, la tête en sang.

Martin et Morandot l'attrapent sous les bras et le traînent à l'abri sous le porche, le temps de reprendre leurs esprits, en pleine déroute devant une poignée de ménagères.

Le retour chez Noémi prend des allures peu glorieuses. Morandot parle de vengeance contre cette ville pourrie. Martin biberonne une bouteille de cognac. Quand Loiseau a suffisamment récupéré, il conclut qu'il faut monter le coup Bourseul de toute urgence, et songer à se mettre à l'abri.

Samedi 5 août

En France, l'offensive américaine se développe en éventail vers Brest à l'ouest, Vannes au sud, et Laval à l'est. Les forces allemandes présentes en Bretagne se replient dans les ports (Saint-Nazaire, Lorient, Brest, Saint-Malo). L'élargissement de la brèche se poursuit, les troupes américaines progressent vers Mortain et Vire. A partir de la plaine de Caen, les Anglais et les Canadiens continuent à progresser très lentement vers Falaise.

Au milieu de la nuit, fusillade dans la rue de la Roquette, au niveau du 121.

Martin a été « maquillé » en résistant pourchassé par la Gestapo. Loiseau lui a remis le blouson qu'il portait le matin de la fusillade, rue de la Pompe, puis, pendant que Morandot lui maintenait solidement un bâillon sur la bouche, il lui a donné deux violents coups de matraque sur le bras blessé, le sang s'est répandu instantanément en nappe fluide, Martin a eu droit à une rasade de cognac, puis il a été lâché dans la rue de la Roquette, à la hauteur du 121, avec ordre de courir, et Loiseau et Morandot se sont mis à tirer, tir nourri, sans chercher à l'atteindre, certes, mais enfin à hauteur d'homme, pour faire plus réaliste. Martin, terrorisé, s'est enfui à toutes jambes, s'est réfugié sous le porche du 129, a grimpé au premier étage de l'escalier A, puis s'est effondré sur le palier, hors d'haleine et gémissant, tandis que Loiseau et Morandot continuaient à tirer en hurlant : Arrêtez, police allemande..., puis s'évanouissaient dans la nature.

François Bourseul et ses copains, réveillés par la fusillade et les cris, se précipitent aux fenêtres, voient passer les deux sbires, entendent gémir sur leur palier. Ils ouvrent la porte. Martin gît là, le bras gauche en sang et les yeux fous de peur. Ils le traînent dans l'appartement, referment la porte derrière lui.

– Ne dites rien. Nous allons vous cacher, vous soigner. Ici, avec nous, vous êtes en sécurité.

Martin s'incruste, soigné, admiré, heureux comme un coq en pâte. Preuves incontestables de son appartenance à la Résistance, cette blessure dont François et ses copains ne trouvent pas anormales les chairs à moitié cicatrisées et écrasées. Et l'énorme pistolet qu'il garde toujours avec lui et nettoie méticuleusement, chaque jour, en présence de François. Il en profite pour raconter quelques souvenirs de ses combats, comme, par exemple, comment son groupe a chassé la Milice du village de Mortemart qu'elle était en train de piller. Toujours discret sur son propre rôle dans les batailles, comme le sont les vrais héros.

Mais de Maurice Bourseul aucune trace, jamais même une allusion.

Au bout de quelques jours, les collègues, enfermés chez Noémi, d'où ils n'osent plus sortir, s'impatientent. Si l'on ne trouve pas le père, au moins qu'on en finisse avec le fils. Mais pas une exécution à la sauvette. Un coup d'éclat, qui frappera les mémoires. Pour montrer un peu qui on est. Avant de suivre le repli tactique des troupes allemandes et de revenir en vainqueurs pour Noël.

Mardi 8 août

En France, Brest est atteinte, mais pas prise. Les combats se poursuivent autour de Saint-Malo. Des unités américaines avancent très vite vers Nantes, Le Mans, Angers. Les Allemands déclenchent une contre-offensive dans la zone d'Avranches. Les Anglo-Canadiens continuent la pression en direction de Falaise, sans avancée significative.

A l'est, sur pratiquement tous les fronts, les troupes soviétiques arrêtent leurs offensives pour consolider leurs lignes d'approvisionnement, après une avancée de près de

700 kilomètres en moins de deux mois, du Dniepr à la Vistule. Les combats entre les troupes allemandes et les résistants polonais dans Varsovie sont violents, à quelques kilomètres de la zone du front.

Première de *Carmen*, au grand cinéma Normandie, sur les Champs-Élysées. Dora est au bras de Domecq, resplendissante dans une robe rouge vermillon, qui découvre les chevilles devant et descend jusqu'au sol derrière, une coupe particulièrement difficile à réussir, encore un chef-d'œuvre de Fath. Demain, Bauer, qui a fini de trier et de détruire les archives de l'avenue Foch, se replie vers Vittel. Et il emmène Dora, qui continuera la route vers la Forêt-Noire, où la sœur de Bauer l'hébergera jusqu'à la fin de la guerre. Jusqu'au retour des troupes allemandes à Paris, dit Bauer, au plus tard à Noël. Domecq s'attendait à la trouver inquiète, déprimée de partir, et elle est plus belle que jamais. Son visage, soigneusement maquillé, yeux agrandis, noircis, lèvres de la couleur de la robe, teint rose, pommettes plus soutenues, a un éclat étonnant et lui, Domecq, ça l'attriste qu'elle soit si belle à la veille de son départ.

Avant d'atteindre le cinéma, elle ralentit la marche.

– Nicolas, rends-moi un service.

– Toujours prêt.

– Tu me quittes à l'entrée du cinéma, tu retournes place des États-Unis, et tu vas chercher Ambre. Débrouille-toi pour la convaincre de te suivre, et tu me l'amènes à la sortie du cinéma. Je ne pars pas en Allemagne, je reste à Paris, et je vais rejoindre René. Avec Ambre.

Domecq s'arrête, interloqué, la regarde. Une femme que je devrais connaître. Mon indic. Et totalement surprenante. Trop tard pour s'arrêter là-dessus.

– Quand l'as-tu vu pour la dernière fois ?

– Il y a un peu plus d'une semaine. Pourquoi ?

Domecq la prend par l'épaule, l'attire contre lui.

– Dora, Deslauriers est mort, sans doute un jour ou deux après t'avoir rencontrée.

La nouvelle descend de la tête au cœur. Le visage perd son éclat, le maquillage se dissout, comme mangé, avalé par la peau, les épaules deviennent plus étroites, les seins s'affaissent, elle rapetisse. D'une voix blanche :

– Je peux te croire ?

– J'ai vu son cadavre. Elle reste sceptique. Comment te le dire ? Je ne t'ai jamais menti, Dora… (Ou si peu… Ou par omission… Ou jamais sans que tu y consentes…)

– Qu'est-ce qui lui est arrivé ?

– Assassiné.

– (Un temps.) Par qui ?

– Bourseul a commandité le meurtre.

Pas surprise. Bourseul. Maintenant, elle est convaincue. Elle se laisse aller un instant sur son épaule, un court sanglot, puis elle se redresse.

– Pourquoi ne m'as-tu rien dit ?

Que répondre ? Je n'avais pas compris que Deslauriers était si important pour toi, Dora. Je n'avais rien compris. Il se tait. Elle le prend par le coude, le pousse en avant vers le cinéma.

– Entrons. Ne me quitte pas, s'il te plaît.

Domecq ne voit pas une image du film et observe Dora, enfoncée dans son désespoir, yeux aveugles grands ouverts, tout occupée à colmater les brèches, une à une.

Il imagine les souvenirs qui défilent, le bidonville, les viols, les petits macs, le meurtre, Nohant, et cette rage de vivre, irraisonnée. Deslauriers, elle l'a aimé ? Flash sur la blonde dans la chaleur du Caire, pour aimer il faut d'abord être vivante. Question idiote, question d'homme. Partira ? Partira pas ? Elle partira. Elle ne sait pas se passer d'un homme. Bauer, faute de Deslauriers. Malaise. L'homme, ça pourrait être moi. Relation compromettante. Situation inextricable. Je ne ferai pas un geste pour l'empêcher de partir. Ambre, elle a pensé à Ambre ? Jamais Ambre ne la suivra en Allemagne. L'écran s'éteint, projection sans coupures, sans alertes, une belle soirée. Quelques lumières se rallument, et les spectateurs se ruent vers la sortie dans une demi-obscurité. Domecq retient Dora.

– Pourquoi Bourseul a-t-il fait assassiner Deslauriers ?

– L'argent. Pas original. Bourseul, Deslauriers et Bauer ont beaucoup d'affaires ensemble. Des immeubles, des hôtels, des cabarets. Des entreprises aussi, je crois. Des alcools, des vins, ce genre-là. Deslauriers assassiné, Bauer trouvera bien moyen de se faire tuer à la guerre, et Bourseul récupère tout le paquet.

Une foule joyeuse et très jeune se bouscule sur le parvis du cinéma, en cette fin d'après-midi tiède et ensoleillée, acclame Viviane Romance, Jean Marais, Dora Belle, se presse autour d'eux pour obtenir des autographes. Domecq l'admire. Très professionnelle, elle sourit, elle signe, mécanique, irréprochable. Un grondement vient de l'Étoile, on a l'habitude, on n'y prête pratiquement plus attention, deux colonnes de chars blindés se replient du Front de Normandie et traversent Paris. Ils passent devant la foule joyeuse, couverts de branchages pour échapper aux avions alliés, certains sont déchiquetés. De très jeunes tankistes, débraillés, blessés, encore épouvantés de ce qu'ils viennent de vivre, regardent, incrédules, hébétés, la foule des jeunes Parisiens qui hurlent, qui rient, qui s'agglutinent en grappes autour des acteurs, totalement indifférents aux épaves de la guerre. Seule Dora les regarde passer, hypnotisée. Elle se retourne vers Domecq :

– Regarde-les, regarde-les bien. Je pars dans les fourgons d'une armée en déroute.

Mercredi 9 août

En France, l'offensive américaine se poursuit en Bretagne et vers l'est de la Normandie. Après avoir libéré Le Mans, les troupes américaines remontent vers le nord, en direction d'Alençon. La contre-offensive allemande dans la zone d'Avranches se poursuit.

Dora tourne et retourne dans sa chambre. Ouvre un tiroir, prend quelques bijoux qu'elle jette dans un grand sac en cuir bleu, referme le tiroir. S'assied un instant devant sa toilette, coup d'œil au miroir, tapote ses cheveux, ramasse sa trousse de maquillage, un réveil qui traîne là. Dans le sac. Se relève, ouvre et ferme les armoires, encore aux trois quarts pleines. Trois domestiques resteront dans la maison pour en assurer la garde et nous serons de retour à Noël, d'après Bauer. Se regarde dans un miroir en pied : tailleur bleu marine, chemisier blanc, talons presque plats, un foulard de soie sur les épaules, tenue de voyage. Deux grandes malles ont déjà été descendues dans une voiture de l'état-major allemand, qui attend en bas, chargée, prête à partir. Dans la salle de bains, Bauer prend sa douche à grand bruit, puis se rase. Son uniforme noir est soigneusement plié sur le valet de nuit, le baudrier, le ceinturon et l'arme sont accrochés à des clous spécialement aménagés.

Ambre entre, simplement vêtue d'une chemise de nuit qui ressemble à une robe d'enfant, froncée autour d'un décolleté rond, ample et droite jusqu'aux genoux, dans un imprimé à fleurs rose et blanc.

– Ma chérie, habille-toi, s'il te plaît. Nous partons dans une demi-heure.

– Je ne pars pas en Allemagne. C'est hors de question.

– Qu'est-ce que tu crois ? Dora est encore souriante. Que je vais te laisser seule à Paris ? A quinze ans ?

– Toi, tu fais ce que tu veux. Moi, je reste ici. C'est mon pays.

– Arrête tes enfantillages et habille-toi. Nous reviendrons en France dès que ce sera possible.

– Tu ne reviendras jamais. Paris va être libérée par les Alliés et il n'y aura plus aucune place pour les putes qui ont couché avec les Allemands.

Un éclair, la lettre anonyme, pute aux Allemands. Est-ce possible… La gifle est partie à toute volée et sonne fort. Flambée de haine.

– Tu vas me le payer, sale garce.

– Tais-toi, habille-toi. Ou je te fourre de force dans cette voiture.

– Tu ne le feras pas.

– Tu vas voir.

Dora sort de la chambre, se penche sur la rampe de l'escalier, et appelle l'ordonnance.

– Frantz, montez m'aider, s'il vous plaît.

Des pas dans l'entrée, le bruit des bottes sur le marbre, net, cassant. Coup d'œil à la fenêtre. Pas possible de fuir par là, les soldats sont en bas, dans la cour. Les bottes craquent sur le bois de l'escalier. Je n'irai pas en Allemagne. Bauer dans la salle de bains. Une seule issue, la porte, Dora en travers, les bottes se rapprochent, fais-lui peur, bouge, bouge. Ambre a sauté sur le revolver de Bauer, gros, lourd, le pointe à deux mains, les pouces crispés sur le cran de sécurité. Dora se retourne, fait un pas pour revenir dans la chambre, le cran de sécurité saute, le coup part, la balle touche Dora en pleine poitrine, qui s'écroule. Bauer sort de la salle de bains, nu, le visage blanc de savon, Ambre tire à nouveau, dans sa direction, la balle se perd au plafond. Elle lui jette le revolver au visage, s'enfuit en enjambant le corps de sa mère, passe dans sa chambre, puis dans sa salle de bains, escalade le lavabo, la lucarne, et commence à courir sur le toit. Elle sait par où redescendre. Un itinéraire déjà repéré avec François. François, arriver auprès de François. Dora, j'y penserai plus tard.

L'ordonnance arrive en courant devant la porte de la chambre. Dora est couchée sur le dos, le foulard de soie lui masque la partie supérieure du visage, les yeux, les yeux superbes, elle a la bouche ouverte, une mousse sanguinolente aux lèvres, les jambes pliées sous elle, et les pieds nus. Elle a été tuée sur le coup. Bauer est agenouillé à côté de son visage, il essuie le sang avec un coin du foulard, il se penche, l'enlace, embrasse ses lèvres, puis recouvre la tête avec le foulard et se met à pleurer. Il se lève, une grande tache de sang sur le poitrail, le visage maculé de sang, de larmes et de mousse à raser, regarde le soldat sans rien dire, rejoint la salle de bains, claque la porte. On entend la douche qui recommence à couler.

17

Samedi 12 août

En France, en Bretagne, les Allemands occupent toujours Saint-Malo, Dinard, Brest, Lorient. La contre-offensive allemande sur Avranches, bloquée par l'aviation américaine, s'épuise. Les troupes américaines, auxquelles s'est jointe la 2e DB, après avoir libéré Alençon, remontent vers Argentan, au nord, pour opérer leur jonction avec les troupes anglaises et canadiennes qui descendent vers Falaise, et ainsi sectionner la VIIe armée allemande dont le Fürher refuse d'autoriser le repli.

A Paris, le 10 août, quarante patrons et hauts fonctionnaires français sont arrêtés et déportés par la SS. Les services de sécurité commencent leur repli vers l'est de la France. L'exode incontrôlé de militaires s'accélère. Les cheminots français appellent à la grève. Le mouvement s'étend dans les services publics. Le gouvernement décide de donner aux fonctionnaires et employés des services publics un congé du vendredi 11 août au mercredi 16 août.

A l'est, les insurgés de Varsovie tiennent la plus grande partie de la ville, mais manquent de tout (armes, munitions, nourriture). Des combats sanglants se poursuivent.

Les troupes soviétiques du front central ne bougent pas. Les insurgés polonais appellent les Anglais au secours. En vain.

C'est une merveilleuse journée d'été, légère et encore fraîche en ce début de matinée. Bourseul remonte la rue de la Paix vers la place Vendôme. C'est un grand jour. Il a soigné sa tenue, costume de soie et coton gris clair, chemise blanc cassé, cravate deux tons de gris soutenu, feutre et gants gris très pâle. La guerre n'est pas finie. Mais Bauer est parti hier, et je suis passé à travers la dernière vague d'arrestations. Pas encore de nouvelles de François, mais les Alliés se rapprochent, il va bientôt nous revenir. Et dans quelques minutes ma femme, mes deux filles. La petite Isabelle, une boule de tendresse. Ma femme, élégance, discrétion, parfaite épouse. A mon bras, sa hanche contre la mienne. S'amuse de sentir monter le désir. Marche sur la bordure du trottoir, en sautillant au-dessus du caniveau, comme un enfant. Traverse la place Vendôme. Le portier du Ritz le salue d'un grand sourire. Il entre. Le concierge sort de son comptoir pour l'accueillir.

– Tout va bien, monsieur Bourseul. Votre famille vous attend.

– Les temps changent, Amédée.

– On peut le dire, Monsieur. En baissant la voix : M. Hemingway a déjà retenu sa chambre…

– Alors… Bourseul a une moue souriante. Il apprécie l'information à sa juste valeur.

– Toujours à voix basse : … et le capitaine Laubenthal est au bar où il fait ses adieux à notre champagne.

Bourseul vérifie l'heure : 9 h 30. Le capitaine doit être assez désespéré. Laubenthal, chargé du contrôle des sociétés de courses françaises, sa silhouette élégante, toujours en uniforme de la Wehrmacht, sur tous les champs de courses parisiens. Un lieu idéal pour pratiquer l'espionnage et la séduction des grands bourgeois français. Et il ne s'en était pas privé. La mèche blonde, les yeux bleus, l'allure sportive, l'accent rocailleux – comment ont-ils fait pour nous envoyer tous ces beaux hommes ? Ou est-ce la victoire qui est belle ? –, il avait couché avec les femmes et séduit les hommes par ses qualités de cavalier et d'éleveur de chevaux, et par sa connaissance approfondie du monde des affaires allemand. Sa famille est liée aux plus grandes entreprises de la chimie allemande. Et qu'est-ce que le textile sans la chimie ? Bourseul entre dans le bar.

Laubenthal est là, tout seul, enfoncé dans un fauteuil, il a posé sa casquette sur une table basse, devant lui, à côté du seau à champagne, et il boit. A l'approche de Bourseul, il se lève, les deux hommes se serrent les mains.

– Amédée m'a dit que vous étiez ici, je suis venu vous saluer.

– Je pars cet après-midi.

Il fait signe au barman, qui apporte une coupe pour Bourseul. Ils trinquent et boivent en silence. Laubenthal est morose.

– La belle époque de la vie parisienne est terminée. De notre faute, Maurice, vous et moi, nous avons trop fréquenté les voyous en noir.

– Sans doute. Bourseul se lève. Prenez soin de vous, capitaine. La guerre finira, et nous sommes appelés à nous revoir.

Il escalade les six étages de l'escalier de service dans la foulée, à peine essoufflé. Quand il ouvre la porte, Isabelle, la petite dernière, hurle de joie et lui saute dans les bras. Il la cale sur son bras droit, le bras gauche est pour sa femme qu'il attire contre lui, embrasse dans le cou, sur les cheveux. Nouvelle poussée de désir, amusant. L'aînée reste en retrait, gauche et souriante.

– Mes femmes chéries…

– As-tu des nouvelles de François ?

– Non, pas encore.

– Cette histoire me mine. Comment notre propre fils a-t-il pu devenir un terroriste ?

– Ne t'inquiète pas, il va faire sa petite guerre et il nous reviendra.

– Je ne lui pardonnerai jamais.

– Je t'en prie, ma chérie, ne te mêle pas de politique. Tu lui pardonneras. Quand les Alliés seront là (Flash, Amédée, l'air entendu, M. Hemingway…), et ça ne va pas tarder, il rentrera à la maison et nous l'accueillerons avec tout notre amour, toi comme moi.

Il les contemple. Lavées, coiffées, vêtements propres et repassés, toutes prêtes à partir.

– Vous êtes ma vie. Je vous emmène. Je vous installe à Paris. Hors de question que vous remontiez dans le Nord en ce moment, on va bientôt se battre partout.

– (Grimace.) Je n'aime pas ton appartement parisien. C'est une garçonnière de gigolo.

– Ça tombe bien. Sur un ton léger : Pierre et Madeleine nous ont quittés…

– Comment ça, quittés ?

– Ils sont partis, je n'ai plus de nouvelles…

– Aujourd'hui, on ne peut plus compter sur les domestiques. Je n'aurais jamais cru ça d'eux.

– ... L'appartement a été visité par des voleurs. D'un geste, il l'empêche de protester. Que veux-tu, l'époque est troublée, et j'en ai profité pour prendre un appartement plus grand, que tu trouveras plus convenable, dans la même avenue, vous y serez très bien. Tu sais, il faudra sans doute que vous veniez me rejoindre définitivement à Paris, après la guerre. Mes affaires ont pris beaucoup d'importance. Nous verrons bien. En route, petite famille.

Dimanche 13 août

En France, les troupes allemandes continuent à se battre en Bretagne. Une partie des troupes américaines fait mouvement vers Argentan, au sud de Falaise, une autre continue sa marche vers l'est, en direction de Chartres et d'Orléans.

A Paris, l'évacuation des services d'occupation non combattants s'accélère. Beau temps, long pont du 15 août, les guinguettes des bords de Marne sont bondées.

Domecq revient dans cet immeuble des Champs-Élysées où Benezet a son bureau. Toujours le vaste hall, les cariatides, les plaques de cuivre et, nouveauté, deux vigiles très baraqués, et probablement armés, vérifient que Domecq est attendu dans la maison. Deux hommes en costume sombre discutent à voix basse au pied de l'escalier et se taisent quand Domecq approche, peut-être un peu fébriles. Pour le reste, l'ambiance de l'immeuble est toujours aussi feutrée.

A l'étage, la même secrétaire convenable et discrète l'introduit immédiatement dans le bureau, où rien n'a changé. Benezet se lève pour l'accueillir chaleureusement, alerte, souriant, rajeuni, et le fait asseoir. Domecq, qui ne l'a pas revu depuis le 17 juillet, reste sur ses gardes. J'ai été utilisé et puis largué. J'ai brûlé Deslauriers. Une fois, pas deux.

– J'ai souhaité vous voir parce que je vous dois quelques explications. (Aucune réaction.) Mais d'abord, puis-je vous offrir à boire ?

– Non, merci, à cette heure-ci je reste habituellement sobre.

Benezet prend un fauteuil, s'installe en face de lui, et semble chercher ses mots.

– Qu'avez-vous à me dire, monsieur Benezet, j'ai peu de temps.

– Vous savez que je représente ici quelques intérêts américains. Domecq acquiesce d'un signe de tête. Et vous avez sans doute soupçonné que j'ai été mêlé, d'une certaine façon, dans l'aventure des généraux de la Wehrmacht le 20 juillet dernier. Domecq ne bronche pas. Mike Owen, que j'hébergeais, y jouait aussi un rôle. Il était chargé d'établir le contact avec les Américains dès que le coup aurait réussi, pour ouvrir des pourparlers de paix immédiats.

– Pourquoi me dire cela maintenant ?

– Parce que Mike Owen a changé d'identité. Il est devenu le lieutenant Funck Muller. Il a repris sa véritable identité, à vrai dire. Il est citoyen autrichien, de mère américaine, ce qui explique son aisance dans le maniement des deux langues, et lieutenant dans la Wehrmacht. Simplement, il a disparu pendant deux mois, entre deux affectations. Une disparition organisée et protégée par ses chefs. Deux mois qu'il a passés chez moi, en liaison avec quelques-uns de mes amis américains. Avant de finir prisonnier de la Gestapo. Bauer n'a jamais connu sa véritable identité, ni soupçonné son véritable rôle, mais il était urgent de le sortir de là, il pouvait à tout moment être reconnu, démasqué. Et il a rejoint ce matin même l'état-major du général von Choltitz, le nouveau commandant du Grand Paris. Bauer et tous ceux qui connaissaient Mike Owen ont quitté Paris, von Choltitz ne connaît pas la situation parisienne et fait confiance à des hommes comme le capitaine Bender.

– Votre ami Bender, lui-même très proche des hommes du 20 juillet...

– Exactement. Il a miraculeusement échappé aux purges. Pour l'instant. Un pétillement dans les yeux. Et il ne sait toujours pas que j'ai récupéré mes tableaux. C'est ma revanche... Vos chefs sont en contact avec lui par l'intermédiaire du consul général de Suède depuis quelques jours déjà...

– Je ne suis pas au courant, et n'ai pas à l'être.

– (Amusé.) Ce n'est pas de lui que je voulais vous parler, mais de Funck Muller. Il n'est pas un ingrat. Il m'a demandé de vous remettre ceci de sa part. Benezet ouvre un tiroir, prend une carte, la lui tend. Un laissez-passer permanent à votre nom émanant de l'état-major du commandant de la place de Paris. Ça peut être utile, dans ces temps qui risquent d'être troublés. Faites-en bon usage. Et il m'a également chargé de vous dire que vous trouverez toujours en lui un interlocuteur compréhensif à l'état-major allemand. A n'utiliser qu'avec la plus grande prudence, mais nous vous faisons tous confiance.

Domecq, beaucoup plus perdu qu'il ne veut le laisser paraître, esquisse un geste pour se lever.

– Eh bien…

– Restez tranquille, jeune homme. Ce n'est pas la seule chose que j'ai à vous dire. Vous êtes sûr que vous ne voulez rien boire ?

– Un café-cognac me ferait du bien.

Benezet sonne la secrétaire. Et quelques instants plus tard deux café-cognac bien tassés sont servis. Domecq boit une bonne gorgée, chaleur du café, force exaltée du cognac, se sent mieux, un immense plaisir, une mauvaise habitude. Pendant la guerre, je suis devenu accro au cognac.

– Bourseul veut vous voir.

– Quelle matinée !… Pourquoi passe-t-il par vous ?

– Il connaît l'histoire de mes tableaux, et le rôle que vous avez joué. Ne me demandez pas comment il le sait (Chaves, bien sûr, pense Domecq), mais enfin il le sait. Il m'a parlé de vous, et j'ai pris sur moi de l'informer de votre appartenance à la Résistance gaulliste…

Domecq est debout, pâle, furieux.

– Je ne m'attendais pas à ça de vous, c'est une énorme erreur, et vous me faites courir un danger inutile. Adieu.

– Asseyez-vous, calmez-vous. C'est parce que vous êtes lié à la Résistance gaulliste qu'il veut vous rencontrer.

– Rencontre parfaitement inutile. Cet homme est pourri jusqu'à l'os, on ne peut plus compromis, il va sombrer dans les jours qui viennent.

Benezet prend un instant pour se concentrer, tandis que Domecq vide le reste de sa tasse d'un coup et se sert une rasade de cognac sans café.

– Je serais vous, je n'en serais pas si sûr. Certes, Bourseul a fait une fortune considérable avec les Allemands, mais une grande partie de cette fortune est dans l'industrie, et la France aura besoin d'industriels demain. Ce n'est pas tout. Le point de départ de sa fortune a été l'aryanisation de quelques grosses entreprises textiles du Nord.

– Il devra rendre gorge.

– Figurez-vous que l'ancien propriétaire de la plus grande de ces usines, un dénommé Lévy Balland, est actuellement réfugié à Monaco, Bourseul lui a fourni des faux papiers, lui verse régulièrement une rente indexée sur les résultats de l'entreprise, et lui restituera ses biens après le départ des Allemands. Cela ne l'a pas empêché de se construire à partir de là un empire personnel qu'il gardera, mais il sera plus difficilement attaquable. Benezet prend son temps. Je connais Bourseul de longue date. Son antisémitisme est incontestable. Mais son attitude à l'égard de Lévy Balland lui a été dictée par la prudence. Il est très fort...

Domecq reprend une tasse de cognac, pour gagner du temps et se donner une contenance. Benezet le laisse souffler, et continue.

– Ce n'est pas tout. Bourseul pense depuis le printemps 43 et la victoire des Russes à Stalingrad que la Wehrmacht est brisée et que les Allemands ont perdu la guerre. Après, pour lui, la date de la défaite n'a plus été qu'une question de temps et de circonstances. Alors, il s'est retourné très lentement, en douceur, mais en prenant quelques risques. Depuis le printemps 44, il est parvenu à faire échouer un projet de banque franco-allemande pour mettre à l'abri des fonds nazis. Toute sa famille a été arrêtée pendant quelques jours, son appartement parisien a été mis à sac par la Gestapo, et sa maison dans le Nord pillée. Il n'a échappé à la dernière rafle du 10 août qu'en vivant en clandestin et en cachant sa famille. Il réapparaît aujourd'hui parce que Bauer est parti et que les services de sécurité de la SS sont en pleine évacuation. Non, croyez-moi, Bourseul, c'est le contraire d'un desperado collaborationniste. Pour vous, pour vos chefs, pour ce que vous représentez, vous avez intérêt à le rencontrer.

Long silence.

– Vous savez, Domecq, il y a trop peu de patrons chez les gaullistes pour que vous puissiez négliger quelqu'un comme Bourseul quand il demande à vous rencontrer.

– Admettons, la mort dans l'âme. (Un temps.) J'imagine que vous allez me dire qu'il m'attend dans le bureau d'à côté.

– C'est à peu près ça.

Long passage par la salle de bains, la tête directement sous le robinet d'eau froide. Combien de cognacs ? Deux ? Trois ? Trop, de toute façon.

Bourseul l'attend dans une petite pièce, debout devant la fenêtre, les mains croisées dans le dos. Il se retourne pour l'accueillir. Costume sombre bien coupé, chemise gris perle, cravate imprimée gris plus soutenu, l'allure svelte et sportive, traits réguliers, cheveux noirs gominés, petite moustache très courte. Bel homme, a dit Triboulet, bel homme, répète Noémi. Pas mon type.

Ils s'asseyent dans deux fauteuils carrés en cuir vert, qui se font face. Sur un guéridon, entre eux deux, une bouteille de champagne dans un seau de glace et deux coupes. Bourseul, détendu, fait sauter le bouchon, remplit les coupes. Domecq ne bouge pas. Pas question de trinquer, et plus une goutte d'alcool.

– Je vous avais gravement sous-estimé, Domecq. Quand Benezet m'a appris votre appartenance à la Résistance gaulliste...

– Il n'aurait jamais dû le faire.

– (Geste de la main, pour chasser l'objection) ... Un agent gaulliste, dans le salon de Bauer, ça mérite quelques compliments.

– Venons-en aux faits. Vous vouliez me voir ?

– Pour de multiples raisons. D'abord vous indiquer mon état d'esprit aujourd'hui. Après 36, j'ai appartenu à ceux qui, entre les quarante heures et les délégués ouvriers dans les usines d'un côté, et l'ordre nazi de l'autre, ont choisi l'ordre nazi. En 40, j'ai donc tout naturellement collaboré, disons-le, avec un certain plaisir. L'Europe allemande me convenait. Mais un chef d'entreprise ne peut pas être un fanatique. Il a d'abord des usines à faire tourner. Je sais depuis longtemps que l'ordre nazi est battu.

– En somme, finis les aventures et les coups de main, fini de jouer. Vous avez fait fortune, maintenant il faut gérer.

– Si vous voulez.

– Et les Américains ?

– Je préférerais traiter avec eux. Ce sont des gens très réalistes. Ils sont déjà en train de récupérer les cadres nazis qui les intéressent. Mais enfin, si ce sont les gaullistes, comme je le pense aujourd'hui, je ferai avec. Ce ne sera pas de gaieté de cœur, mais je le ferai. Le changement est inévitable. Je souhaite que la transition soit la plus rapide, la moins coûteuse et la moins douloureuse possible pour mon pays, et je suis prêt à m'engager pour la faciliter.

– J'enregistre, et je communiquerai à qui de droit. (Silence.) Pourquoi avez-vous fait assassiner Deslauriers ?

Bourseul prend son temps. Comment sait-il ça ? Chaves n'a pas pu parler... J'ai tout intérêt à ce qu'il continue à dialoguer.

– Ce que je vais vous dire, je ne reconnaîtrai jamais l'avoir dit, devant personne, et nulle part. Je me suis débarrassé d'un témoin gênant, pour moi, et pour une bonne partie du patronat français. Deslauriers avait des archives et, quand il a disparu, j'ai compris qu'il s'en servirait. Lafont a détruit les siennes, lui.

Flash : Dans le refuge de Deslauriers, le bureau acajou, les tiroirs vides. Dora : Bauer, Deslauriers, Bourseul sont en affaires tous les trois. Tu restes dans la semi-confidence, bonhomme. Il n'y avait pas que des papiers compromettants sur tes activités politiques pendant la guerre, mais aussi des actions, des titres de propriété, peut-être des clés de coffres ici ou en Suisse. Et un éclair : S'il sait que je sais, je suis un homme mort. Dire quelque chose, vite.

– Curiosité personnelle : comment avez-vous fait pour retrouver Deslauriers ? Je le cherchais aussi, et je n'y suis pas parvenu aussi vite.

– (Sourire.) J'ai fait surveiller Dora. Je savais qu'il ferait tout pour la revoir et la récupérer. Il l'a rencontrée. Je l'ai fait suivre.

– (Flash : Le cadavre décapité de Deslauriers, le livre ouvert, le marque-page, longue photo de Dora.) Je n'ai compris qu'il l'aimait qu'après sa mort.

– Parmi tous les gens qui fréquentaient le salon de Dora, j'étais le seul à ne pas être amoureux d'elle. Donc le seul à rester lucide.

Dora, visage incliné, regard coulant, Dora riante au jeu de dames, Dora défaite au cinéma Normandie, Dora, ses rondeurs, ses robes, ses orchidées, son inconscience, et puis sa mort, Dora, la compagne de cette drôle de guerre.

– Vous avez pris un risque en le faisant assassiner.

– Aucun risque. Qui va se soucier de la mort violente d'un chef gestapiste en pleine déroute allemande ? Et l'assassin qui m'a rendu ce service appartient à cette petite racaille qui va disparaître, exécutée par l'un ou par l'autre, pas dangereuse.

Domecq prend son temps. J'entends bien ce qu'il me dit. Chaves doit déjà être mort. Tu as affaire à un tueur. Sois prudent, bonhomme. Puis :

– Pourquoi avoir monté contre moi ce dossier à la Mondaine ?

– Vous avez compris que ça venait de moi ? Vous êtes vraiment astucieux. Après la guerre, je vous embauche, un poste de direction dans mon groupe, cela vous dit ?

Domecq éclate de rire. Le comble du culot. Un avant-goût de ce que sera l'après-Libération. Pire que prévu.

– Alors, ce dossier ?

– Je vous croyais lié à Deslauriers. Comment êtes-vous entré dans ce salon si vous ne l'étiez pas ?

– Ami d'enfance de Dora.

– Si vous y tenez... Donc je vous croyais lié à Deslauriers, sans bien savoir comment, et je voulais vous neutraliser pendant la période de transition. Cela m'a semblé encore plus urgent quand j'ai appris par Lafont que Deslauriers s'était reconverti. A vous deux, vous représentiez un véritable danger pour moi. Si vous aviez été un véritable inspecteur de la Mondaine, avec le dossier que je vous avais arrangé, vous vous seriez retrouvé hors jeu pour un bon moment.

– Comment Lafont savait-il que Deslauriers s'était retourné ?

– Il ne le savait pas, il s'en doutait. Simple logique. Très intelligent, Lafont. J'ai appris ça dans la nuit du 20 juillet. (Un temps d'arrêt.) Accessoirement, le coup des généraux m'a sauvé la vie.

Domecq se laisse aller dans son fauteuil et ferme les yeux. Bourseul apprend le changement de camp de Deslauriers dans la nuit du 20 juillet, le 21 il débauche Morandot, qu'il devait connaître de longue date, et qui n'est plus encadré par Deslauriers, et monte le coup du notaire dans la journée. En y participant lui-même, il aime ça l'aventure, et puis il faut faire vite. Et dépose la « pièce à conviction » à la Brigade mondaine dans la journée, ce qui suppose, entre autres, qu'il était au courant de la demande d'enquête du préfet Bussière. Il la lui avait peut-être même suggérée. Rapidité de réaction véritablement impressionnante. Non, décidément, l'après-guerre ne sera pas de tout repos. Domecq se lève.

– Je communiquerai la première partie de notre conversation à mes chefs.

Bourseul se lève à son tour et, d'un ton changé :

– Encore une chose. Mon fils a quitté ma maison, il y a près d'un mois, pour entrer dans la Résistance. Je suis totalement sans nouvelles de lui. Si vous le croisez, aidez-le à survivre dans les jours qui viennent. Il est très jeune...

– Il est hautement improbable que je le croise.

– Je sais. Submergé par l'émotion : C'est une bouteille à la mer.

Sincère ? Manipulateur au sommet de son art ?

Mercredi 16 août

En France, en Normandie, après l'échec de leur contre-offensive sur Avranches, les troupes allemandes se sont repliées au sud de Falaise. Leur situation est précaire, elles sont prises en étau entre les Canadiens et les Anglais au nord, et les Américains au sud. Des corps d'armée anglais avancent rapidement vers l'embouchure de la Seine et des corps d'armée américains, plus au sud, atteignent Dreux et Chartres.

Dans le sud de la France, la VIIe *armée américaine et le 2*[e] *corps d'armée français ont débarqué en Provence entre Toulon et Cannes, les 15 et 16 août.*

A Paris, les différents mouvements de Résistance dans la police appellent à la grève. A partir du 15 août, la grève de la police parisienne est totale.

C'est le grand jour. Dans moins de deux heures, François et son équipe vont prendre livraison d'armes et, demain, ils auront une place, une vraie, dans la bataille qu'on sent venir par tous les pores de la peau. Les Américains sont à Chartres. L'avenir appartient à ceux qui sont armés.

Il va faire très chaud, lourd. Martin a retroussé ses manches, visage rouge et congestionné. Ambre trouve qu'il sent l'alcool. François est en chemisette blanche à manches courtes et pantalon de toile bleu marine coupé au-dessus des chevilles. Un enfant. Tous deux quittent l'appartement un peu avant 9 heures. Il a été convenu qu'Ambre reste à la maison. Les armes, ce n'est pas une affaire de femme, dit François, appuyé par Martin. Ambre se tait, qui n'a jamais parlé du meurtre de Dora. Elle surveille par la fenêtre. Les voilà qui sortent de l'immeuble, tournent à gauche, remontent la rue en direction du Père-Lachaise. Ambre se précipite hors de l'appartement, dégringole l'escalier, attrape un vélo dans la cour et se retrouve dans la rue de la Roquette. Elle les aperçoit à deux cents ou trois cents mètres de là et commence à les suivre, à pied, en poussant son vélo. François marche à grandes enjambées irrégulières, saccadées, exaltées. Martin traîne un peu. Titube, peut-être.

Les deux hommes parviennent au coin de la rue d'Avron et du boulevard de Charonne. Ambre regarde sa montre, un réflexe, il est 9 h 17, précisément. Un camion bâché est stationné rue d'Avron. Un homme grand, maigre, chauve, un visage long et ravagé, comme ascétique, cigarette au bec, attend, appuyé contre l'aile avant. L'agent anglais, sans doute, d'après ce qu'Ambre a pu saisir ici ou là des conversations entre François et Martin. Plutôt fébrile, l'agent anglais. Poignée de main. François monte dans la partie bâchée du camion, Ambre ne le voit plus. Martin attend sur le trottoir d'en face. Un par un, des jeunes hommes arrivent, saluent l'agent anglais, montent dans le camion. Une dizaine. Puis l'agent anglais et Martin s'approchent de la bâche, débloquent de chaque côté une cordelette qui maintenait la bâche levée. Elle tombe avec un bruit sec. Les deux hommes la bloquent avec des taquets. Il doit faire noir et chaud là-dedans. Puis les deux hommes montent dans la cabine, tout de suite rejoints par une silhouette trapue et noiraude. C'était prévu, ça ? Le camion s'ébranle immédiatement. Ambre enfourche son vélo et pédale sans plus réfléchir.

Le camion remonte la rue d'Avron, tourne à droite dans la rue des Pyrénées. Il ne roule pas vite, pour éviter de se faire remarquer dans ce quartier populaire. Beaucoup de monde dans les rues, des gens plutôt fébriles. Où sont-ils ? A Chartres. Ça fait combien, ça ? Cent kilomètres, peut-être moins... Et un deuxième débarquement dans le Sud... Ambre a envie de crier, arrêtez ce camion, ils enlèvent des enfants. Elle ne le fait pas.

Après le cours de Vincennes, le camion continue tout droit. Malgré ses efforts, manque d'entraînement, Ambre est distancée. Elle ne le rejoint qu'à la porte de Charenton, où il s'est arrêté pour laisser passer un convoi allemand qui remonte le boulevard extérieur vers le nord. Dans la cabine, Loiseau fume, les deux autres finissent une bouteille de vieille prune, souvenir du sac de Mortemart. Puis le camion prend la direction de Charenton, et bifurque rapidement vers le bois de Vincennes et vers la grande pelouse de Reuilly, déserte. Il quitte la route, escalade le trottoir et s'engage en cahotant sur la prairie. Ambre, cœur battant, s'arrête sous les arbres, se cache dans les taillis. Drôle d'endroit pour une discrète livraison d'armes.

Loiseau coupe le moteur, allume une cigarette. Calme, silence ponctué de roucoulements et de piaillements d'oiseaux, qui entrent par les vitres baissées. Les trois hommes attrapent leurs pistolets-mitrailleurs planqués sous le siège, ouvrent les portières, sautent, se dirigent vers l'arrière, Loiseau se met en position, jambes écartées, à quelques mètres, face à la bâche, les deux autres saisissent chacun une cordelette, et sur un signe de Loiseau, relèvent la bâche d'un mouvement rapide. Loiseau ouvre le feu.

Ambre hurle et se rue vers la pelouse, en se déchirant aux taillis d'où surgit un homme qui la ceinture, toujours hurlante, la plaque au sol, se couche sur elle, l'étouffe à moitié pour la faire taire.

Maintenant, les trois hommes tirent ensemble à la mitraillette, en rafales mécaniques, assourdissantes, et balaient le plateau du camion, les bâches se déchirent, les corps hachés tressautent, un jeune homme tente de sauter par le côté droit. Martin aperçoit son visage convulsé d'horreur, reconnaît la fossette profonde au menton, le garçon est foudroyé en l'air, et son corps s'écrase sur l'herbe, pratiquement coupé en deux. Morandot rit. Pas croyable la puissance de ces armes dans des tirs rapprochés. Loiseau arrête de tirer, les deux autres l'imitent. Chape de silence, plus de cris d'oiseaux, plus de vie, les trois hommes figés, Martin réalise qu'il est en nage. Puis Loiseau tire une rafale de très près dans le réservoir d'essence, et le camion s'enflamme, en quelques secondes, le brasier ronfle, l'odeur est insoutenable. Ils traversent la pelouse en courant, montent dans une Citroën dissimulée sous des arbres et partent dans la direction de l'est, destination Vittel.

Dans le taillis, l'homme cherche à ranimer Ambre qui s'est évanouie.

Domecq a informé Robert de sa rencontre avec Benezet et Bourseul, et celui-ci a confirmé.

– Oui, Parodi, qui vient d'être nommé ministre délégué du Gouvernement provisoire pour les territoires non encore libérés, et que vous connaissez d'ailleurs, c'est lui qui vous a reçu en juillet avec moi, vous vous souvenez ?

– Je m'en souviens très bien.

– Bref, Parodi est en rapport avec Nordling, le consul général de Suède, et quelques membres de l'état-major de von Choltitz pour faire libérer les prisonniers des prisons et des camps de la région parisienne avant le départ des troupes allemandes. Éviter qu'ils soient massacrés, comme ce fut le cas à Caen au moment de l'évacuation de la ville par les Allemands, ou déportés en masse. C'est une priorité. Tout ce qui permet d'aller dans ce sens est bon à prendre. Prenez donc contact avec ce Funck Muller, tâchez de le garder sous contrôle, et venez me rendre compte.

Domecq a ri. Sous contrôle… On ne sait même pas s'il s'agit d'un agent américain infiltré chez les Allemands, ou d'un agent allemand infiltré chez les Américains.

– Peu importe. Ça revient au même.

Les deux hommes se rencontrent au bar du Ritz, où Funck Muller est venu en voisin, l'hôtel Meurice, siège du quartier général de von Choltitz est à deux pas.

– Nous y serons plus tranquilles.

Ils y sont effectivement tranquilles. Haut lieu de la collaboration mondaine, le Ritz a perdu pratiquement tous ses clients. Mais le personnel semble attendre la suite des événements dans la sérénité. Service souriant et attentif. Dès que Funck Muller s'assied à une table du bar, une bouteille de champagne surgit, dans son seau à glace. Un

Mumm Cordon rouge. Comme dans la cave de Florence Gould. Tu es là dans ton uniforme, la mâchoire carrée, le cheveu blond et court, l'œil bleu. Tellement germanique. Si différent du prisonnier enchaîné que Deslauriers avait jeté dans la voiture. Malaise. Un mois et dix jours aux mains de Bauer, avenue Foch, un endroit d'où bien peu sont sortis vivants. Bauer ne s'est pas contenté de te baiser. Qui as-tu donné pour être encore en vie ? Pas les généraux du complot du 20 juillet, pas Benezet. Qui ?

Funck Muller se laisse dévisager tranquillement, sourit.

– Je suis content de faire votre connaissance. Je n'avais vu que votre nuque, ce fameux jour où vous m'avez sauvé la vie, en compagnie de ce Deslauriers.

Une façon subtile de me rappeler : tes fréquentations sont aussi compromettantes que les miennes ?

– Vous maniez magnifiquement la langue française.

Le sourire s'accentue.

– Je le pense, oui. Je vous écoute, Domecq.

– Je suis ici pour vous parler des démarches du consul Nordling.

– Je les connais.

– Et vous demander de les appuyer.

– Je l'ai déjà fait, je le ferai encore. Je peux vous dire qu'elles aboutiront dès que les derniers membres de l'état-major SS auront quitté Paris. Les généraux de la Wehrmacht sont maintenant des hommes qui ont peur.

– C'est une question de jours.

– Une question d'heures.

18

Samedi 19 août

La VIIe armée allemande parvient à échapper en partie à la prise en tenaille entre troupes anglaises et troupes américaines, et à se replier dans la nuit avant que celles-ci n'opèrent leur jonction à Falaise. La Normandie tout entière est libérée. Les armées alliées et les restes de l'armée allemande s'engagent dans une « course à la Seine ». Les Américains cherchent à passer la Seine à Mantes au nord de Paris, et à Melun au sud, en contournant la capitale. Les Allemands prévoient de défendre Paris.

A Paris, tous les services de renseignements, de sécurité et de police allemands ont été évacués. Laval, chef du gouvernement français, s'est replié sous escorte allemande dans l'est de la France, ainsi que de nombreuses têtes de la collaboration. La presse collaborationniste a cessé de paraître. Les prisonniers des prisons parisiennes ont tous été libérés, mais le dernier convoi de déportés qui partait de Compiègne n'a pu être bloqué. C'est le premier jour de l'insurrection parisienne.

A l'est, sur le front du nord, les troupes soviétiques atteignent la frontière de la Prusse-Orientale et, sur le front ukrainien, consolident leur position au sud de la Pologne. Mais sur le front central, elles ne bougent pas, pendant que les insurgés polonais poursuivent des combats sanglants et désespérés dans Varsovie.

Il a plu abondamment depuis la veille, le ciel est encore lourd de nuages. Sept heures du matin, la chaleur revient déjà, les troupes allemandes qui ont sillonné Paris toute la nuit annoncent à l'état-major de von Choltitz que la ville est calme et rentrent dans leurs casernes.

De petits groupes d'hommes convergent de tout Paris vers le parvis de Notre-Dame. Domecq est parmi eux. Il a été convoqué par Robert, sans explication. Il regarde autour de lui. Tous des flics apparemment, brigadiers et gardiens de la paix, si semblables, même lorsqu'ils ne portent pas l'uniforme. Ça cause à voix basse, tendue, de la faim (des soldats allemands vendent du beurre de Normandie au marché noir sur l'esplanade des Invalides), de la grève, quatre jours déjà, et sur toutes les lèvres : Où sont-ils ? Un homme soutient que sa nièce a embrassé un soldat américain à Rambouillet, hier soir. Rambouillet, combien ? Cinquante kilomètres… Beaucoup sont sceptiques.

Ils sont bientôt plus de 2 000, et une consigne court très vite : On occupe la préfecture de police. Cette fois-ci, ça sent vraiment la poudre, et c'est tant mieux. La foule se précipite, traverse la rue, entre par les deux grandes portes, se rassemble dans la cour centrale.

Trois camions de l'entreprise Anselme, bien reconnaissables avec leurs bâches dont le sigle est recouvert à la peinture blanche, sont garés contre un mur, et des hommes munis de brassards tricolores frappés de la croix de Lorraine distribuent des armes. Oubliés Joano et ses hommes de main paradant sur le toit de l'entrepôt. Les armes sont arrivées à destination et c'est un moment d'intense bonheur.

La cour est maintenant pleine d'hommes en bras de chemise, le pistolet à la ceinture, une mitraillette ou un fusil en bandoulière, qui vont et viennent, s'interpellent, créent une atmosphère fébrile, un rien joyeuse. La police parisienne semble bien avoir sauté le pas, constate Domecq. Je n'y croyais pas. Et maintenant, c'est la guerre, ou on joue à la guerre ?

Dans un coin de la cour, autour d'une Citroën noire, un petit groupe semble tenter d'organiser l'effervescence. Domecq s'approche. Au centre, Robert, qui l'accueille chaleureusement.

– Approchez, Domecq. Messieurs, voici l'inspecteur Domecq, avec qui nous sommes en contact depuis longtemps... Tous les regards se tournent vers lui un court instant. Alors, on a réussi, Nicolas... pour l'instant. Restez avec moi. La plupart des grands chefs de la police parisienne semblent être en fuite, depuis quelques jours déjà. Et le bureau du préfet Bussière est vide.

– A cette heure-ci, le préfet Bussière est dans ses appartements, de l'autre côté de la rue, pas dans son bureau.

– Allons-y. Tout de suite. Une dizaine d'hommes avec moi. Pendant ce temps-là, un autre groupe fouille l'étage des RG, arrête ceux qui s'y trouveraient encore et met en sécurité toutes les archives qu'il peut ramasser. En vrac. Nous ferons le tri plus tard. Et surtout, pas de violence. Les prisonniers relèvent de la justice. Exécution.

Le groupe entraîné par Robert entre en force dans l'hôtel particulier dans lequel loge le préfet Bussière et le trouve debout, dans l'entrée, son valet de chambre à ses côtés. Il n'a pas eu le temps de se raser, il est à peine coiffé, mais il a enfilé à la hâte son grand uniforme de préfet.

– Entrez, messieurs, je vous en prie. J'ai quelques mots à vous dire…

Il dévisage chacun des envahisseurs avec hauteur, un regard qui dit : Je n'oublierai aucun d'entre vous… Et s'arrête sur Domecq, saisi, élan coupé. Robert en profite, s'élance.

– Monsieur Bussière, au nom du Gouvernement provisoire de la République française, que je représente ici avant l'arrivée du préfet Luizet, vous êtes en état d'arrestation.

– C'est une plaisanterie, et elle est de mauvais goût. Je suis le préfet de police détenteur de l'autorité ici. J'avais promis à mes hommes de mettre mon uniforme pour les présenter au général de Gaulle quand celui-ci arriverait à Paris, et lui dire : « Mon Général, la police parisienne a fait son devoir pendant quatre années, dans des circonstances difficiles. Aujourd'hui comme hier, elle est aux ordres du gouvernement. » Vous voyez, j'ai mis mon uniforme, mais à ma connaissance le général de Gaulle n'est pas encore ici et l'autorité légale, c'est moi. Alors, les policiers retournent à leur poste, qu'ils n'auraient jamais dû abandonner et les autres quittent les locaux de la préfecture, ils n'ont rien à y faire.

Robert se retourne vers ses compagnons, fait un geste, quatre hommes encadrent Bussière, le saisissent aux épaules et aux bras et l'entraînent. Il n'oppose aucune résistance. Robert se penche vers Domecq :

– C'est un fou ?

Flot d'images. Bussière chez Dora, en longue conversation dans l'embrasure d'une fenêtre avec les capitaines SS, à la table de poker avec Knochen, trinquant avec Lafont...

– Non, certainement pas. C'est un homme intelligent, qui sait qu'il joue sa tête et qui rode sa défense, avec un remarquable talent d'acteur. Vous verrez qu'il saura convaincre.

Un groupe d'une vingtaine d'hommes grimpe au pas de charge le grand escalier qui conduit au deuxième étage, dans les locaux des RG. Au centre du groupe, en chemisette claire et pantalon de toile, Thivolier, vingt-trois ans depuis deux jours, tremble de tout son corps, il se souvient de chaque marche, ponctuée de coups de matraque dans la nuque, et là-haut, dans la salle 36, du visage de chacun des flics qui l'attachaient nu sur les lourdes tables de bois, qui le frappaient à coups de nerf de bœuf, lui écrasaient les mains et les parties entre les deux tables, de chacun de ces visages, jusqu'à ce qu'il s'évanouisse. Et depuis qu'il s'est enfui de la prison de la Santé, le 14 juillet dernier, en profitant de la pagaille créée par l'insurrection des prisonniers de droit commun, il rêve de revenir dans ces locaux, en justicier. Il était dans les premiers à occuper la préfecture, ce matin. Il est dans le groupe chargé d'investir l'étage des RG, la justice commence à passer.

Porte vitrée, long couloir, bureaux à gauche et à droite, les portes claquent, personne. Envolés, les matamores tortionnaires des RG. Fouille rapide des tiroirs et des armoires : le ménage a été fait, manifestement. De l'autre côté des portes battantes, la salle 36, les deux lourdes tables, les anneaux scellés aux murs, c'est bien ici, Thivolier ferme les yeux, envie de vomir. Il n'y a personne. Le groupe plaisante et rit très fort, pour conjurer l'horreur, et masquer sa déception, puis redescend dans la cour centrale, qui grouille d'hommes en armes. On boit quelques bières. La nouvelle de l'arrestation de Bussière excite, et enchante. La rupture est vraiment faite.

– Allons fouiller son bureau, lance Thivolier.

Ça résonne comme l'accomplissement d'un sacrilège. Le groupe se reforme, et grimpe au premier étage.

Dans le couloir, devant le bureau du préfet, le groupe tombe sur une dizaine de jeunes inspecteurs venus de différents services, hésitants, mal à l'aise.

– Qu'est-ce que vous faites ici, vous ?

– On vient prendre les ordres du préfet…

– Il nous avait dit de faire notre travail et de lui faire confiance…

– … Comme ça se complique, ces temps-ci…

Rires, bousculade.

– Le préfet Bussière a été arrêté, il est en tôle.

Thivolier, qui a traîné dans l'escalier, rejoint le groupe. Il distingue dans la cohue un visage, livide, ressent une douleur aiguë comme un coup de lancette, qui remonte de la plante des pieds jusqu'aux cheveux, bouscule ses camarades, attrape le jeune inspecteur au visage livide par le col et le secoue sans parvenir à articuler un mot. L'autre se dégage violemment, cherche à se protéger, s'accule à une fenêtre, Thivolier le suit, le frappe au visage, en bégayant. Autour d'eux on s'agrippe, on se cogne, on s'injurie dans la plus grande confusion. D'un coup mal ajusté, Thivolier heurte la fenêtre, passe le poing à travers un carreau, s'entaille les veines du poignet droit, la blessure saigne abondamment. Son sang, à lui, ici, de nouveau, et par la faute de ce tortionnaire ricanant. Il ne voit plus clair, attrape à bras-le-corps le type avec lequel il se bat, avec une force décuplée et sans contrôle, et le jette par la fenêtre.

En bas, dans la cour, Domecq, Robert, quelques autres se précipitent autour du corps désarticulé. Domecq se penche, écarte la veste qui recouvre le visage. Intact. Celui de Jacques Ricout. Jeune dans la mort. Il ressemble à son frère, Bernard, sérieux, appliqué quand il était vivant, et dont l'image du cadavre sans mains et sans visage revient de façon obsessionnelle. Là-haut, la bagarre s'est arrêtée, tout le monde s'est éloigné des fenêtres. Robert se mange l'intérieur des joues en contemplant le cadavre.

– Vous le connaissez ?

– Oui. Jacques Ricout, inspecteur à la 1re brigade spéciale des RG. (Interrogation silencieuse.) Un casseur de communistes.

– Pourquoi est-il revenu traîner ici ? Je croyais qu'ils s'étaient tous planqués…

Domecq hausse les épaules.

– Eh bien, disons qu'il est la première victime de l'insurrection de la police parisienne. Emportez le cadavre dans une cave, et organisez une morgue, nous en aurons probablement besoin. L'incident est clos.

Les tirs allemands au canon contre l'immeuble de la préfecture de police ont commencé dans les heures qui ont suivi la mort de Jacques Ricout.

Mercredi 23 août

En France, en Normandie, les Allemands battent en retraite. Les Américains franchissent la Seine à Mantes et à Melun. De Gaulle est en France. Depuis la veille au soir, la 2ᵉ DB de Leclerc marche sur Paris.

Dans le sud de la France, les troupes françaises pénètrent dans Toulon et Marseille, les troupes américaines libèrent Aix-en-Provence. Toulouse et le Sud-Ouest sont libérés par la Résistance.

A Paris, la ville s'est couverte de barricades, les troupes allemandes, qui conservent de très forts points d'appui, ne circulent pratiquement plus dans le centre.

A l'est, les troupes soviétiques ont ouvert un quatrième front, en Roumanie. En trois jours d'une offensive foudroyante, ils encerclent la VIᵉ armée germano-roumaine, et mettent 130 000 hommes hors de combat. Un coup d'État à Bucarest renverse le premier ministre pro-allemand.

A Vittel, le 21 août, Bauer prit la tête d'un commando de onze hommes, six Allemands et cinq Français, répartis dans quatre voitures, dont la mission était d'entrer dans Paris, de s'y implanter et de s'y maintenir jusqu'au retour des armées allemandes, annoncé pour Noël. Dans le véhicule de tête, aux côtés de Bauer, Loiseau, Morandot et Martin. Le commando mit deux jours à gagner les abords de la capitale.

Le commando s'arrête en plein bois de Vincennes, on camoufle les voitures dans des taillis épais, enchevêtrés, et on discute, à voix basse, l'œil en permanence sur les voitures où est dissimulée l'artillerie. Il faut envoyer deux éclaireurs, l'un vers le nord et l'autre vers le sud, pour voir par où il est possible de rentrer dans Paris sans trop de risques. Martin se propose.

– J'habitais Belleville, avant. Je connais bien ce coin.

Enfin seul. Une irrépressible envie de revoir sa ville. Il se glisse à pied à travers le bois parsemé de fleurs sauvages, terre grasse et odorante. Il parvient aux abords de la porte Dorée. S'arrête, à couvert. De l'autre côté de l'esplanade, une barricade barre le boulevard extérieur et l'entrée de la place. Impressionnante. De hauts talus de pavés en quinconce renforcés de sacs de sable, des arbres abattus devant et sur les côtés. Une carcasse de camion brûlé traîne sur un trottoir. C'est ça Paris, maintenant ? Il distingue des hommes en armes, en casquette et manches de chemise, ils vont, viennent, s'interpellent, rient. Et contrôlent tout ce qui passe. Des drapeaux tricolores flottent sur la crête des pavés. S'appuie contre un arbre. La barricade, la ville deviennent floues et tournent au ralenti, sans bruit. Le monde, lentement, est en train de chavirer. Une société ordonnée, et il était dedans. Il était venu par hasard rue de la

Pompe, bon vivant, serviable, il appréciait l'ambiance de camaraderie, le fric abondant, le sentiment nouveau et délicieux d'être au-dessus du lot, en toute impunité. On s'habitue vite à tuer. N'a pas voulu voir les fissures. Les habitants de la rue Pétrarque qui envahissent l'appartement et eux qui s'enfuient par la fenêtre, sa première panique. Les hommes de la rue de la Pompe ne faisaient plus peur ? Et puis les balles qui sifflent sur le trottoir devant l'immeuble, les impacts dans la pierre blanche, à hauteur de sa tête, le broc à eau qui assomme Loiseau. La machine s'enrayait, et lui s'obstinait à ne rien voir. Et maintenant, sa ville lui est interdite.

Dans le demi-silence du bois, à la lisière des boulevards, roucoulements insistants et piaillements des oiseaux, air connu, obsédant. Les images de la pelouse de Reuilly l'envahissent, le submergent avec une violence incroyable, en boucle. Les pistolets-mitrailleurs qui crachent le feu, le canon brûlant sous la main gauche, la main droite crispée, les garçons hachés en morceaux, les corps qui tressautent et s'entassent, le sang qui gicle et dégouline sur la pelouse, le visage convulsé de François avec sa fossette et lui, manches retroussées, Loiseau clope au bec, le rire des trois hommes. Et après le silence, comme jamais. Martin ferme les yeux. Dans le noir des paupières, des taches lumineuses continuent à chavirer lentement. Une tourterelle en solo, interminable. Martin, à genoux, vomit convulsivement.

Quand il se redresse, il lui semble qu'il voit plus clair. Comme s'il émergeait d'un cauchemar éthylique qui aurait duré longtemps, des mois. La barricade est nette. Les hommes là-bas, il les reconnaît, ce sont ceux des quartiers populaires de Paris, ceux de Belleville, tout proche, où il a vécu depuis l'adolescence, le bistro de la Vielleuse où, le samedi soir, le patron tirait les rideaux, fermait les portes, et on jouait au billard entre copains, en buvant de la bière ou du blanc-cassis jusqu'au lever du jour, et on rentrait se coucher ivre mort, et on cuvait jusqu'au lundi matin, tranquilles, innocents. J'étais un bon gars, tout le monde m'aimait bien. Ces hommes, c'est ma famille. Ils me reconnaîtront. Je rentre chez moi. Martin fouille ses poches, faux papiers, quelques billets, un pistolet. Enterre le tout sous un buisson, s'essuie les mains dans l'herbe, se redresse et marche vers la barricade.

Les hommes de la barricade de la porte Dorée ont très bien accueilli Martin, en qui ils ont cru reconnaître l'un des leurs. D'autant qu'ils étaient voisins, Martin, lui, habitait au coin de Belleville et du boulevard de la Villette, disait-il avec fierté. Alors, autant rejoindre les combattants du XIXe arrondissement, un secteur où ça cognait sec, on se battait autour de la gare de la Villette, qui abritait un gros dépôt d'essence de la Wehrmacht, on prenait des trains d'assaut, on tentait d'empêcher les camions militaires allemands de quitter Paris par la route du nord-est. Et justement, Martin voulait se battre. Il était avide de mettre à son actif deux ou trois exploits dont tous ses voisins seraient témoins, et il se voyait déjà boire le pastis à la Vielleuse entouré de la sympathie et de l'admiration de tous. Donc, direction la mairie du XIXe. En contournant les Buttes-Chaumont, lui conseillait-on. Parce que, par le nord, il tomberait en pleine bataille, avant même d'avoir pu rejoindre un groupe de partisans.

Le voilà donc qui avance rue Manin. Le bruit de la fusillade est très proche. Il aperçoit la barricade qui protège l'accès à la mairie, profonde, articulée en plusieurs plans, hérissée de fusils de place en place. Mais il ne parvient pas à distinguer les hommes qui l'occupent. Pas de silhouettes, encore moins de visages, des murs de pavés hostiles, et le bruit des tirs d'armes en rafales, des explosions, qui semble se rapprocher. Il avance très prudemment, en longeant les immeubles, fait signe de ses deux bras levés, pour montrer qu'il n'est pas armé, crie : Ami, de temps en temps, quand le bruit des tirs est moins nourri. Un homme se dresse, pointe son fusil. Juste le temps de voir la flamme qui sort du canon et Martin, frappé en pleine poitrine d'un coup très violent, s'effondre contre la porte d'entrée d'un immeuble. Il ne comprend pas ce qui lui arrive, il ne souffre pas, cherche à se relever, mais ne parvient pas à bouger, regarde autour de lui, un univers étroit, flou et sombre. Son agonie est très courte. Quand deux femmes cherchent à le tirer à l'intérieur de l'immeuble pour lui porter secours, il est déjà mort.

Domecq s'enfonce dans la banquette arrière d'une grosse limousine qui bat pavillon suédois. A sa gauche, Funck Muller, en tenue civile. A sa droite, et à côté du chauffeur, deux banquiers, qu'il a parfois croisés chez Dora Belle cette année et qui financent la Résistance depuis quelques jours. Ils ne l'ont pas reconnu, tant mieux, ça simplifie les relations. Dans une autre voiture, qui ouvre la marche, Nordling et un membre du consulat de Suède. Direction Rambouillet, où, ce soir, sera le général de Gaulle. On parle peu dans la voiture. Entre les barricades des résistants, dans Paris, et les barrages des troupes allemandes dans la banlieue, les contrôles sont incessants, les négociations interminables, et leur issue incertaine. On craint toujours la balle perdue, la hargne d'un soldat, la bouffée de haine d'un chef, bref, les hasards de la guerre, corps diplomatique ou pas.

Domecq rêvasse. Contre son épaule, sa cuisse, le corps de Funck Muller. Contacts. Quatre jours qu'ils ne se quittent pas. Mais ni proches ni complices. A peine engagée la bataille autour de la préfecture occupée, une heure et demie de pilonnage par les canons des chars allemands, lui et quelques autres embusqués derrière les lucarnes des combles, tirant sur tout ce qui est vivant dans et autour des chars, deux Allemands à son actif, Robert surgit. D'une autre planète. Je vous cherchais, Domecq. Vos relations privilégiées avec Funck Muller... Il faut négocier une trêve avec l'état-major allemand.

Impossible de dire la jouissance du combat, l'impression de participer enfin à l'immense histoire. Il se frotte le visage pour se réveiller. Je sais, une trêve, il faut donner le temps aux Américains d'arriver, éviter le sort des insurgés de Varsovie. Mais la réponse allemande à l'insurrection est hésitante, la Wehrmacht minée, la troupe s'effiloche...

Il y a eu la trêve, et Domecq n'a plus cessé de faire le va-et-vient entre la préfecture et les couloirs de l'hôtel Meurice.

Après la trêve du 19, la tragi-comédie du 20. Tragédie le matin. Parodi, le ministre délégué, et ses deux adjoints, trois des plus hauts responsables de la Résistance intérieure, se font arrêter dans un contrôle de routine par des soldats allemands de base qui, enchantés de leur prise, entreprennent de les remettre à des unités combattantes de la SS. Vaudeville l'après-midi. Funck Muller, alerté par Domecq, les fait conduire à l'hôtel Meurice, persuade von Choltitz de les libérer, respect de la trêve, droit de la guerre, Conventions de Genève, on croit rêver, mais ça marche, et les fait sortir par une porte dérobée, dans une voiture du consulat de Suède, pendant que des soldats SS les attendent à l'entrée principale pour les assassiner.

Puis l'insurrection reprend, Paris se couvre de barricades, l'armée allemande perd le contrôle du centre-ville, Funck Muller a l'air content et il monte cette expédition absurde, avec ces deux banquiers douteux et Nordling pour aller dire à de Gaulle qu'on l'attend, et qu'il ne tarde pas en route.

Il semble qu'on vienne de franchir le dernier poste allemand. On est à moins de dix kilomètres de Rambouillet. Les voitures roulent lentement. Le banquier assis à l'avant se retourne, et dit à son collègue :

– Vous savez que Brunet a été arrêté, le 10 août dernier ?

Domecq sent la crispation des muscles de la cuisse de Funck Muller.

– Oui, lui et quelques autres de nos amis. C'est Bauer qui a établi la liste des gens à arrêter.

Bauer. Le nom occupe soudain tout l'espace de la voiture. Funck Muller s'est tourné vers la gauche, absorbé par la contemplation des arbres qui défilent. Domecq le regarde. De trois quarts, lignes dures, minérales de la mâchoire, de la pommette, de l'arcade sourcilière, ombrées d'un duvet blond, végétal. Mike Owen, chez Benezet, savait tout sur les patrons français avides de contacts avec les Américains, puis il se retrouve prisonnier de Bauer. Cette liste, d'une façon ou d'une autre, ils l'ont faite ensemble. Qui a-t-il donné ? Maintenant tu le sais. Et puis ?

Quand la voiture s'est arrêtée, que les banquiers sont descendus, Funck Muller s'est retourné vers Domecq.

– Je sais ce que vous pensez. C'est inutile de le dire. Ce soir, je porterai l'uniforme qui est le mien, celui de l'armée américaine.

– Ce soir, je suis venu m'engager dans la 2ᵉ DB. Faire la guerre. Enfin.

19

Vendredi 25 août

En France, après avoir combattu dans la banlieue sud-ouest de Paris, la 2ᵉ DB pénètre dans Paris. A 15 h 15, le général von Choltitz, commandant de la place de Paris, se rend au général Leclerc.

A l'est, dans Varsovie, les combats sanglants entre les troupes allemandes et les résistants polonais se poursuivent. Les Soviétiques refusent à l'aviation américaine le droit d'utiliser les aéroports soviétiques pour porter secours aux insurgés polonais.

En fin d'après-midi, vers 18 heures, Domecq s'est éclipsé. Avant de partir, demain ou après-demain, vers le front avec la 2ᵉ DB, soulagé de quitter Paris, loin des désillusions programmées de l'après-Libération, il veut revoir une fois la maison de la place des États-Unis, dire adieu à Dora, clore cette période de sa vie, pas pour l'oublier, c'est impossible, mais lui donner une fin décente. Il tient une longue rose rouge à la main.

Les lourds vantaux du portail ont été poussés l'un contre l'autre, sans être fermés. Il entre, traverse la cour. La poignée de la porte d'entrée tourne librement. Il se retrouve dans le vestibule rond tout en marbre, la table de pierre blanche au centre. Pas de fleurs. La pièce est nue. Devant lui, l'enfilade des salons. Le soleil couchant joue à travers les persiennes fermées à toutes les fenêtres. Le mobilier est en place : fauteuils, tables, dans le coin droit du premier salon la table de jeu où Deslauriers triomphait au poker est restée ouverte, grands lustres de cristal, le piano à queue tout au fond. Les rideaux sont à demi tirés. Aucun pillage, pas trace de vie dans la pénombre. Il fait un tour rapide au rez-de-jardin. La cuisine a été soigneusement astiquée et rangée, les placards regorgent de conserves, pâtes, sucre, biscuits. Une belle collection de bouteilles d'alcool dans un minibar en osier a été rangée dans un coin. Domecq essaie d'allumer la lumière : pas d'électricité. Le branchement a sans doute été coupé. Mais l'eau coule dans l'évier quand il tourne le robinet.

Maintenant, il faut monter. Grimpe les deux étages, entre dans la chambre de Dora, referme la porte derrière lui. Écarte les lourds rideaux pour faire entrer un peu de lumière, retrouve le grand lit couvert d'un cachemire blanc, rose et rouge, où il a veillé Dora dans la nuit du 20 juillet. De nouveau, sensation de désir au creux du ventre. Le valet de nuit en acajou où Bauer rangeait son uniforme et son arme est toujours là. La table de toilette aussi, mais plus de crèmes, d'onguents, de poudres ou de parfums. Pousse la porte coulissante d'une armoire : plus une seule des innombrables toilettes de Dora. Dans la commode en marqueterie du XVIIIe siècle, les tiroirs sont vides. Le nettoyage a été systématique et minutieux. Et sur l'épais tapis blanc, près de la porte, une tache large, brun foncé. C'est ici qu'elle est tombée. Son sang a imprégné la laine en profondeur. La seule trace qui reste d'elle. Il se penche pour y déposer sa rose.

La porte d'entrée grince, puis claque. Il se redresse, s'appuie à la commode, attend. Des pas dans l'escalier, le couloir, la porte de la chambre... Ambre apparaît dans le demi-jour, étonnante silhouette, mince, vêtue d'un short d'homme en toile bleu marine trop grand pour elle, attaché à la taille par une ceinture de cuir fauve, et d'une chemisette rouge. Aux pieds, des chaussettes blanches roulées sur les chevilles, et de fortes chaussures de marche, très usagées. Elle a le regard fixé, hypnotisé, par la tache de sang et la rose posée dessus. La masse de ses cheveux, retenue par deux barrettes, semble avoir foncé, tirer vers le châtain clair cuivré, et enchâsse lourdement le visage aux lignes nettes et dures, pommettes hautes, nez droit, maxillaires saillants, joues creuses. La peau est hâlée et sale. Elle lève les yeux, balaie le lit, découvre Domecq appuyé à la commode. Choc de ces yeux écartés, bleu émail minéral, qui mangent le visage. Plus rien d'enfantin. Comme dans la maison, le ménage a été fait. Et cette ressemblance, le visage de Dora, mais plus pur, sans rondeurs ni repentirs. Elle le contemple un instant, enregistre avec un petit sourire l'uniforme militaire, les cheveux noirs trop longs, la barbe mal rasée, hésite un instant, reporte ses yeux sur la tache de sang :

– Pourquoi elle et pas lui ?

Que peut-il lui dire ? Obsédant, le visage défait de Dora au cinéma Normandie, appel au secours laissé sans réponse. Il n'a même pas voulu l'entendre. Par lâcheté ? Dire quoi ? Elle ne voulait pas partir en Allemagne… Dire quoi ? Depuis un an, elle renseignait la Résistance… Je ne sais même pas où elle est enterrée… Il se tait.

Ils se retrouvent un peu plus tard à demi allongés dans des chaises longues, sur la terrasse, au bord du jardin, en train de contempler les nuances du ciel au soleil couchant. Tous deux se sont lavés, coiffés, Domecq s'est rasé, à l'eau froide, pas agréable, Ambre a retrouvé toutes ses affaires intactes, rangées dans sa chambre, et a mis une robe de toile bleu ciel, et des sandales à ses pieds nus. Elle est tendue, gestes brusques pour se bourrer de biscuits, j'ai l'impression de n'avoir pas mangé depuis au moins trois jours, et elle semble attendre. Domecq boit du porto dans un verre de cuisine, puis commence à parler, d'une voix monocorde, il raconte son travail, du renseignement économique. Plus que de la peur, la souffrance quotidienne est venue de la solitude, et du sentiment obsédant d'être inutile, quand l'essentiel se jouait les armes à la main. Dans son récit, aucun nom, rien sur Dora. Quelques sourires quand il évoque son séjour dans la chambre d'ami, à tendre l'oreille pour saisir quelques bribes des émissions de la BBC qu'Ambre, de l'autre côté de la cloison, écoutait à longueur de journées, dans la propre maison de Bauer. Mais pas un mot sur les désirs de femmes qu'elle avait fait naître. Et, fin juillet, l'intégration dans une équipe, enfin. Mais était-ce mieux ?… Silence. Et depuis deux jours, l'enrôlement, la remontée sur Paris, les combats, enfin. Demain ou après-demain, le front. La désillusion programmée de l'après-Libération, et le rôle qu'on m'y aurait sans doute fait jouer, je ne m'en sens pas la force. Et si c'était une forme de désertion ?

Domecq tourne la tête pour regarder Ambre. Elle s'est appuyée sur le dossier de la chaise longue et a fermé les yeux. Elle réfléchit. Brusquement : Belle comme un masque mortuaire. Malaise. Puis elle se redresse, quelques instants en équilibre, se décide, penchée en avant, les coudes sur les genoux, le visage caché par la masse des cheveux, elle parle.

Quand je me suis enfuie d'ici par les toits, je me suis retrouvée dans la rue, en chemise de nuit, et pieds nus, sans un sou, sans un papier. François m'avait laissé sa nouvelle adresse avant de disparaître. 129, rue de la Roquette. De l'autre côté de Paris. Dans ma chambre, sur un plan, j'avais fait cent fois le trajet entre la place des États-Unis et la rue de la Roquette. J'ai couru, j'ai marché, je suis passée par des petites rues. Personne ne m'a demandé quoi que ce soit. Il me semble que j'éprouvais un sentiment de liberté.

Elle se tait, laisse la phrase prendre son volume et son poids. Libre. Le coup de feu, le corps qui tombe. Libre. Ce sera dur à oublier. Domecq, immobile dans sa chaise longue, les yeux fermés, se voit lui caresser les cheveux, la nuque, les épaules. Elle se sert un porto, s'appuie contre le dossier de la chaise longue, joue avec le verre.

Et je suis arrivée dans l'appartement où habitait François, avec trois autres jeunes hommes. C'était un grand appartement vide qu'avait récupéré le père de l'un d'entre eux, avant de disparaître on ne sait où. Ils vivaient là plus ou moins comme des moines. Deux d'entre eux travaillaient comme correcteurs dans des journaux collabos et nourrissaient tout le monde. Ils distribuaient des tracts et des journaux antiallemands dans les boîtes aux lettres du quartier et fabriquaient des faux tickets d'alimentation pour les résistants. Elle regarde Domecq, comme si lui pouvait comprendre ce qui lui échappait à elle. Il y avait entre eux une drôle d'ambiance d'amitié, d'amour, de complicité. Je suis tombée là-dedans comme une étrangère, j'étais une réfugiée, tolérée, pas une combattante. Je dérangeais leur intimité. Je couchais avec François, mais il y avait un autre garçon dans notre chambre, et c'était assez irrespirable.

Et puis il y avait un cinquième homme, une pièce rapportée lui aussi, plus âgé, une quarantaine d'années, qu'ils avaient sauvé des mains de la Gestapo d'après ce qu'ils disaient, et qu'ils admiraient beaucoup, parce que c'était un combattant, lui, parce qu'ils l'avaient sauvé et parce que c'était un ouvrier. Elle a un sourire indéfinissable. Un prolo, tu comprends, porteur de l'avenir de l'humanité... Il savait tout faire avec ses mains. Il leur faisait le ménage, la cuisine, et à ses moments perdus, il retapait l'appartement. Il était gras, vaguement chauve, il racontait qu'il s'appelait Martin, et il buvait en cachette. Ce type me dégoûtait...

L'intonation traîne sur le dégoût, glaçante. Écho de Dora : les hommes, c'est le mal... Laisse-la parler.

L'atmosphère devenait de plus en plus fébrile. D'abord, si j'ai bien compris, parce qu'on ne me disait rien, je saisissais des bribes, ici ou là, l'imprimerie qui faisait les tracts avait été fermée par la Gestapo, et tout le monde arrêté. Il ne leur restait plus que la diffusion d'un vieux numéro d'un journal, et quelques livres, ça ne suffisait pas à les occuper. Et puis je me souviens que la pression montait à chaque instant. Les Alliés avançaient de jour en jour, les troupes allemandes traversaient Paris dans tous les sens, on disait que les ponts avaient été minés, il n'y avait plus de métro, les cheminots se sont mis en grève, les journaux collabos fermaient les uns après les autres, nous n'avions pratiquement plus de quoi manger. Et Martin a commencé à parler de leur trouver des armes. (La voix se brise.) Qu'est-ce que je pouvais faire ? Bien sûr, ils se sont rués sur la proposition. Le temps d'organiser l'affaire, François a été désigné comme délégué du groupe de la Roquette, il a prévenu une dizaine d'autres groupes proches du leur, qu'ils avaient dû connaître à travers l'imprimerie, j'imagine. Et, le 16 août au matin, ils sont partis avec Martin, dans un camion bâché, prendre livraison d'armes qui devaient se trouver dans une cache quelque part à l'est de Paris. Et sans me parler de rien, évidemment. Les femmes ne connaissent rien aux armes, j'étais une réfugiée, pas une combattante. Ne pas l'oublier.

Long silence. Le soleil s'est couché, le tilleul est noir, la fraîcheur tombe. Ambre frissonne, Domecq va chercher des chandails. Ambre casse des biscuits dans un verre de porto, mange le mélange à la cuiller, et continue.

Je les ai suivis, évidemment, je me méfiais de Martin, et j'avais peur pour François. J'ai pris mon vélo, et j'ai suivi le camion dans lequel ils sont tous montés, François et ses copains à l'arrière, sur une plate-forme bâchée, Martin et deux autres hommes dans la cabine à l'avant. C'était difficile de les suivre sans se faire repérer. Je ne pédale pas vite. Je les ai perdus une fois, aux alentours de la Nation. Je les ai retrouvés. Le camion est entré dans le bois de Vincennes. Il s'est engagé sur une immense pelouse vide et nue sous le soleil, je me souviens que je me suis imaginé les pique-niques et les parties de foot d'un dimanche en temps de paix, mais une cache d'armes dans un lieu pareil, impossible. J'étais folle d'inquiétude, je sentais la mort. Le camion s'est arrêté, les trois hommes sont descendus de la cabine, et ils se sont mis à tirer à la mitraillette. Ils étaient là, tous les trois, en manches de chemise, bien plantés sur leurs jambes écartées, il y en avait un qui fumait, et ils avaient l'air de discuter et de rigoler entre eux. Je me suis mise à courir vers les mitraillettes, un homme est sorti d'un taillis et m'a ceinturée. La dernière image que j'ai vue, c'est François qui essayait de sauter du camion, il a pris une rafale en plein corps, il est resté suspendu en l'air un instant et moi, je me suis évanouie. Une pause. Je revis cette scène dès que je ferme les yeux. Et, c'est curieux, je viens d'en prendre conscience en te la racontant, je n'ai pas enregistré les bruits. Il paraît que je hurlais en courant vers le camion, je n'entends pas mes cris, et je n'entends pas non plus le bruit des rafales de mitraillettes. C'est une scène muette.

Ambre se tait un moment, le regard perdu. Domecq songe à Bourseul : C'est une bouteille à la mer, et décide qu'il était sincère. Ambre reprend son récit, d'une voix toujours monocorde :

L'homme qui m'a ceinturée s'appelle Rambaud, c'est un militant communiste qui revenait d'un rendez-vous clandestin en traversant le bois. Il m'a ranimée, ramenée chez lui, dans le XIXe arrondissement, rue de Crimée, et couchée dans le lit de sa fille. Sa femme m'a soignée pendant deux jours. Il paraît que je délirais. Je n'en ai plus aucun souvenir. Dès que j'ai commencé à reprendre conscience, Rambaud et sa femme m'ont dit que, puisque je ne savais pas où aller, leur maison était la mienne, et j'ai accepté. L'insurrection a commencé le lendemain.

Ambre se retourne vers Domecq, incline la tête, la masse des cheveux glisse, les lignes nettes de l'arcade sourcilière, de la pommette, du maxillaire sortent de l'ombre. Elle sourit, la voix est plus claire.

J'étais volontaire. Mais bien sûr la même histoire a recommencé. Les femmes ne combattent pas les armes à la main, infirmière ou cantinière, si j'y tenais… J'ai dit non. J'en avais assez vu, j'avais le droit de me battre. Ils en ont discuté entre eux, dans leur cellule communiste, et ils ont accepté. J'ai reçu un fusil et un pistolet. J'ai participé à la première prise de la mairie du XIXe, le premier jour de l'insurrection, et puis les Allemands sont revenus en force, on a été obligés d'évacuer. J'ai fait ce que j'ai pu. Je ne me suis jamais servie du pistolet, c'était au-dessus de mes forces, la voix se brise, Domecq a le cœur battant. Mais j'ai bien appris à me servir du fusil, en le calant pour ne pas tomber sous le recul. Ensuite, on a attaqué la gare de la Villette, repris la mairie, et monté des barricades pour la protéger. J'étais de garde devant la mairie, avant-hier, pendant que des groupes à nous attaquaient deux trains sous le tunnel des Buttes-Chaumont, ça tirait à tout va, à trois cents mètres de notre barricade. Évidemment, il n'y avait personne dans les rues. Et je vois arriver par la rue Manin un gars qui rasait les immeubles, faisait des grands signes, et qui criait quelque chose comme : Ami, Ami. Grand, gras, rouquin un peu chauve, je l'ai reconnu instantanément, c'était Martin. Comment il a pu arriver là, je n'en sais rien. Rambaud était de garde à côté de moi. Je l'ai poussé du coude, il a regardé et il a reconnu le type sans que je lui dise un mot. Alors on a mis nos deux fusils en joue, moi j'avais appuyé le mien sur un pavé, et il a dit : On tire exactement en même temps, pour pas savoir qui a tué. C'est moi qui commande le feu. Ce sont toujours les hommes qui commandent le feu. En l'occurrence, c'était une proposition très généreuse. On a attendu qu'il s'approche encore, il avançait vers moi, ça m'a semblé très long, et puis on l'a abattu.

Un temps d'arrêt. Aucun commentaire.

Dans le XIXe, les combats ont continué aujourd'hui jusqu'à 4 heures, et on a encore eu des morts autour de la mairie, avant que tous les Allemands se rendent.

Demain, je rentrerai chez Rambaud. Je vais faire ma vie là-bas. Mais aujourd'hui, après les derniers combats, j'ai voulu venir ici, une dernière fois. Dire adieu.

Adieu. Le mot perdure dans le silence. Les armoires vides, le ménage fait, la rose sur la tache de sang. Adieu. La nuit est très claire. Quelque part, la pleine lune a dû se lever. Par intermittence, des coups de feu isolés, comme des souvenirs fulgurants de l'insurrection. Rappel : la guerre n'est pas finie. L'odeur du tilleul devient obsédante. Tout ce qui pouvait être dit a été dit. Ambre, les yeux clos, frissonne. Il faut l'emmener loin d'ici.

– Allons nous promener, Ambre. Fais-moi connaître ta ville. Je viens de très loin, je viens du Caire, je n'ai connu que le Paris allemand.

Ils marchent en se tenant par le bras, plutôt gaiement, hanche contre hanche, et descendent les Champs-Élysées. Plus un seul drapeau nazi. Domecq lève la tête, regarde de tous côtés, a l'impression de découvrir pour la première fois la perspective jusqu'au Louvre. Enfin, il respire. Les cinémas sont fermés. Le visage défait de Dora – Deslauriers est mort, assassiné, j'ai vu son cadavre – hante la façade du Normandie. Domecq presse le pas, et entraîne Ambre. Pas grand-monde sur les Champs. Pas surprenant. Dans ce quartier de Paris, les gens se claquemurent chez eux, et attendent, inquiets. Derrière les façades, Benezet, Bourseul, tous leurs semblables, doivent s'activer en rencontres et conciliabules. Bourseul a-t-il déjà appris la mort de François ? Image du corps haché, souffrance. Domecq passe son bras autour des épaules d'Ambre, et la serre contre lui.

– La 2e DB est cantonnée sur la terrasse des Tuileries, pas très loin, droit devant nous.

Qui a eu l'idée de passer par les jardins qui s'étendent entre les Champs-Élysées et le quai de la Seine pour gagner la place de la Concorde ? Pleine lune, lumière irréelle, froide, les deux corps, enlacés maintenant, chaleur contre chaleur, trébuchent en riant entre les massifs de fleurs. Puis s'arrêtent, intrigués, aux aguets. Une rumeur monte de l'autre côté de la place, le bruit confus d'une foule qui soupire, râle, gémit, qui crie à petits coups retenus et qui soudain se lâche. Quelques secondes à l'écoute, tendus. Tout est possible. Mais oui, aucun doute.

– Une foule qui fait l'amour sur la terrasse des Tuileries, dit Domecq, incrédule, ravi. Les Parisiennes sont venues saluer la 2e DB. Un temps. Ta ville a du génie.

Ambre appuie sa tête contre son épaule, le visage complètement enseveli dans les cheveux blonds qui sentent le tilleul. La rumeur monte, roule, oscille en rythme. Domecq lui prend la taille, l'entraîne dans un pas de danse, au rythme de la rumeur, c'est une java. Il chantonne :

C'est la java bleue,
La java la plus belle,
Celle qui ensorcelle
Quand on la danse les yeux dans les yeux,
C'est la java bleue

Ambre, le visage toujours caché, le suit maladroitement, le corps raide, les pas hésitants.

– On ne t'a pas appris à danser la java au couvent des Oiseaux ? Grand sourire. Appuie ton bassin contre le mien, rejette ton buste en arrière, dénoue ton corps et suis-moi, sans penser à rien…

Elle relève la tête, le visage comme brouillé, noyé d'émotion. Leurs jambes s'emmêlent. La rumeur accélère. Domecq tente de la suivre en chantonnant, en dansant de plus en plus vite, puis la rumeur explose, le couple trébuche sur la bordure d'une pelouse, tournoie et tombe sur l'herbe dans une gerbe de rires. Tu es belle, Ambre. Elle le fixe, yeux grands ouverts, brillants de la lumière de la lune, cette nuit, la lune est bleue comme la java, et comme tes yeux, elle approche sa main du visage de Domecq, frôle la joue du bout des doigts, suit du pouce la lèvre inférieure, voix étranglée, rauque : Alors, c'est ça, le désir ?

La rumeur, là-bas, dans les Tuileries, reprend en mode mineur. Lui, allongé sur le dos, immobile, tétanisé, s'entend penser : Oui, c'est ça le désir. Arrête tout, elle a quinze ans, c'est une enfant. Une enfant qui a fait la guerre. Elle se penche au-dessus de lui – qui est noué maintenant ? – écarte ses vêtements, effleure le torse imberbe, étroit, maigre, muscles longs et secs, les pointes de sein, qui se dressent sous ses doigts, dans des aréoles larges et sombres, frémissantes, puis le sexe dur au-dessus du ventre, de la toison noire, intimidant, elle hésite, pose sa main dessus, le sent chaud, vibrant, et dit très bas, le visage sérieux : C'est merveilleux, cette sensation.

La rumeur de nouveau enfle dans la nuit et les emporte. Lui se laisse aller, submergé de désir. Il l'attire vers lui, touche les cuisses nues sous la robe claire, quelques gestes fébriles, les deux corps l'un contre l'autre, deux corps si proches de tout ce qu'ils ont vécu, la peur, la haine, la révolte, la guerre, le meurtre, deux corps qui trouvent les gestes, premiers baisers, premières caresses, elle tremble et le mord, deux corps qui hurlent leur envie de jouir parce qu'ils sont vivants et que c'est un miracle, il la prend, leur rythme est celui de la ville tout entière, ils crient sans retenue, chavirent entre ciel et terre, adieu la guerre, adieu la mort, bienheureux, apaisés, dérivent dans la nuit, bercés par la rumeur. Dans la plus belle des nuits parisiennes, la ville libérée chante son hymne à la vie.

Épilogue

Dernières feuilles de l'album de photos. Un portrait pleine page de François, signé d'Harcourt, pris peu de temps avant qu'il ne passe le baccalauréat. Il s'agissait de fixer, de figer, l'instant d'avant la fin de l'adolescence. Un certain classicisme, longues poses, éclairages contrastés, noir et blanc surréel, le visage a des traits précis, les cheveux plaqués, les yeux reflètent la lumière des projecteurs, sourire contenu, deux ombres de fossettes aux joues, et celle du menton qui accroche la lumière. Ce fut la dernière photo de François vivant.

Sur la page d'en face, photo de groupe, Bourseul en longue redingote noire, col de fourrure, feutre gris, visage flou, comme décomposé, porte dans ses bras la petite Isabelle qui a enfoui son visage dans le col de fourrure. A ses côtés, sa femme, toute en noir, chapeau, long manteau, bas, bottillons fourrés, est manifestement enceinte. On ne distingue pas ses traits sous la voilette qu'elle a baissée sur son visage, elle donne la main à Jeanne, également vêtue de noir. Tous les regards se tournent vers le maire de Marcq-en-Barœul qui, bras levés, découvre une plaque en émail bleu, lettres blanches : Rue François-Bourseul.

Le camp des vainqueurs.

Remerciements

Alfred Eibel m'a encouragée à m'intéresser à la Gestapo française, et m'a offert mon premier livre sur la Carlingue.

Jean-Marc Berlière, historien spécialiste de la police française, m'a fait profiter, au cours de longues discussions et d'échanges épistolaires, de ses connaissances sur la période.

Qu'ils soient remerciés pour ces apports décisifs, étant bien entendu que toute erreur me serait totalement imputable.

RÉALISATION : NORD COMPO À VILLENEUVE-D'ASCQ
REPRODUIT ET ACHEVÉ D'IMPRIMER SUR ROTO-PAGE
PAR L'IMPRIMERIE FLOCH À MAYENNE
DÉPÔT LÉGAL : MARS 2004. N° 63878 (67658)
IMPRIMÉ EN FRANCE